U0897277

小說四地

◎杨恻 著

- 青芳的故事
- 里外肋子巷
- 生存门
- 旧　城

陕西出版集团
太白文艺出版社

目 录

青芳的故事

用云儿裁剪的衣裳怕风，
一起风就让你无地自容。

妈 妈

有谁能记住自己四岁时发生的事情，我就能记住。我记得妈妈被爸爸送去县医院前给我做的那顿包谷糁糊糊，妈妈那时没人搀已经站不起来了，她是坐在灶台上做的这顿饭。给锅里舀多少水，撒几把包谷糁，大火熬多长时间，小火熬多长时间，全是妈妈说了算。那顿包谷糁糊糊我喝了三碗，没用筷子，用两手抱住碗，冲碗沿吹着气，让它慢慢淌进嘴里。喝空了的碗比洗过的还干净，舀第三碗时我看到妈妈的手有些发抖，还看到妈妈有眼泪流下来，滴落在我的碗里。碗不算小，三碗糊糊让我的肚子胀鼓鼓，就像妈妈的肚子。妈妈全身都瘦成了干柴棍，只有肚子好大好大，爸爸告诉我，那里面全是水，要到医院里去抽出来。

我记得爸爸是用架子车把妈妈拉走的，车上铺了许多麦草，麦草上有一床被子，给妈妈铺半拉盖半拉。临走前妈妈又把我叫到身边，半坐半卧地给我梳了两只小辫，还让爸爸拿来剪刀，给我剪了个齐整整的刘海。姐姐跟着架子车要把妈妈送到村口，家中只剩下了我。我挺着胀鼓鼓的肚子，扶着门框，静静地看着他们离开。那天下了入冬以来的第一场雪，爸爸拉着妈妈离开家时雪花还零零星星，等姐姐从村口回到家，漫天飞舞的雪花已经让村里村外变成白茫茫的一片。

爸爸拉走妈妈后家里就只剩下我和姐姐。姐姐怕我出门玩冻着，整天哄我坐在热炕上，用家里剩下的那床被子围住我的腿脚，陪着我玩。我俩的午饭是在热炕灰里煨的洋芋，我俩的零嘴是在热炕灰里崩的包谷粒。天黑后姐姐要做热汤面给我吃，她只比案板高一个头，就爬上案板，坐在上面揉面擀面。睡觉前姐姐要给炕洞里塞好多柴草，把被子平铺在最热的炕心，再搂住我躺在被子下。炕越睡越冷，天快亮时我和姐姐总会被冻得依偎成一团，不知底细的人来我家，还以为被子下面捂了个紧箍箍的枕头。

没多久，姑姑从好远的地方赶来照看我和姐姐，我俩的午饭不再吃煨洋芋，有一天还吃了涂上油的烙饼。夜里姑姑会起来给炕洞加一捆柴草，天亮时我和姐姐再也不会被冻醒。姑姑说有她在家陪我，让姐姐上学去，还掏了一堆炕洞里的红炭放在小瓦罐里，让姐姐提上烤手。姑姑闲下来就上炕暖脚，顺便把我揽进怀里，给我讲故事。有老鼠偷油吃的故事，有猫狗打架的故事，有柳树疙瘩成仙成怪的故事，讲得最多的还是她和我爸爸小时候的故事。我想听妈妈小时候的故事，姑姑不知道，她说我妈妈小的时候没来过这里，让我等妈妈回来后自己去问她。再后来，妈妈就回来了。

我记得妈妈依旧是躺在架子车上回来的，走时铺在车上的麦草没了，那床被子也变得很脏，把妈妈从头到脚裹成窄窄的一条，只有几缕头发露出来。爸爸没让妈妈进屋，架子车和妈妈一同停在院里。我要去看妈妈，爸爸不让，叫来姑姑把我和姐姐扯到里屋的热炕上。炕头有扇木窗朝着院子，我和姐姐扒着窗口朝外看，虽然天快黑了，还是可以看见院子里来了许多大人，他们抬来一个细长的木箱，把裹在棉被里的妈妈整个抬了进去。我问姑姑为什么要把妈妈放进木箱，姑姑说妈妈太累了，要在那里好好睡一觉。姐姐这时哭起来，姑姑把我和姐姐扯离窗口，抱住，眼泪直往下落。我想了想，也扯开了长声，我很快就哭得喘不上气来，大石头一样重的委屈让我恨不得一下子憋死过去，我觉得妈妈变得不像妈妈了，我等她等来了两场雪，又消了两场雪，总算等回来了，她却因为要睡觉而不理我。

第二天一早，妈妈和她睡觉的木箱都不见了，我向爸爸要妈妈，爸爸默默地背上我，牵着姐姐离开了家。出门前，爸爸给我和姐姐的头上扎起长长的白布条。我记得那天早上整个村子都安静极了，鸡不叫，狗不吠，许多院门前都有人站着，他们好像在送我们去找妈妈。不停地有人走到我们面前，给我和姐姐手里塞钱，每收一次钱，爸爸就让我和姐姐跪下给他们磕头。离开村子不远，爸爸背着我开始爬坡，那面坡怎么爬也爬不到尽头，我问爸爸，妈妈为啥要去那么高的地方，爸爸说高了可以多晒晒太阳。爸爸说得不假，我们爬着爬着果然爬进一片阳光中，满坡的枯草被太阳晒得暖暖和和，草丛里露出许多土包。爸爸在一个崭新的土包前把我放下，告诉我，妈妈就在这里面睡觉，让我和姐姐不要出声，免得吵醒妈妈。爸爸说妈妈人累心更累，早就该好好睡一觉了。爸爸说完这些话后就背对着我和姐姐，蹲在了土包一侧，他两手抓住自己的头发向下揪，从他胸腔深处滚出一连串噢噢的低嚎。我对爸爸的低嚎感到不解，他难道就不怕吵醒妈妈。

姑姑被姑父叫走了。姑姑本想再给我们做几天饭，但姑父发了火，说家里也有两个孩子没妈。姑姑走后爸爸开始给我们做饭，除过妈妈没在，家中好像又恢复了原样。我像往常那样爬上炕，从拐角拖出小炕桌，给大家在上面摆好筷子。摆筷子是我唯一会干的家务活，朝向炕沿的桌面是妈妈吃饭的地方，我挑了一双最白最直的筷子给妈妈摆上。我总觉得，睡了好多天的妈妈饿也该饿醒了，她会在我们吃饭时随时推门进来。我又让爸爸把他舀的第一碗面条给妈妈摆上，接着才是我的和他自己的。姐姐放学回来，抓起我给妈妈摆的那双筷子，伸手去端妈妈的碗，被我扑上去在她手背咬了一口。姐姐被我咬疼了，她揉着手，抽泣着说她不知道我还给妈妈摆上了筷子，不知道是给妈妈舀的面条。

给妈妈连筷子带饭摆了两天，第三天做午饭时爸爸同我商量，说等妈妈回来再给她舀饭，要不饭会凉的，我想也对，就只摆筷子了。只要有妈妈的一双筷子在炕桌上，我就会安心吃饭。爸爸有时要给我碗里夹菜，我总要求爸爸换上妈妈的那双筷子再给我夹。在我的梦里，妈妈常和我们一同吃饭，她还和过去一样，不脱鞋，侧身坐在炕沿，随时给我们舀饭夹菜。有一回梦见妈妈炸了一盘油饼，她把油饼掰成小块，蘸上蜂蜜，隔着炕桌一块一块送进我嘴里。蘸了蜂蜜的油饼没尝出多少甜味，妈妈看我的眼神却甜美无比。为了能更早迎候到妈妈的眼神，我常常溜出家门，坐在自家的门墩上朝村道上瞭望。村道尽头，就是爸爸背着我爬坡的地方，如果妈妈此刻醒来，她肯定要由这条道上回家，我会老远老远看见妈妈，妈妈也会老远老远看见我。

我在门墩上的守候常被收工回来的爸爸逮住，他会急忙抱我回家，放在炕上。炕不够热，爸爸就先用被子把我裹住，再去给炕里加柴。有天我光脚穿双单布鞋在门墩上等了一上午，脚被冻得通红，爸爸就解开棉袄，把我的两只脚夹进他暖暖的胳肢窝。爸爸威胁我，说我再往外溜就把我锁在院子里，我想，锁住了院子妈妈回来怎么进门，我就趁爸爸不在家时翻出炕柜里的锁和钥匙，悄悄丢进了炕洞。我相信妈妈会被我等回来，说不定在明天，说不定在后天。

第二天，爸爸和姐姐一离开，我就又溜了出去。我没在家门口停留，直接跑向村道的尽头，那里没有门墩可坐，只有一条陡峭的小路和路上一个个脚坑，顺坡而上的风卷起脚坑里的土屑和枯叶，打着旋子向上盘去，盘进一片荒草，盘进一片光秃秃的柿子林。有打柴草的几个男孩从我身边经过，他们问我在这里干什么，我说在等妈妈，说我妈妈在坡顶上睡觉，睡了好多天了。男孩子们听了后哈哈大笑起来，他们一边笑着一边朝坡上跑，跑在最后面的男孩子回头冲我喊道："就是睡醒了也出不来，有一大堆土压着呢……"

我早就觉得妈妈不会睡这么久，我总是隐约地感到妈妈已经睡醒，我好几次都想问问爸爸，妈妈没回家是不是另有原因。现在我明白了，妈妈没回来是因为身上压着一堆土。

我讲不清我是如何爬到坡顶的，也讲不清用了多长时间才找到压住妈妈的土包。我只记得当我站在土包前，和妈妈仅一土之隔时，伴随我一路的风突然停了下来，草不动，树不摇，整个世界都鸦雀无声。我慢慢蹲下，轻轻地用耳朵贴住土包。我听了很久很久，终于听到了妈妈的声音，那声音从很深很深的地方传来，断断续续，如丝如缕，如泣如诉。我无法辨别妈妈在说些什么，但我却知道，妈妈醒来了。

我站起来，面前的那个土包似乎也站起来，我没容它和我相持多久，就开始进攻。我先从它的顶端下手，把活动的小土块抠下来，抛在一旁。大土块冻在一起抠不动，就用脚揣，搬来别处的石头去砸。搬掉一层土块后，下面的土变得松软，我直接用两手一捧一捧地朝旁边运。我很快就热得满头是汗，棉衣和棉裤就像粘在了身上。捧上一阵土后我还要再用耳朵贴住土包，听听妈妈的声音。我想，妈妈也能听见外面的动静，她会感觉到有人正在消除这一土之隔，虽然她不一定知道是我在干这件事，但她出来后就会知道。我见到妈妈后肯定要哭的，我还要告诉她，每顿饭我都没忘记给她摆上筷子。

我那时没有清晰的高度概念，只感到原先比我高的土包比我矮了，原先的尖顶变成了平顶，还感到我的力气越来越小，手指越来越疼，面前的土包下去的越来越慢。直到这时，我才想到应该去叫爸爸，让爸爸知道妈妈已经睡醒，爸爸的两只大手很快就能把土包搬走。在我想到爸爸的同时，我看见许多人正由坡下向上爬，他们一边爬一边大声呼叫，草丛隐去了他们大半个身子，只露出肩膀和黑黑的头，走在最前面的那个人我一眼就认出是爸爸。

后来我听爸爸说，他找我找了好久，村里村外，河滩树林，连姐姐的学校也去了，哪里也找不到。最后才叫上许多村里人帮他一同搜坡。

后来我听村里人说，他们同爸爸搜到坡顶时看到的是一个披头散发的疯丫头。疯丫头棉裤的膝盖磨了两个大洞，露出白花花的棉絮。疯丫头棉衣半敞着，上面沾满枯叶草梗。疯丫头仰着一脸汗迹，举着冒尖的一捧黄土，说着疯话。

当时的爸爸沉着脸，不理会我说的任何话，一巴掌打掉我捧的土，抹起我就向坡下走。我在爸爸怀里又咬又抓，像卸了套的骡子一样扑腾，如果不是有村里人伸手扶一把，好几次让我差点挣脱。回到家时爸爸已经累得气喘吁吁，他把我丢在炕上，返身关上院门和房门，直逼到我面前。

“说，为啥爬坡？”

“我去看妈妈睡醒了没有。”

“为啥扒土？”

“妈妈睡醒了，出不来。”

“你咋知道睡醒了？”

“我听见妈妈说话了。”

“你听见个屁！”

“我听见妈妈说了好多话！”

“住嘴，你想挨打！”

“我要去告诉妈妈，你不想让她出来！”

最后这句话我是在炕上跳着喊出来的，爸爸的一脸怒容让我喊掉了，他的眼光变得迷茫起来，他久久地看着我，就像在看一个陌生人。看着看着，爸爸的眼眶里涌满了泪水，他伸手把我抱进怀里，他的脸在我的一头乱发中蹭来蹭去，我感到一股热流浸湿了我的头发，我听到爸爸在我耳边不停地絮叨："我也想你妈妈，我也想你妈妈，她为啥就不给我说几句话呢……"

这天傍晚，村里的三个哭丧婆来找爸爸。她们说村里人都知道了我和妈妈说上话的事，说这事有点邪，有些人不敢上坡去了，让她们来给我妈妈哭夜。她们说要一直哭到鸡打鸣，到那时坡上的邪气就散了。她们还要求爸爸在她们哭夜时说些让妈妈放心的话，像不给孩子娶后妈呀，要让孩子吃饱穿暖呀，孩子大了给找个干部婆家呀。

爸爸按哭丧婆的要求在供桌前点亮九支蜡烛，插上三炷香，又给她们拢了一盆炭火，炭火旁蹲上一壶热茶。算算时辰到了，哭丧婆们开始哭，她们的哭声没有起伏跌宕，没有抑扬顿挫，像一汪流不完的细水。我想，没有眼泪的哭声可能都是这个样子，姐姐要跟着哭，她上学太累，没哭多久就趴在爸爸的腿上睡着了。

我不想哭，也不想在厅房里陪着他们。我回到里间，独自爬上炕，靠炕窗坐下。炕窗的小窗格全糊着纸，中间最大的方格上镶了一块玻璃，妈妈在时这块玻璃永远是透亮透亮，有月亮的夜里妈妈常在这里借着月光给我缝衣服，现在它变得灰蒙蒙了。我用袖子把里面擦净，又抬起窗格把外面擦净，再放下来时玻璃又变得透亮透亮了。我把脸贴在玻璃上，默默地向外看，矮矮的院墙外有黑黑的山影，有闪闪发亮的星星，看着看着，山变白了，院墙变白了，月亮从房檐后窜出来了。今天的月亮只有半个，如果妈妈在，我就可以问妈妈那半个月亮到哪儿去了，现在我只能问自己。我自己回答我，那半个月亮被她妈妈丢了，丢在半路上了……

春节到了，我们家没贴红对联，没蒸碗子，没走亲戚，更没请席。只有姑姑来看我们，带给我和姐姐一人一套新棉衣，一双新棉鞋。

清明到了，爸爸领我和姐姐去看妈妈。我没让爸爸背，自己爬上了坡。满坡的青草被太阳晒得香喷喷，一串串蓝色的铃子花在微风中摇曳，压住妈妈的那个土包又垒出了尖顶。爸爸对我说，这个土包叫坟，睡在里面的人再也不会醒来，你妈妈也一样。我还是不相信，我趴下来，用耳朵贴在土包上面，听了很久很久，妈妈什么话也没有给我说，我想，妈妈睡得太香了，她已经不愿意醒来了。从这一刻开始，我明白了我今后的日子里将注定没有妈妈，我将在没有妈妈陪伴的世界里长大。

2005年稿

花　猪

姑奶家的母猪一窝下了十二只猪仔，捎话来要给我一只，于是我背上小背篓去了姑奶家。姑奶打开猪圈让我自己挑，我一眼就看中了黑白花的那只猪仔，我告诉姑奶我要那只花猪，姑奶笑着将那只猪仔抓进我的背篓。

开春时我们村的许多人家都要去集上买回猪仔，这些猪仔不是白毛黑毛就是混毛，只有我从姑奶家背回来的花猪黑白分明。回到家里，爸爸夸我挑回来一只漂亮猪仔，就是腿显得长一些、腰显得长一些、毛也显得长一些，不仔细端详嘴脸会以为是只小花狗。

花猪背回来的头半个月是陪着我在灶头旁度过的，我用厚厚的麦草在灶房的柴堆下给它铺了个窝，我只要在灶口前一坐，它就会爬出窝，挤在我膝下，等我燃起灶火。那时冬天还没过去，花猪的麦草窝里也没多少热气，它把我等同了温暖，灶口喷出的火苗很快就烤得它暖暖和和，一身舒服。有几次我逗花猪玩，把它从灶口扯开，丢回草窝，它就会满地打滚，哭声震天。看着它的可怜样，我总会很快把它重新抱回灶口，抚摸一番，说我是在和它玩，同时用小瓦盆给它端来热食。花猪吃着食也忘不了刚才的委屈，看我的眼神中充溢着哀怨，甚至泪光闪闪。

我家的旧猪圈一直没整修出来，花猪又见长，爸爸就用干柴棍在我家驴圈的拐角给花猪另外隔出了一块地盘，里面垒出一方高台供花猪睡觉，卧一个小石槽供花猪吃食。干柴棍太短，入地又浅，一个月后就拦不住花猪了，于是它开始和黑驴冲突不断。

小石槽里的食要比驴槽里的食香，花猪顿顿都可以安安稳稳地吃，从不用担心驴嘴会凑过，它知道拴在驴槽前的缰绳没给驴嘴留下多少活动空间。但驴槽里的东西花猪却常常惦记。驴食并没有什么好东西，大多是铡短了的秸秆，还有时鲜青草，再撒一把豌豆、玉米、麸皮之类点缀。正是这些点缀成了花猪猎取的目标，它会将前腿搭上驴槽的底板沿，奋力地蹦进去，在秸秆中拱食那些粮食。黑驴会用头来回推挤花猪，想将它撵下槽，花猪会用四条长腿蹦来蹦去躲闪。黑驴急了就翻开嘴唇去啃花猪的背，花猪被啃痛了就吱吱地叫，用更快的速度去清扫秸秆中的粮食。我如果这时在家，必定要扯住花猪的耳朵将它拉下驴槽，并守在旁边，直到可怜的黑驴把秸秆底下的粮食渣渣舔净为止。

花猪借住在驴圈，这让它有了偷跑和强行出逃的机会，只要一牵黑驴出圈干活，四条驴腿下总会闪出四条猪腿。往往是黑驴的半个身子还在圈门里，花猪已经窜出去好远。花猪不仅长得像狗，跑起来也像狗，只要让它窜出了驴圈，逃出院门，想在半道上拦住它根本不可能。过多的出逃机会让花猪熟悉了村里村外的大路小道，也熟悉了哪条道可以通向有食物的地块。

爸爸要牵黑驴去干活，找回花猪的任务就归了我。路旁的洋芋地花猪最容易光顾，那里却不易隐藏，没拱几下就会让我撵出来。麦地好藏身，麦叶却不好吃。几经选择，玉米地里套种的豆秧子成了花猪的首选，各种嫩豆角让它吃得如醉如痴，不用土块狠砸别想让它离开。指望我一个人很难把花猪撵回家，最好的结果是把花猪撵到自家地里，任由它吃个饱，这样它就不会去糟害别人家的庄稼，给我家招惹来是非。

花猪每次逃跑总有收获，享享口福是肯定的，有时还能把肚子吃得滚圆。花猪吃饱了也不愿回家，它会在玉米地的边埂上或向阳的草坡上去丢盹，会在小溪边喝水撒欢。有天下午放学很迟，我和同学们叽叽喳喳走出校门，发现花猪还在学校对面的小溪旁游荡。我想带回花猪，找了一根绳子，央求同学们帮我围堵一下，于是小溪两旁展开了一场欢天喜地的追逐。花猪吱嗷吱嗷叫着从我们臂下钻来钻去，它并不一下子跑远，它似乎很喜欢这种追逐游戏，它溅起一尺多高的水花，从小溪的这边跑到那边，又从那边跑到这边。兴娃是我的同桌，他个子小，身子轻，被花猪顶了一个跟头，一屁股坐在了溪水里。月芹是我们的班长，她抡起书包，想挡住花猪的去路，花猪只抖了一下肩头就将书包撞开，里面的课本作业本全飞进了溪水。

围堵花猪的结局很丢人，当我们在夕阳下走进村口时就像一队落败的士兵。有跌破膝盖的，有扯破衣裤的，有流鼻血的。月芹没有伤着哪儿，只是抱回家一堆湿漉漉的书本，当天夜里，月芹为这堆很难烤干的书本挨了一顿打。

月芹家就在我家上塄，她妈妈的骂声和她的哭声全飘了下来。爸爸听出些什么，上月芹家去问原委，回来后用扫床笤帚敲了我几下。爸爸并没有打疼我，我还是大声哭叫，辩解说这全怪花猪。仿佛为了证实我的说法，对面驴圈里的黑驴也大声叫起来，同我一起述说花猪的不是。

这时只有花猪超然度外，它不论跑多远，都知道我们会给它留门，会在天黑前自动回到驴圈。花猪回来后总要先审视自己的小石槽，看看还有没有可吃的东西，再一搭蹄子跳上驴槽，在黑驴翻腾过无数遍的秸秆里拱上几下，趴在上面坦然入睡。夜里爸爸给黑驴加精料时花猪还会蠢蠢欲动，但只要黑驴打几下响鼻它就会老实地卧下。这可能是花猪天生对夜的恐惧，也只有在这时食物对它的诱惑才会受到抑制。

花猪有家食也打野食，不缺树荫下的小酣也不缺驴槽边头的大睡，可就是不长肉，五个月大时还不到三十斤。住在村顶头的唐老杆路过我家门口，被爸爸拦进来，让他给花猪不长肉找找原因。唐老杆是我们村里年纪最大的识字人，会算阴阳，会给人号脉，还看过《猪疫大全》。他先倒扯起花猪的两条后腿，检查去势是不是干净，再捏捏花猪的后背，看脊骨是不是齐整。唐老杆最后得出的结论与去势无关，与脊骨也无关，而是花猪腿太长了。

“腿长的人有几个是胖子，何况是腿太长的猪……”唐老杆将花猪丢回驴圈，开始抽爸爸酬谢他的香烟，两根烟抽下去，他吐出了一个办法，就是让爸爸提前杀掉花猪，免得浪费粮食。

“一条命来世上也不容易，咋都要让它活够时辰……”爸爸想了想没同意。

花猪并不知道它躲过了唐老杆给它设下的一劫，依旧像过去那样和黑驴打架，争食，有机会就窜出驴圈撒开四条长腿飞跑。村里人对此已习以为常，也不再担心自己的庄稼会被花猪祸害，他们全知道花猪会认地界，知道花猪每次打野食时总是先钻进自家地里。我说这是我调教出来的，因为每次追赶出逃的花猪都只有一个结局，就是将花猪撵进自家地，它在那里可以放开肚皮去吃，我可以坐在土塄上歇口气。爸爸却说是花猪自己闻出来的，说自家地里上的自家的肥，全是自家的屎尿味，花猪觉得是在吃自家的饭菜。

夏去秋来，秋去冬到，花猪终于走到了腊月。地里已经找不到可食的庄稼，花猪对打野食也失去了兴趣，它逃出驴圈后更多的是在自家院里院外转悠，要不就跟定了我，催我给它熬食。花猪还是见长了，背脊见长，四条腿见长，就是肉没见长多少。看到花猪的人都笑话我，说我用一年时间喂出了个能跑能跳的花架子。

腊月十五一过，杀猪匠进了村，有些猪的时辰到了。我每天都可以听到别人家的大肥猪惊天动地的惨叫，那声音总是一阵高昂，一阵低沉，一阵哀鸣，一阵喘息。花猪被这种叫声吓坏了，它不论在哪里转悠，叫声一起，都会飞快地钻回驴圈，躲进墙拐角它的那块地盘中，半晌都不出来。爸爸给我讲过，人懂人话，兽懂兽语，我想，花猪肯定是听到了那些肥猪在喊妈喊爸喊救命，它在想会不会轮到它自己。为了打消花猪和我的顾虑，我连着几天和爸爸谈判，我要求爸爸答应不去叫杀猪匠，我说花猪太瘦了，没肉少油，让我再喂上一年。

“它的腿太长，恐怕再喂也肥不起来，反倒把肉喂老了。”爸爸叹了口气，不说花猪的时辰到了没有。

腊月二十一的傍晚，爸爸在我家门楣上贴了张符。符纸瘆黄，上面画了一个笔画繁多的字，字的一撇一捺都在向四处逃逸。

我一看到门楣上的符，就知道花猪的时辰还是到了。晚上，我给花猪熬了一盆加上洋芋块和盐的玉米糊，又用油拨拉了许多苜蓿芽子拌进去。我蹲在花猪的小石槽前看着它吃，花猪吃得有滋有味，光溜溜的尾巴兴奋地画着圆圈，还时不时地看看我，像是在探寻这顿饭的来由。黑驴闻到了香味，极不满意花猪得到的特殊待遇，搅动着长舌头在嘴里嘟嘟囔囔，徒劳地扭过身子想踢花猪，被我骂着使劲推开。

那天夜里我没睡好。一闭上眼睛就看见杀猪匠提着刀在敲我家门。第二天天刚亮我就悄悄离开家，我要找一个听不到花猪叫声的地方躲起来。

溪流已经变成窄窄的冰流，弯弯曲曲由山谷里淌下来。我沿着这道冰流朝上转了三道弯，来到青冈岔，一道陡峭的山脚横伸出来挡住了我。山脚上是密不透风的青冈林，我拐到山脚背后，在一团枯草中坐下，开始等候那件事情的结束。背后的岩缝上挂满细长的冰溜，面前是结冰的小溪，冰下的流水声隐约可闻。我在团团寒气中裹紧瘦小的棉衣，并拢双腿收在胸前，两手绕过膝盖抄进窄窄的袖口，这样可以让我在胸口保留下一点暖气。

我坚持到中午才被焦急的爸爸找到，他脱下身上热乎乎的棉衣，把我连身子带手臂一同裹起来。爸爸要背我回家，我不干，我不愿意让那双帮杀猪匠捆过花猪的手从背后托住我。我远远地跟着爸爸走回到村里，在距家门口好远就埋下头，我害怕看见与花猪生死有关的任何东西。进院后我更是目不斜视，跑进房门，爬上炕，一头钻进被窝里。后来我才知道，爸爸在去找我前已经将花猪变成的那些东西全藏了起来，又把院子里外打扫干净，撕下门楣上的符，把花猪吃食的小石槽埋进了柴火堆。

那一年，家中的猪肉我一点也不吃，不论是熏肉、腌肉、还是肉臊子。因为爸爸给姑奶家和舅舅家送过肉，串亲戚时我也绝不吃肉。接下来的两年里我们家没再养猪，不是爸爸不养，是我不让爸爸养。

2005年稿

线 线

线线从早到晚沉默寡言，在村子里遇见人也只是低头而过，很少与人打招呼，因此有人说线线太怪。我听到这种话时总要替线线辩解，说线线一点不怪，只是心里的委屈太多。

线线的委屈只讲给我听，像妈妈给弟弟做了一双新棉鞋却没给她做，像吃捞面条时弟弟有一勺肉臊子她却没有，像猪草少打了两把妈妈就骂她一顿。最让线线感到委屈的是妈妈从来不给她做新衣服，使得她只能穿一些改来改去的旧衣服，有的衣服上还带着大大小小的补丁，让她看起来灰头灰脑，在谁面前都抬不起头。

中秋节晚上线线来我家找我说话，我那天穿的是爸爸新给我买的小翻领红绒衣，线线羡慕到极点，和我说的每句话绕来绕去都绕到这件红绒衣上，我就脱下来让线线套上试试。线线套上红绒衣后要去照镜子，我让她等等，拧了把热毛巾给她擦擦脸，又给她拢拢头发，于是镜子里的线线连她自己也不敢认了。我突然发现，线线才是我们村里最漂亮的女孩，她在镜子里羞怯怯的笑容比窗子外面的大月亮都好看。我让线线把红绒衣穿走几天，线线想了想又给我脱下来，她说穿回去她妈妈会骂她，问我这件红绒衣在哪里买的，多少钱，她要攒钱买一件。我告诉她是我爸爸花了五块多钱在镇上买的，我怀疑她没有啥法子攒钱，她说她喂的黄母鸡开始下蛋了。

黄母鸡是线线开春时从一个鸡娃子养大的，一同养的七只鸡娃子到了秋天就活下来这一只，别的不是病死就是让鼠狼子叼走了。线线讲黄母鸡知恩图报，从下第一个蛋起就只让她由窝里取，别人去取就会被啄手。她爸爸觉得黄母鸡是女儿一手带大的，决定前半年卖蛋的钱全归女儿，让女儿去买一件新衣服。但她爸爸在家里说话从不顶用，她妈妈撇个嘴瞪个眼就能推翻。我想，线线要攒够钱不是件容易事。

线线大我一岁，没上过学，我上课时她在家里做饭、喂猪、洗衣服，有时也跟她爸爸下地干活。我下午放学后常要和许多女伴去打猪草，只有这时线线才会来和我们结伴。我们打猪草的地方叫白石岩，要沿着沟进山五里多路，一堵白刷刷的石岩有十丈多高，把沟道挤成了窄窄的一条。白石岩后面的那道坡宽阔平缓，有几股细细的水从坡面淌过，各种猪草又肥又多。不过那里常有野猪出没，我们这些女孩里没人敢单独去。

说线线来和我们结伴不如说是来和我结伴，她只愿身前身后跟着我。她说别的女孩嫌她脏，不愿挨近她，村西头的唐娥儿还说她衣服上有臭味，实际上她的衣服再旧也洗得干干净净。我劝线线别往心里去，有些人是在和她说着玩，我还不忘问问她攒钱的事，她每次的回答都让人丧气。线线讲，每攒十多个鸡蛋她妈妈就要拿到街上去，但卖下的钱从来不给她，她也要过，妈妈并不理会她，多要几次就会对她发火，说这些钱要给她弟弟上学用，让她去把弟弟掐死，掐死了就可以把钱省下来给她花。

线线的弟弟叫盛娃，上二年级。我在学校里曾愤愤不平地对盛娃讲，如果他姐姐也上学，现在都五年级了。盛娃却说他姐姐迟早要出嫁，上学也是给婆家上，划不来。我知道盛娃的回答肯定是在重复他妈妈的话，这种重复还表现在长的和他妈妈一样的八字眼上。爸爸给我讲过，八字眼是里外眼，最能划分自己的东西和别人的东西，但女儿是自己的骨肉，线线妈咋就能早早把线线划分到婆家一方呢。

有天打猪草时线线告诉我，说她妈妈给盛娃煮了个鸡蛋吃，她本来不知道，是黄母鸡把埋在土里的鸡蛋皮刨出来后她才知道的，她求爸爸也给她煮个鸡蛋，爸爸已经从小草筐里拿出了一个鸡蛋，让妈妈又夺了回去。线线给我讲时委屈得眼泪汪汪，我就在打完猪草后把线线拉到我家来，给她煮了两个鸡蛋。线线只吃了一个，她说她两年没吃过鸡蛋了，另一个要带回去第二天吃。结果这个带回去的鸡蛋差点让线线挨一顿柴棍。

线线家在我家下手，中间只隔了两家人，她妈妈的叫骂声先越墙踏瓦传上来，接着就传来线线带着哭腔的辩解。叫骂声和辩解声中似乎都提到了鸡蛋，我那时正在给爸爸掺面做饭，听到后心里一沉，带着满手的面粉就跑去了线线家。在线线家门口，线线妈一只手攥住线线的手腕，另一只手正从家门前的柴火堆里往外抽柴棍。我抓住线线妈抽柴棍的手，求她别打线线，告诉她线线没吃黄母鸡下的蛋，是我给线线煮的我家的鸡蛋。

线线妈根本不理会我的解释，她甩开我，抽出柴棍，在线线的后背上抡了一下，气汹汹地骂着："贱货，谁让你到外面去讨食，我啥时候饿过你……"

不等线线妈抡第二下，我就用两手抓住了柴棍，我盯住线线妈的眼睛，认真地对她说："不怪线线，要怪就怪我，你要再拿柴棍抡线线，明天盛娃在学校里也会挨打，有人会把盛娃鼻血打出来，会把盛娃的耳根子撕出一条缝。"我说完后松开柴棍，回身就走，我清楚我的威胁绝对顶用，因为全村人都知道我在村小学里的威望，就是我们班里最捣蛋的男生也常常要看我的眼色行事。

晚饭时我给爸爸讲了线线挨打的事，爸爸说我给线线煮鸡蛋吃就是可怜线线，那么让线线可怜的人当然不高兴，说我让线线身上少挨了几柴棍，心里却要多挨几柴棍。我估量不来这里的轻重，爸爸就说线线妈会让线线穿更旧的衣服，看更多的冷眼，会找出更尖酸的话骂线线，让线线越发感到自己贱不如人。我问爸爸线线妈为啥不喜欢线线，爸爸说有的女人就是只喜欢儿子。我问爸爸那该咋办，爸爸想了想，决定去线线家坐坐，告诉她的爸爸妈妈，就是为了日后换份厚实的彩礼也要善待女儿，糟践过了头会落下个坏名声，也会害了盛娃，日后没有人敢让女儿给这么厉害的婆婆当儿媳妇。

秋天只是三拨雨，第一波雨会打熟荞麦，第二波雨会打落树叶，第三拨雨会带着冰粒落下来，把白石岩后面的那坡草地打黄。没了猪草打，我放学后和线线又结伴去捡柴。那时爸爸早已去过线线家，他带了一包茶叶一包烟，在线线家聊到半晚上。爸爸没白去，线线过后不久就告诉我，她妈妈给她钱了，每回卖掉鸡蛋都要留给她两角。我帮线线算了算，到明年种包谷的时候钱就攒够了，那时天气不热不冷，正好买来绒衣穿。

冬天只是三场雪，第一场雪下了小半天，连伏在地面的麦叶也没压住，我和线线照样去捡柴。第二场雪下了两天两夜，雪停后一脚踩下去埋过了腿肚，柴是没法捡了，我就叫来线线上我家热炕上聊天。线线没有棉鞋穿，两只脚常常被冻得通红，在被窝下捂好久才能暖过来。线线在热炕上对我讲，她家的黄母鸡嫌天太冷歇蛋了，不过她爸爸说黄母鸡会把蛋芽攒在肚子里，开春后要狠下一阵子，不会耽搁她攒钱。我说不耽搁攒钱却会耽搁时间，等攒够钱镇上的那些红绒衣也许卖完了。我想了想，在褥缝里摸出我攒的三块多钱，递给线线，问她加上这些钱够不够，让她先把红绒衣买回来。线线死活不要，说她妈妈肯定要骂的，说天还冷，买来也穿不成。正月二十下了第三场雪，飘飘扬扬的雪花只在地面铺了薄薄一层，向阳的地方没等落上脚印就化了。空气不再那么冷，房檐下的日头也长久了许多，有些人家的母鸡晒到的日头多开始叫蛋。线线听见后着了急，抱着她家的黄母鸡去追日头，追来追去，追到我家的房檐下，和我家的那几只母鸡一同享受阳光。我爸爸劝线线别着急，不用抱着黄母鸡跑，说这几天地气见热，没多久就会有暖风顺河沟上来，会在村子里挨家挨户进门钻窗，到那时家家的母鸡都会下蛋。

爸爸说的暖风半个月后就顺河沟上来了，但爸爸没提到的瘟虫子躲在暖风里也上来了。暖风走到哪里，把瘟虫子也带到哪里。暖风无孔不入，瘟虫子也无孔不入。瘟虫子进村才两天，爸爸就发现我们家里的那几只鸡有些蔫巴，于是剁头放血，再烫掉鸡毛，掏出五脏，一锅炖鸡肉让我们感到鸡似乎还没有白养。爸爸杀鸡前想起线线家的黄母鸡，让我快去告诉线线瘟虫子来了，让她找个不见光不透风的地方把黄母鸡藏起来。

瘟虫子极小极小，看不见摸不着，但它满世界飘，还飘来了我家。我身上难保没染上几个瘟虫子，所以我只敢隔着院墙给线线喊上一气，线线闻声抱起黄母鸡爬上她家的棚楼。线线家的棚楼只有一层楼板，没有正墙，没有窗子门，要靠厅房里斜搭的梯子上下，整日里都黑咕隆咚。为了防止黄母鸡飞下棚楼遇见亮光，线线用自己的背篓把黄母鸡扣在棚楼的拐角里。为了防止透风，她又揪来些麦草混杂上旧棉絮，堵住棚楼山墙上的两个出风口。线线担心自己的鞋底粘上了瘟虫子，给黄母鸡送食时总要把鞋蹬掉，光着脚去爬楼梯。

在黄母鸡藏在棚楼上的日子里，村子里的死鸡成了堆，很快全村就见不到一只活鸡了。有的死鸡被抛进猪圈，让那些饿猪连骨头带肉全啃进肚里。更多的死鸡被丢在村外的荒坡沟岔，成了花狸子和浪荡狗的野食，被它们揪下来的鸡毛在荒坡沟岔里白花花铺了一层。几天后这些鸡毛又让顺坡风带回了村子，村子里顿时扬起漫天鸡毛。鸡毛落地不久，一场春雨也落下来，那些鸡毛被人踩进泥里，被雨水带进河沟，被齐刷刷长出的青草抓在了草根。雨停后是大太阳，热乎乎地晒了三天，爸爸让我去告诉线线，说瘟虫子走了，到别的村子转去了，她家的黄母鸡可以出来了。

线线怕瘟虫子还没有走干净，又等了两天才敢把黄母鸡抱下棚楼，接着又从棚楼上捧下来十几个鸡蛋。这件事让许多人感到惊讶，有人想看看活下来的黄母鸡和它下的蛋，但线线只让我进了她家院子。我看到毛色鲜亮的黄母鸡傲气地在院子里走来走去，还看到躺在小草筐里白白净净的鸡蛋。线线说我家养的鸡死光了，要送给我几个鸡蛋，我说给我鸡蛋不如等黄母鸡抱窝后送给我一对鸡娃。线线一口答应，说等到小鸡娃能看出公母后再给我。我俩还商量好，不把钱攒够就不能让黄母鸡抱窝，惊蛰一过就要每天拿凉水淋它的头和翅膀根，让她忘掉节气，或者不让它看见公鸡。说到这里，我和线线才想到我们村里的公鸡死得一只也没剩下。

缺少公鸡并不影响黄母鸡下蛋，没多久我又看见线线妈提着鸡蛋去了街上。我想，线线又可以攒钱了，这比我要的鸡娃子重要得多，等她把红绒衣买来后我要仔细给她打扮一下，要在吃晌午饭前领着她在村心心的老杏树下聊天。那时老杏树下会人来人往，我要让全村的老老少少眼前一亮，让村里的女娃娃们在线线的漂亮前心服口服。我还要领上线线去唐娥儿家转一圈，她的腿短得像没有膝盖，胖屁股直接耷拉在小腿肚子上，还一只眼睛大一只眼睛小，就因为新近去镇上也买了一件红绒衣穿上，觉得自己漂亮到了天上，尽往人堆里挤，线线把她的红绒衣多看了两眼，她就挖苦线线，说线线的眼睛里全是馋火，差一点把她的红绒衣烧出两个窟窿。

这天线线妈从街上回来得特别早，我下午上学时还没进校门就看见她走上来，她路过学校时叫出了盛娃，给盛娃手里塞了块泡泡糖。在我们学校里，有块泡泡糖的人就等于有了趾高气扬的本钱，盛娃凭此在一个下午都成了他们班的中心，他先招呼同学们来看糖纸上的图案，鲜绿的糖纸上是两个鼓着腮帮子吹泡泡的娃娃头，泡泡吹得比娃娃头还大，好像要拽着娃娃们朝天上飞去。有两个吃过泡泡糖的同学拿着保留下来的糖纸和盛娃对照，图案一样，颜色却不同。面对同学们对颜色不同产生的疑惑，盛娃爽快地把糖纸剥开，让他们看和糖纸同样鲜绿的糖块："知道了吧，啥颜色纸包啥颜色糖。"盛娃讲完，得意洋洋地把泡泡糖送进嘴里。

我知道一个泡泡糖要值一个鸡蛋的钱，我担心线线妈把应该给线线的钱给盛娃买了泡泡糖吃，下午放学后我和几个女伴去村边掐苜蓿芽，线线背着背篓也加入进来。我把线线拉在一旁，问卖掉鸡蛋后她妈妈给她钱没有，她说没给，她妈妈说两个月没鸡蛋卖了，这点钱要留给盛娃上学用。不过她爸爸在她妈妈那里还是要出来两角钱，因此妈妈和爸爸吵了一架。

看来爸爸和妈妈吵的这一架让线线很是伤心，她告诉我不想买红绒衣了，因为妈妈又骂她是贱货，说她这么小就知道花钱打扮自己，长大了肯定是个风骚婆娘。爸爸嫌妈妈的这句话太难听，吞吞吐吐地与妈妈计较，计较不过，就抡起拳头捶自己的头，骂自己没本事，不如一个鸡屁眼挣钱多，给女儿连一件衣服都买不起。线线讲着讲着开始嘀嘀嗒嗒掉眼泪，她掐的每一把苜蓿芽都溅上亮晶晶的泪珠。和我一同来的女伴谁也没有注意到线线在难过，依然在旁边挤成团，叽叽喳喳地说笑。我冲她们一顿呵斥，全都撵到不见不烦的坡弯后面去了。

线线讲够了，泪珠子也落够了，低着头，开始默默地掐苜蓿芽。我陪在线线身旁，一时也找不到该说的话，我不想再像往常那样劝劝她或者安慰两句，我觉得任何劝解在现在都会显得轻飘飘，但我又觉得必须想出个办法，让红绒衣的事有个了结，毕竟是我穿的红绒衣引出了这么多事情。想了想，还是把老办法搬了出来。我把我掐的苜蓿芽全倒进线线的背篓里，免得她回家后因为背篓太空挨骂，然后拉着她朝回走，进了我家院子。我丢下背篓，又帮线线卸下背篓，领着她进到我的屋里，我从褥缝里把我攒的钱又摸出来。

“咱俩是不是最好的姐妹？”我认真地问线线。

“是。”线线点点头。

“好姐妹之间分不分你我？”我接着问。

“不分。”线线摇摇头。

“不分就好！”我拉过线线的手，把钱放进去，“这些钱加上你攒的钱足够把红绒衣买回来，你要不买，我的那件也不穿了，要压在炕柜里让它发霉，霉成絮絮，烂成片片。”

线线看着我不容置疑的样子，犹豫再三，勉强收下了我的钱，但她没同意让我第二天就陪她去镇上买红绒衣，她说这是件大事，不比我给她煮的那两个鸡蛋，要等一等。我问她要等啥，她说要等个空告诉她爸爸，让她爸爸等个空告诉她妈妈，要等到她妈妈不会因为这件事骂她。两天后的下午，线线的第一个空还没有等到，她发现包了里三层外三层的钱从她的炕席下不翼而飞了。

后来我才明白过来，线线要等的那个空实际上是等不来的东西。如果她妈妈想给她买红绒衣，那么早就买了，根本不用她去攒钱。如果她妈妈不想给她买红绒衣，那么她只会给她妈妈买回来一根眼中钉，肉中刺，所以她攒的钱被人拿走并不奇怪。

线线是在午后发现钱丢了的，她慌慌张张去了村小学，从教室里叫出了盛娃。盛娃说他没拿，线线就扯住盛娃满身地搜，钱没搜出来，却在裤兜里搜出一把泡泡糖。线线认定这些糖是用她的钱买的，就把糖摔在地上，用脚去踩、去揉。盛娃趴在地上去护他的泡泡糖，被线线踩了一下手背，他就抱着手喊痛，坐在地下哭起来。

课是没法上了，大家都跑出教室看热闹。我听线线说钱全丢了，就知道我给她的钱也丢了，我不管盛娃如何抱着手喊痛，扯着他的耳朵拉他站起来。

“说，钱是不是你偷的！”

“不是我……”盛娃一口否认。

“不是你是谁？”

“你管不着，我妈让你以后少管我家的事！”盛娃挣脱我的手，指着我的鼻子喊道。

如果不是线线推开了我，我会扇盛娃一巴掌。线线推开我后又急忙拦住盛娃班上的几个男孩，那几个男孩早就对盛娃心生嫉恨，现在知道了让他们如此眼馋的东西竟然来路不正，感到被盛娃戏弄了一番，摩拳擦掌地围过来。

“快回家去！”线线觉得事情变得有点不对头，急忙向盛娃喊。盛娃听见后扭身就跑，几只踢向盛娃的脚被线线连推带挡全走了空。

盛娃跑掉了，线线没有跟着盛娃回家，她蹲下，把地下的泡泡糖一块块捡起来。我让线线把那些糖块丢到茅坑去，她说这也是钱买的，不能丢，说盛娃偷走的钱肯定没花完，剩下的钱找回来后还给我，“你把红绒衣拿出来穿吧，别等我了，我不买了，我就没有穿红绒衣的命……”线线眼眶红红地对我说。

线线把捡起的泡泡糖仔细地放进衣兜，回家去了。我站在校门前，默默地看着线线离去。我想，线线的决定可能是对的，她的心早就被各种各样的委屈填满，已经没地方再容纳红绒衣会带来的委屈。

线线走后我又上了一堂课，放学后我没心思再去掐苜蓿芽，把上学时背去的空背篓又空着背回家。丢下背篓后我去找线线，我想叫她来我家住两天，因为我有种预感，线线虽然不买红绒衣了，但那些委屈不会容易躲开，特别是当线线在学校里和盛娃闹腾一番后，说不定委屈会来得变本加厉。

线线家的大门上了闩，丝毫推不动，这在大白天是很少有的事。我连敲带喊也没能叫开，这也是很少有的事。线线妈不开门，却隔着门装聋卖傻地问谁在敲门。我说我来叫线线一块去掐苜蓿芽，她说线线有事去不了，我说线线去不去让她自己来给我讲。

“你算哪家的野鸟，吃食还要拉上别人！”线线妈在门里骂了我一句。

“你再骂我就拿石头砸门！”我毫不让步，就手在她家墙角捡了两块石头，我用石头朝她家大门砸一下叫一声线线。我想好了，线线妈敢开门出来，我就要像对付看门狗一样把她引开，那时线线就可以出来了。

线线妈被我激怒了，她拉开门闩，打开门，对着我破口大骂。她一点也没注意到线线披着蓬乱的头发，提着背篓出现在她身后。线线只一挤就跑出了门，她妈妈抓了两把，被她扭着身子、拐着弯甩开了。

我的预感没错，线线妈把一大堆委屈又给线线塞进心里。线线来到我家后给我讲，她一回到家就被她妈妈扯进厨房，逼着跪在墙角，先扇了她一顿巴掌，接着就用柴棍打。那根柴棍像是早就从柴堆里挑出来的，粗细长短正跟手。她妈妈抡起柴棍就像干活，打打歇歇，歇歇打打，直到她爸爸下地回来才停住。她爸爸夺过柴棍，问为啥打她，她妈妈说她没事找事，跑去学校捣乱，把盛娃拉出教室不让上课，还想叫别人踢死盛娃。她爸爸不信，要问盛娃，她妈妈就抓来盛娃，不等盛娃说一个字就捏住脖子，说干脆我替你把儿子掐死算了，免得他姐姐早晚看着不顺眼。线线讲她妈妈这次打她特别狠，为了打的时候不伤衣服，还兜起她的褂子……

线线给我讲的时候没有哭，只是身子在不停地哆嗦，哆嗦厉害时她的叙述就变得结结巴巴。我看着心里难受，求线线别哆嗦了，她说是哭不出来才哆嗦的。我抱住线线，希望这样可以让她停止哆嗦，她却在我的怀里痛苦地抽搐了一下。我松开手，撩开线线的褂子，又撩开褂子下面窟窿套窟窿的毛衣，后背上一片血乎乎的青紫让我目瞪口呆。

“应该药死这个婆娘……”我心里突然涌现出一个可怕的念头，和这个念头一同出现的是放在我家后窗外面印着死人头的农药瓶子。我自己也被这个念头吓住了，但我却没法赶走它，因为只有这个念头才可以让线线背上那片血乎乎的青紫变得不那么扎眼。

线线站起来，拉展被我撩得乱糟糟的衣服，那片血乎乎的青紫从我眼前消失了。她从床头拿起我的木梳，对着挂在墙上的镜子哆哆嗦嗦地梳了梳头。她说她要走了，从地下捡起她的背篓，来到我家院子里。

我已经从那个可怕的念头中走出来，我追到院子，问线线要去哪里，让她别回家，先在我家躲两天。线线说她不回家，要去白石岩打猪草。我说那里的猪草没长开，打不回来多少，她说她知道。我说去那里路太远，走到天也快黑了，她说她知道。我说知道了就不要去，她说她必须去，不去就会哆嗦得收拢不住。线线和我说着话，脚一步也没停，还越走越快。我快跑几步，拉住线线，说不结伴不能去白石岩，让她等我回家取来背篓一同去。看着线线站稳后我飞快地跑回家，等我取来背篓时她却不见了踪影。

爸爸后来狠狠地骂我了一顿，问我知道白石岩打不来多少猪草为啥还要回家去取背篓。我也无数次地问过自己这个问题，因为我清楚，如果我不回去取背篓，就会一直跟在线线身边，故事就不会是现在这个结局。

这个多余的背篓在我追赶线线时还是被丢在了半路，那时我已经感到了一种不祥，这种不祥不甚清晰，但它逼着我丢掉背篓快跑。进沟的小路有时沿溪，有时挂坡，有时让我溅一腿溪水，有时让我绊一个趔趄。沟道很快就变得狭窄，只能容溪流穿过，沿溪的小路全被挤上了山腰。我跑上山腰，和白石岩远远地打了个照面。我看到提着背篓的线线，她没有去打猪草，她已经快爬上白石岩的岩顶。

我感到的那种不祥已经变得如此清晰，使得我呆立如木，使得我欲呼无声。我在惊恐中看着线线爬到岩顶，她好像先坐着休息了一下，接着就抓住背篓站起来。她走前两步，朝岩壁下看了一眼，被吓得退回来；她又走前两步，朝岩壁下看了一眼，还是被吓得退回来。第三次线线不敢看了，她举起背篓，倒扣在头上，走前两步，从岩顶上扑了下去。随着线线的坠落，我也软瘫在脚下。

我回到家时天已经黑得严严实实，回家的这段路在我的记忆中永远是一片空白。我记得我给爸爸讲了些什么就钻进我的屋里，爬上炕，用我能找到的所有被子把自己盖起来。我想用重量和温暖帮助自己，抑制住线线留给我的剧烈的哆嗦，但无济于事，直到沉重的悲哀变成如潮的哭泣，哆嗦才慢慢停止。

当天夜里，爸爸叫来村长，打着手电，提着马灯，陪线线的爸爸妈妈去了白石岩。爸爸讲，线线一落地就死了，她屈身躺在溪水冲出的沙滩上，上半个身子依然罩在背篓里。见到线线后她爸爸说不出话也哭不出声，像堵倒塌的土墙跪倒在地，只有她妈妈真真假假哭了一阵。

第二天上午，村长叫来了几个人，带上铁锨和镢头，和线线的爸爸一同来到白石岩下。他们把线线埋在白石岩对面的一个高塄上，埋的时候没有棺材，没有换衣服，仅仅是把线线从她躺的地方抬到新挖的坑里，再填上土，垒出一个不高的坟堆。坟堆拍实后村长和那几个人走了，只留下线线的爸爸，他默默地坐在坟堆旁，一支接一支地抽烟，直到晌午后才慢慢走回村里。

又过了五天，线线家要给线线烧七，爸爸说应该给线线送些纸钱，让我和他一同去。在此之前，我没心上学，没心干活，懒得梳头洗脸，一直把自己关在家里。爸爸说这件事总要熬过去，只要我不忘记线线，那么线线就等于活着，活在世上和活在别人心里是一样的。

出门前我梳了梳头，擦了把脸，想了想，又从箱子里翻出我那件红绒衣，套在身上。爸爸说线线没活到年头，烧七时不能见红，我说线线喜欢这件衣服，我要让她再看一眼。

我和爸爸是最后赶到白石岩的，线线妈没来，我只看到线线爸和盛娃，还有他们家的两个亲戚。线线坟堆前的火已经烧起来，她的背篓烧得只剩下套肩上的几根竹条，她爸爸正在把她留下的几件旧衣服和一双旧鞋朝火堆里扔。我谁也不理，静静地站着，看着爸爸将最后几张纸钱抛进火堆，接着我脱下身上的红绒衣，压在怀里叠好，也送进火堆。爸爸没挡我，和我一同看着红绒衣腾出火苗，又一点一点变成了灰烬。这时，火堆对面的盛娃开始哭了，眼泪鼻涕很快糊满一脸，他哭着从裤兜里掏出两块泡泡糖，也抛进火堆。

烧七过后十多天，离开村子很久的瘟虫子又悄悄溜回村子。这一次不仅瘟死了村里人新买来的上百只鸡娃，也没放过线线家的黄母鸡。爸爸说瘟虫子从来不走回头路，这次回来得太蹊跷，可能是来给线线抱不平，也可能是来把黄母鸡给线线带去，让线线在另一个世界里好有个伴。

烧七过后不到两年，线线妈给盛娃生了个弟弟。

2006年稿

喜儿

一

那时生产队还没有解散，那时生产队里有十二头牛，两条驴。那时的饲养员叫五爷，全村人都这么叫，但他只和我家沾亲带故。

五爷从小拐腿，两条腿的膝盖向外撇，走起路来抬肩挪胯，慢慢腾腾，就像双腿间夹了个大网套。五爷没法干地里活，十七岁时队上就安排他当了饲养员，从此五爷再没离开过牲口房。五爷一直单身，爸爸说五爷可怜，做了什么好饭总让我给五爷端去一碗，第二天我去取碗时常会端回一碗冒尖的洋芋糍粑。五爷打出的糍粑晶莹透亮，全村没人可比，再加上老醋、炒盐、油泼蒜泥，那滋味一想起就会让人咽口水。

有一天，队长喝多了酒，变得认真起来，吩咐五爷给每头牲口都起个名字，以便畜牧站来登记造册。这事让谁来干都不会太难，交给没上过学的五爷却如同大山压顶。十二头牛的名字起下来，五爷已经掏空了脑袋，到了给两条驴起名字时，五爷再也找不到可用的字眼了。五爷只好去翻动自己尘封已久的记忆，记忆中的一切都模模糊糊，仅有年轻时看过的一场黑白电影印象深刻，两条驴因此得名，老公驴叫大春，小母驴叫喜儿。

喜儿那时买来没几个月，虽然半大，但已经出落得非常漂亮——油黑发亮的毛色，圆鼓鼓的后臀，白绒绒的肚子，亮闪闪的大眼睛上还排列着一寸长的睫毛。我看见喜儿的第一眼就喜欢上它，牲口房的驴槽前成了我常去的地方，每次去都不空手，不是半块烙饼就是一把炒玉米。有次我带了一个裹满芝麻盐的热花卷与喜儿分吃了，它可能从没尝过芝麻盐的香味，一进口就惊讶地瞪大眼睛，似乎在奇怪世界上还有这么好吃的东西。从那以后，喜儿只要一听到我的脚步声就会欢快地叫起来，五爷逗我，说喜儿的舌头如果像人那样会打弯，说不定能叫我一声姐姐。

队里买来喜儿不全是为了役使，更希望喜儿今后能给队里的驴族添丁加口。队里有一些上好的地块在大沟深处，给那里送圈肥要走半山腰的羊肠小道，只有身架小的驴容易通过。大春对队里的这个希望领会最深，从喜儿拴进驴槽那天起它就开始躁动不安，它先是与喜儿蹭臀，一蹭两蹭整个身子都靠上去，接着又是压脖、咬鬃、贴脸。五爷多次告诫大春规矩点，说喜儿还小，就是长成了也轮不上它这条老公驴来当种。大春听不懂五爷的话，依然故我，五爷一生气，就不停地给它派活，有时夜里还让人牵去拉碾子磨面，进圈时也要拴进牛槽，让它隔着几堵牛脊梁看着喜儿干着急。

有天放学后我去看喜儿，五爷让我牵上喜儿去小溪边吃草。我放学后常随五爷去小溪边，一路上喜儿的缰绳也常归我牵，但却从没有独自牵喜儿去过。我也没想想五爷为啥自己不去，高高兴兴牵上喜儿就走，谁知等我和喜儿走远后五爷关起了圈门，将大春狠抽了一顿。后来五爷给村里人讲了他教训大春的理由："……这条老驴得空就想欺负喜儿，我出去抽袋烟，临时把它拴进驴槽，老家伙一蹦一蹦就想爬背，好在缰绳拴得短，喜儿又一个劲尥蹶子，要不还真让它爬上去了……"五爷讲的时候正气凛然，就像一个路见不平拔刀相助的英雄，村里人却将五爷和他讲的故事传笑了好多个晚上。

大春犯的错误过于严重，为了保证喜儿的后代父壮子肥，再加上五爷的坚持，没过多久生产队就把它卖掉了。这些都是后话，那天我并不知道大春在我背后挨打，我完全沉浸在和喜儿单独相处的快乐中。喜儿天性活泼，看什么都稀罕，打我牵它出来就没好好走过路，四只小蹄子轻巧地在地上弹来弹去。路两旁有麦地、菜地、洋芋地，只要我手里的缰绳松一松，它就左叼一口，右叼一口，说吃不吃，说咽不咽。有段路两边没有庄稼，我放掉喜儿的缰绳，任它去撒野，它好像还不习惯失去束缚，反而站住等我。我用手指划拉喜儿的长脸，讥讽它是个胆小鬼，没人牵着不敢走路。喜儿嫌我说它，翻开白嘴唇咂吧我的小花领，把唾沫涂我一脖子。

小溪并不远，拐两道长坡就到了。三根青冈木被扒钉箍成一排，架在小溪上，就成了桥，桥对面是我们村的小学。溪水不宽也不深，两边青草繁茂，喜儿知道哪儿的草好，自己沿着小溪走开了。我悠闲地坐在小桥上看喜儿吃草，太阳懒懒地待在对面山豁中，给我周围丢下一片浓浓的阳光。我看到溪水晶莹、草地翠绿，我看到吃草的喜儿就像浮动在翠绿中的一个黑色精灵。

给我教语文的陈老师总是最后离开学校，他锁上校门，走到了桥上。陈老师问我了两句，知道我在帮五爷照看喜儿，他说昨天有人在桥下看见过一条麻背蛇，这种蛇不多见，有大毒，不清楚走了没有，劝我牵喜儿到别处去吃草。陈老师的话吓了我一跳，我什么都不怕，就怕蛇，再细再短的蛇都会吓得我灵魂出窍。我犹豫了，溪水旁的那片翠绿在我眼前变得危机四伏，陈老师看出了我的胆怯，让我在桥上等着，他去给我把喜儿牵出来。陈老师捡起一根树枝，敲打着草丛，走到喜儿身边，也就在这时，垂头吃草的喜儿突然四蹄腾空蹦了起来。

喜儿肯定是被吓着了，它蹦起来后还要在空中甩腰甩胯，像是要甩掉不期而遇的危险。几落几蹦后喜儿转身向我跑来，我跳下桥，迎住喜儿，抓住它的缰绳，它还想跑，我就抱住它的头，用手去捂它的眼睛。我记得小时候看见了害怕的东西，爸爸也会这样捂住我的双眼。我被捂住双眼后就不会再怎么害怕，喜儿被捂住眼睛后还在挣扎。

陈老师没敢挪地方，他弯下腰，在小溪旁捡起一块石头，攥在手里，在喜儿刚才吃草的地方搜寻。没多久陈老师一脸惊讶地回来，他说喜儿够机灵，它蹦来蹦去是在踩蛇，把蛇头都踩烂了，说麻背蛇有老葵花秆子那么粗，有五尺长，谁让咬了都会送命。

第二天全校同学都知道了喜儿踩死麻背蛇的事，所谓全校也就是三个教室装进去五个年级和二十来个学生。二年级的金头常在小溪旁领着男孩们摸鱼，他人模人样地表示，若不是喜儿踩死了麻背蛇，他迟早会让这条蛇咬死，喜儿应该算是他的救命恩人。课间休息，金头和几个男孩去小溪旁寻找死蛇，他们很快就提回来带尾巴的半截，有头的那半截他们说让花狸子吃了。不论死蛇活蛇，进了学校都不是个吉利事，陈老师骂了金头一顿，提把镢头在学校北墙外挖出个深坑，把半截子蛇身埋了。

两天后下午放学，金头忽然醒悟到有恩不报非君子，带了几个男孩去慰问喜儿。按照金头的吩咐，他们在各自家里的菜地采来时鲜，金头跑回家抓出来两个馒头。喜儿有奶便是娘，面对半槽的佳肴，敞开肚子吃，还任由金头和那几个男孩在身上抚摸。我随他们也来到牲口房，我独自站在他们身后，希望喜儿能注意到老朋友。我唤了喜儿两声，希望喜儿像过去那样双耳一耸，两眼一亮，回应我两下响鼻。但喜儿仅仅在吃食的间隙漫不经心地瞅了我一眼，全然没有了往日的依恋。我妒火中烧，推拽着挤到喜儿面前，将金头的手从喜儿脖项上扯下来，让他们去喂那边的老牛。我把喜儿槽里的东西抓了两把，其中还有让喜儿咬掉半拉的馒头，一同抛到老牛的槽里。

金头没料到我会有这种举动，急忙挡在我面前："喜儿又不是你家的，我们咋喂你管不着。"

"不许喂就是不许喂！"我推开金头，继续去槽里抓，抓起来就朝外抛。几推几挡，我和金头厮打成一团。金头揪住我的衣服，我揪住他的两只大耳朵。我高金头半肩，可以踢到他的肚子，他只能踢到我的膝盖。我俩先在驴槽前滚了一番，又在圈门外扑腾。跟他来的男孩知道我的泼劲，没人敢上来帮金头，只是和受到惊吓的喜儿一起大呼小叫。还是五爷过来扯开的我俩，他年纪大力气却不小，扯开我俩时好像撕开一张煎饼。

"为啥打架？"五爷看看我，又看看金头，一脸的疑惑。他想象不出我们把架打到牲口房来的理由。

"他不让我们喂喜儿，也不让摸喜儿，好像喜儿是她家的。"金头揉着两只紫红的大耳朵委屈地向五爷说。

"喜儿迟早要分给我家！"我冲金头他们喊。

五爷看着我，脸上的疑惑更重了，那眼神分明是在等我的解释，我一急，依据便脱口而出："内部文件，小队解散，平分土地，平分林山，平分牲口，平分队产，自种自收，天下久安。"

这段顺口溜是不久前爸爸收到的一封信中的全部内容。那封信薄得像没有瓤子，信皮上只写着收信人的地址和名字，寄信人一栏全空着，撕开后里面只有鬼鬼祟祟的一张小纸条。爸爸看后一脸的惊恐，立即将信皮和信纸藏起来，但没藏过我，还让我看出个一知半解。我当下就向爸爸提出，小队解散的时候咱家啥都不要，只要喜儿，爸爸急忙捂住我的嘴，让我把看到的东西全咽到肚子里，说传出去不得了，会给寄信来的朋友和我家惹来弥天大祸。

我和金头在驴圈里的冲突不了了之，我拿来应急的那段顺口溜金头听不懂，他领来的男孩们也听不懂，五爷让我给他重复了一遍，他还是听得糊里糊涂。奇怪的是这段谁也没听懂的顺口溜像一阵风，一天一夜就吹遍全村，没几天又越梁过河传到了外村。

我成了一个有神秘色彩的先知先觉。头两天常有人在我背后指手画脚，接着就有人在天黑后悄悄来家里找我。这些人有村里的也有外村的，他们都想知道那段顺口溜的来龙去脉，是真是假。住在村子高头的唐老杆能掐会算，认定是真武大帝给我托的梦，八成为真，他说他几天前夜里闹心，蹲在院子里叼烟锅，亲眼看见一道紫光从天上直端端钻进我家屋顶。

爸爸那些天被吓得六神无主，唯恐政府里的人来追查谣言，也顾不上去学校给我请假，在一个漆黑的夜里悄悄领我出了村，走了好久的夜路，神不知鬼不觉地把我藏在了姑姑家的阁楼上。

我在姑姑家没藏多久，十多天后爸爸又把我接回村里，因为生产队还真的宣布解散了，很快就要开始分地分林分牲口。因为我预言有功，在分牲口的村民大会上，准许我代表我们家第一个提要求。我一点没客气，咬定要喜儿，于是喜儿的三条腿在表决中全票分到我家，它的另一条腿分给养它疼它一场的五爷。没有表决权的金头在表决时跳出来捣乱，只喊出一声“反对”，就被他爸爸揪住大耳朵扯了回去。

会后五爷来到我家，找到爸爸，说他要一条驴腿干什么，要送给我，说我待喜儿好，喜儿在我手里不会受委屈。爸爸也觉得三条腿的喜儿不好经管，便给了五爷三十元钱，算是买断了喜儿。交钱时爸爸告诉五爷，说我家买断的是喜儿给我家添丁进口的机会，他今后若有翻地驮肥拉柴的活尽管来牵喜儿。

实际上五爷再也不用喜儿给他干活了，生产队解散不久他就被定为有残疾的孤寡老人，要送去乡里的敬老院。五爷临走前用那三十元钱给自己割了副椿木棺材，浸上黑色，又涂上两层厚厚的老漆。老漆干透后五爷才和他的棺材一同上路，五爷在前面蹒跚地走着，村里派的牛车拉着五爷的行李和棺材跟在后面。爸爸和我牵着喜儿在村口给五爷送行，爸爸说五爷享福去了，村里人也这么说，但我没看出来。我觉得去享福的人应该高兴，但五爷并不高兴。

二

喜儿领回家时连个住的地方都没有，我那时刚放暑假，帮爸爸忙了两天，将家里的灶房隔出一半做驴圈，又在南墙上单掏了个门。因为时间紧，隔墙半是泥坯半是柴条，门扇是半人高的两块木板。

隔墙上的柴条过于稀疏，使我们在灶房里可以看见喜儿在槽里嚼料，喜儿也可以看见我们做饭。喜儿闻到饭菜的香味后总要打响鼻，提醒我们给它分一点，特别是烙大饼时喜儿更会站立不宁，馋到极点就会哗啦拉撒泡大尿，让臊气和饼香搅和着飘在灶房里。爸爸说这不是个办法，牲口天生是吃草的，现在又不是干活的时候，让我牵上喜儿，随村里放牛的孩子一同上坷棱梁。

坷棱梁是我们村最远最高的地界，要沿沟朝深处走五里路，再拐上盘山路走七八里。途中要过一片刺槐林，一道葛条湾，一坡松树林。林子走完后是寸草不生的十来阶石坷棱，每阶石坷棱都有半尺高，十多丈长，就像人工凿出的一样齐整。登上石坷棱后便是宽阔平缓的坷棱梁。没过脚踝的青草铺展在梁的两侧，又向前向后起伏延绵。

喜儿是第一次去坷棱梁，怯怯地撒不开腿，害得我和它一直给老牛的队伍垫底。金头撵的老犍牛最肥，走不快，迟早挡在喜儿面前。走了不到一半路，金头开始嚣张，说我家的喜儿看上了他家的老犍牛，小步子迈得像个小媳妇。我唾了金头一口，提醒他别忘了他家只有两条牛腿。金头当然知道我这句话的意思，我还知道分到老犍牛另外两条腿的人家没地方养牛，情愿将自家的两条牛腿贱卖，只开价二十五元，金头家还是掏不出。

喜儿很快走顺了脚，蹦蹦跳跳直想往前蹿，在接近石坷棱的地方，窄窄的小路变成一抹慢坡，喜儿撇下我，越过金头和老犍牛，跃身而上。

喜儿站在梁顶等我。村里的十多头牛从它身边走过，随主人在草地上散开，很快就难觅踪影。我拉住喜儿的缰绳，领着它去挑选草地。我让喜儿看看它的身前身后。告诉它梁这边是咱村的地，梁那边是坷棱村的地，梁这边的草随它吃，梁那边的草别去吃。我还指给喜儿看梁那边深沟里的坷棱村，看到的房子只有指甲盖大，一阵浓浓的云飘过来就看不见了。

一阵云飘过来，不见了坷棱村。一阵吆喝传过来，坷棱村的牲口穿云过隙也上了梁。他们村的牛比我们村多，中间还夹了一条大灰驴。大灰驴相隔很远就看见了喜儿，它的眼睛不再旁视，几步小跑来到喜儿面前。

喜儿第一次上坷棱梁就有了朋友，大灰驴几乎一整天都围绕在喜儿身边。大灰驴是头公驴，高出喜儿一头，一身浅浅的灰毛就像从石灰堆里滚出来一样，让人感到它只要一抖身子就会有白灰腾起。大灰驴的灰毛衬不出喜儿那种漂亮的白眼圈和白嘴圈，使它只有一张不疼不痒的大白脸。喜儿在哪片坡吃草，这张大白脸就跟到哪片坡；喜儿挑什么草吃，大白脸也挑什么草吃。喜儿停下来看大白脸一眼，它就会好一阵子不吃草，兴奋地在喜儿面前来回奔跑。

照看大灰驴的男孩又瘦又小，他说他叫蛋蛋，九岁了，还没上学。他知道喜儿全归我家后惊讶极了，说他家费了好大劲才分到大灰驴的两条腿，还有两条腿归另外两家。他还说大灰驴今年三岁了，会犁地，会拉磨，能拉上一架子车的人去赶集，给地里驮肥时不用人跟，只要村里地头两边有人就行。蛋蛋很喜欢说话，我俩聊了好久，中午该吃饭的时候我们村的孩子叫我去聚团，就是大家把各自带来的饭放在一块吃。我叫蛋蛋和我一同去，他说他妈妈从不给他带饭，要他回家去吃，吃完饭不用再回来，大灰驴天黑了能自己回家的。蛋蛋还让我放心，说大灰驴听话，本分，没脾气，不会欺负喜儿。

大灰驴还真不像大春，没一点骚劲，它一整天都跟在喜儿前后，可从不搞那些压脖咬鬃的小动作，就是高兴起来也是自己在梁上傻跑一气。我注意到大灰驴跑得再远眼睛也一直盯着喜儿，喜儿如果也看着它，它会跑得更来劲，会腾空蹦几蹦，会在大白脸上挤满了笑。

金头为大灰驴会不会笑和我争执了一个后晌。金头说笑的时候要咧嘴露牙，大灰驴没咧嘴露牙，我说那是人笑，不是驴笑。金头说笑要有笑声，大灰驴没出声，我说那是人笑，不是驴笑。金头说笑的时候脸要抽抽，大灰驴的脸平展展像张板，我还是说那是人笑，不是驴笑。金头问我驴笑是什么样子，我说驴笑驴能看出来，我家喜儿看出来了，告诉了我，我又告诉了你，你想自己看出来，除非你变成驴。

金头眨巴了半天眼皮也没想透我说的道理，觉得下不了台，就拿大灰驴出气，说大灰驴越界过梁，吃了我们村的草，应当撵走。金头使劲抽了大灰驴两树梢，大灰驴挪了两步。金头又使劲抽了两树梢，大灰驴又挪了两步。金头要再抽时，被大灰驴扭身踢了个跟头。这一下踢得不轻，金头好一会儿才爬起来。金头爬起来后就去找石头，说要砸扁大灰驴的鼻子。我拉住金头，说牲口又不是人，哪能分清谁家的草，劝他别和大灰驴计较。金头不干，和我耍开了蛮劲，我就让金头回身看看梁顶，蛋蛋和好几个坷棱村的男孩站在那里，正冷冷地看着他。坷棱村的牛多，放牛的孩子也多，金头算计了一下，有些胆怯了，他不再去寻找石头，捡起了他的树梢子去找老犍牛。金头没走多远腿一软就坐在草地上，他爬起来再走时右腿眼看着瘸起来。

太阳快下山了，老牛们还在恋草，喜儿却早早停住嘴，急着回家。喜儿几次跑到石坷棱，从那儿朝下看，大灰驴也随着朝下看，等到老牛们慢腾腾聚到一起开始下山，喜儿一步两阶领头跑下了石坷棱。大灰驴跟着喜儿朝下跑了几步，觉得不对头，扭头又跑回石坷棱。我怕喜儿跑得太快崴了脚，追上去，拉住它的缰绳，这时大灰驴在我俩头顶扯开了嗓门。大灰驴的叫声一起一伏，捋细揉粗，从它身边走过的老牛们被逗出了兴致，也哞哞地应上几声。我拍拍喜儿，让它回头瞅瞅大灰驴，别太没情没义。喜儿还真听我的话，扭头去看大灰驴。喜儿看到我们村的男孩走过大灰驴时都要用树梢子抽它，看到瘸着腿的金头向大灰驴的肋巴骨上砸去一块石头，看到大灰驴任抽任砸也不跑开。

喜儿记性好，第二天上山就生路变熟路，一直走在老牛们的前头。我没法随喜儿走，因为我要在队尾替金头照看老犍牛。金头昨晚瘸着腿回到家，坐下后就再也站不起来。他讲来讲去挨的这一蹄子都和我有关，他爸爸告到了我爸爸那里，我爸爸又来问我。我想，如果要辩解就要从大灰驴会不会笑说起，这一说爸爸可能会让我绕来绕去也变成驴。我早就发现我能看出来的东西别人未必能看出来，爸爸和别人差不了多少。我很勉强地给爸爸点了点头，爸爸气呼呼地指着我的鼻子大声吩咐：“明天去坷棱梁把金头家的老犍牛捎上！”

接手了老犍牛，我才知道它又肥又胖的道理，它好像不知饥饱，上了坷棱梁就闭着眼睛一路吃下去，稍不留意，就会从眼前消失。我害怕老犍牛只顾吃不顾脚下，会一脚踩空滚坡，只得紧跟着它，随时用树梢子把它从太陡太窄的草道上撵开。这样一来，我只好把喜儿彻底交给蛋蛋和大灰驴来照看。

两天后金头还是瘸，又过了两天金头才从我手中接过老犍牛。我轻松下来，一路随喜儿走在老牛们的前头，看着大灰驴把喜儿迎上石坷棱，看着它们俩在草坡上飞奔、追逐。我假装生气，叫过蛋蛋，说几天下来他家的大灰驴把我家的喜儿带成了疯驴。蛋蛋不服气，说疯是疯，可没耽搁吃草，还尽吃他们村的草。我说嫌喜儿吃了你们村的草为啥不把它撵过梁。蛋蛋笑了，说大灰驴要娶的媳妇不能算外村人，为啥要撵呢。蛋蛋还警告我，说这两天大灰驴疑神疑鬼，想把喜儿从它身边牵走不容易，要瞅到机会，要防着大灰驴踢人，他自己昨天就差点挨踢。

不用再替我照看喜儿，蛋蛋又像过去那样早早回家了。傍晚时蛋蛋的这个警告得到了验证，我在大梁上跑来跑去，好不容易抓到了喜儿的缰绳，拖向石坷棱，准备随老牛们回家，大灰驴突然斜贴着我冲过来，向我飞起一蹄子。我躲得快，没踢上，喜儿的缰绳却脱了手。我眼巴巴地看着大灰驴又带着喜儿朝远处飞奔，眨眼间就变成了草地上的两个小黑点。

回家的牛和它们的主人慢慢消失在坷棱梁两侧，山梁上顿时变得空空荡荡。月亮在我身后轻轻浮起，一团暖暖的红云徜徉在西边天际，随着太阳的沉没，一阵风掠过山梁，掠过起伏的草地。我跑不动了，追逐喜儿已经让我感到疲惫，我就地坐下来。我并不着急，我相信喜儿有想起我的时候，到那时再回家也不迟。风渐渐大起来，刮得我身上凉飕飕，山梁下的松涛一阵阵滚上草坡，那团暖暖的红云被风搅动着，扯成长长的一条，带着落日的余热慢慢向我绕来，我觉得只要让我抓住它的一角，就能把它像红布一样裹在身上。

并不是喜儿想起了我，而是一阵阵狼嚎把它撵了回来，那时月亮已经独霸天空，将整个世界都刷成了银色，喜儿和我也不例外。银色的我领着银色的喜儿回家，银色的喜儿规矩的像个没出嫁的姑娘，半步不落地跟着我，拖着长腔的狼嚎吓得它浑身发抖，恨不得把嘴脸全藏进我的腋下。我奚落喜儿，问大灰驴为啥不来送它一程，大灰驴会使蹄子，再厉害的狼也能踢翻。走出松林后我也学着扯了一声狼嚎，那声音软绵绵的一点不真，还是吓得喜儿竖直了耳朵。我拍拍喜儿的脖项，告诉它不用怕，说我是在逗它玩，有我在狼就不敢来。狼是没有出现，走进刺槐林时倒惊飞了一群野鸡。夏天的野鸡长出一身沉肉，使劲扑啦翅膀才能飞走，十几双翅膀在静夜里突然发声就像平地起雷，惊得喜儿一蹦老高，撒腿就向下跑。

多亏爸爸在刺槐林外截住了喜儿，要不我会让喜儿拽几个跟头。爸爸先用两只手抓牢了喜儿的缰绳，让它半步也动不了，接着腾出一只手，捶打喜儿的后背。我求爸爸住手，爸爸说他问过放牛的那些孩子，知道喜儿在梁上都是怎么疯的。我学蛋蛋的话，说喜儿再疯也没耽搁吃草，爸爸说天黑成这样子才回家能不算耽搁，让狼吃了咋办。我笑了，我问爸爸，你就不怕狼吃掉我？爸爸不再说什么，一脸的怒气在渐渐消退。我从爸爸手里拿回缰绳，牵着喜儿一边走一边劝爸爸，我说喜儿的疯劲是跟大灰驴跑出来的，明天上坷棱梁我牵着喜儿吃草，不让它再跟着大灰驴疯跑。爸爸说明天谁也上不了山，我问为啥，爸爸让我看头顶的月亮，月亮周围不知啥时候出现一圈雾蒙蒙的环。爸爸说月婆子挂环雨涟涟，环又这么粗，没三天雨停不了。

雨没下三天，只下了两天，这两天的雨下漏了我家的灶房，下塌了一段村间小路，下涨了小溪，下得整个村子都好像才从水里提出来。喜儿也让这场雨搞得烦躁不安，槽里的食它看也不看，我给它掰的半张烙饼也不好好吃。我怕喜儿病了，让爸爸去请医生，爸爸说没病，是喜儿想给咱家添丁加口了。我说就让坷棱村的大灰驴给喜儿当女婿，爸爸张了张口，好半天才对我说："我不想让喜儿生驴，想让喜儿生个骡子，骡子比驴要值钱。"爸爸说完后冒着细细的雨丝去了乡上，他要去打听谁家有好公马，借回来给喜儿当女婿。夜里爸爸没回来，他托人捎话给我们，说他还要跑几个村子，让我和姐姐早关门早睡觉。

我和姐姐早早地关了门，但谁也不想睡觉。难得有爸爸不在的夜晚，我俩一通好聊，从姐姐班上有男同学给她送花手绢聊起，聊到坷棱村的大灰驴想娶喜儿当媳妇。姐姐嫌我把她的男同学比成了大灰驴，使劲挠我的痒痒，我在炕上连滚带翻，差点笑断了气。笑声惊扰了喜儿，它隔着好几堵墙也笑起来。

睡得迟也醒得迟，等我和姐姐起了床，走出院子，发现雨早就停了，层层叠叠的白云透出缕缕阳光，沟沟岔岔里腾起团团薄雾。到了中午，云消雾散，突然烈日当空。我抱出被褥在院里晾晒，金头推开院门走进来，自从我帮他放了四天老犍牛后，他对我感激有加。金头说这么大的太阳一晒，草露全干了，明天他家的老犍牛要上坷棱梁，问我家喜儿去不去。我说我爸爸可能不让去，他嫌大灰驴把喜儿跟得太紧，怕跟出一头小驴来。金头说大灰驴就是不配喜儿，让它当种生下的小驴肯定喜欢踢人，说不定还是一身灰毛。我说不是这么回事，是我爸想要一头骡子。金头这在时又犯了糊涂，他认为驴只能生驴，牛只能生牛，马只能生马，哪来的驴生骡子。我懒得给他解释，让他回去问他爸爸。

金头回去问他爸爸了，我也回家去问我爸爸。

爸爸刚刚回到家里，他没有找到好公马，挂着一脸的不高兴，听到我明天一早想带喜儿上坷棱梁，他一口回绝。爸爸不愿再给我讲理由，那些理由我也全知道，可是喜儿不知道。我想把这些理由给喜儿讲讲，天知道它能不能听懂。

第二天一大早我还没起床，金头撵着他的老犍牛随别的老牛们一同由我家门前经过。老牛们好像很高兴要去坷棱梁，哞哞的叫声此起彼伏。金头隔着院墙大声叫我，问我走不走。我扒着窗框大声告诉金头我不去。我话音未落，喜儿在圈里叫开了，叫了几声，就听见一阵噼噼啪啪，喜儿挣断缰绳，撞开圈门跑了出来。喜儿在院子里跑了两个来回，看到院门紧闭，就纵身向院墙上扑。第一回没扑过去，第二回也没扑过去，第三回连扑带爬摔到了院墙外。我听到喜儿摔到院墙外的扑通声，接着是一串滴滴答答的蹄声。蹄声由近而远，很快听不见了。

在喜儿翻过院墙的刹那间,爸爸提着顶门的木棍也跑了出去，朝喜儿后胯上抡了一棍。我估计喜儿对这一棍不会有多少感觉，我估计今天的喜儿不会有兴致给慢腾腾的老牛们领头。我能想象出喜儿抛下老牛后如何在山间小路上独自飞奔，它奔过刺槐林时会惊飞一群野鸡，它奔过葛条湾时会听到许多好听的鸟叫，它奔过松树林时会遇到第一抹阳光，那些阳光跳跃在每根松针上，又斑斑点点掉落在它的脚下。奔到石坷棱时喜儿会脚步迟疑，它面前的每层石阶都被雨水洗刷得一尘不染，它有些舍不得踩上去，但它还是踩了上去，因为大灰驴正站在上面等它。大灰驴的大白脸上肯定会堆满了笑，这种笑喜儿能看出来，我也能看出来。

我随后也追上了坷棱梁。我没有看见喜儿的半点踪影，只有蛋蛋在最高的那层石阶上等我。蛋蛋问我为啥不给喜儿拴上缰绳，我讲了喜儿撞门翻墙的经历。蛋蛋说这下你别想逮住喜儿了，只能等天快黑时它自己回来。蛋蛋说他家的大灰驴领着喜儿沿着山脊梁跑了，跑到哪儿他也不清楚，他只知道这条山脊梁朝前走二三十里都有草坡。我怕喜儿跑丢了，蛋蛋说丢不了，大灰驴再远的路都跑过，肯定会把喜儿领回来。蛋蛋看我着急，决定陪着我在梁顶等喜儿，说大灰驴不把喜儿领回来他也不回家。

这天傍晚，我和蛋蛋只等来大灰驴和喜儿的身影，它俩追逐着落日的最后一抹余晖，跑上了坷棱梁远远的梁顶。那里没有草，是一块平坦坦的大石头。它俩在那里停下来，轻轻啃咬着对方的鬃毛。我突然意识到，今天晚上，我和蛋蛋谁也别想把自家的驴领回家了。意识到这一点后，我一刻也没敢停留，给蛋蛋打了声招呼，立即向家里跑去。

“看来喜儿非要给咱家添一条驴了……”爸爸叹了口气，找来喜儿的缰绳勒在腰里，又拽上一把柴刀，准备连夜上山去找喜儿。出了院门没几步爸爸又拐回来，他说不用去了，月婆子把世界照得像白天一样，又有大灰驴和喜儿做伴，不会有狼来招惹的。说归说，爸爸还是一夜没睡好觉，第二天天才蒙蒙亮，我还在睡觉，爸爸一个人上了山，不到中午，他就把喜儿领回了家。据爸爸讲，他没费啥劲就给喜儿系上了缰绳，因为喜儿疯够了，想家了，大灰驴还没疯够，跳来跳去护着喜儿，让蛋蛋抡着棍子挡在了一旁。

喜儿回来后爸爸没舍得打它。爸爸说打一个等于打两个，没准一个小驴已经坐胎。

入秋后喜儿的肚子稍稍见大，爸爸不再调教喜儿学犁地，说犁地太累，累一个等于累两个，等生了小驴以后再学。

爸爸不愿累着喜儿，他自己却累开了。他忙了几天，把灶房和驴圈间的隔墙改成了土坯墙，又面朝院子给喜儿另开了一扇门，在后墙给喜儿开了一扇窗。爸爸说喜儿在这里要先生驴，后生骡子。

入冬后喜儿的肚子又大了一些，它的嘴变得特别刁，爸爸就让我去阳坡给喜儿掐草芽子。阳坡的雪半消未消，能找到的草芽子不比苜蓿叶大多少，半天下来只采得一两捧。我把草芽子剁碎给喜儿拌在料里，喜儿用它的双唇在槽里拨拉，拨拉到最后，草芽子一点没剩，料一点没少。

开春三月，爸爸领喜儿去了乡里的畜牧站，请那里的田站长给检查一下。田站长说小驴的胎心好，发育好，说喜儿三年生两胎没问题。

阴历六月的一天，喜儿生出一只小母驴。小母驴的毛色模样都像它妈妈，就是脸有些白。全村人几乎都来看了，金头来得最勤，小母驴几乎被他看进眼窝里，他说他家没钱，要不非把小驴买下。蛋蛋翻山越岭也来看了，他说大灰驴最近有些不对劲，上了坷棱梁后总对着我们村的方向吼叫，好像知道喜儿生了小驴。

三

五爷一直住在敬老院里，喜儿生小驴的事他毫不知情，等他知道消息来我家时，小驴已经两个月了。五爷来以前在乡上给喜儿买了个大红络缨，他说马和驴生头胎后都要在额头系上络缨，就像女人坐月子要在头上裹红头巾一样，可以保母子平安。喜儿还记得五爷，它在五爷身上闻了闻，就乖乖低下头，让五爷给它系上络缨，等喜儿再抬起头，四散的缨须子在它头上绽成了一朵花。五爷又给小驴脖子上挂了个铜铃铛。我认得这个铜铃铛，五爷当饲养员时它一直挂在牲口房的门上，门开门关时总会叮叮当当响上几下。

当天的晚饭爸爸炒了一碗熏肉，烫了一壶酒。五爷不常喝酒，几口下去就红了脸，就想哭。他先说自己还不如喜儿，能在世上留下一儿半女，又说自己死后一定要埋在我家的祖坟，生前孤孤零零，死后不能也孤孤零零。爸爸来回的安慰五爷，越安慰越让五爷伤心，爸爸一急就把我拉出来，说五爷如果不嫌我是女孩，就把我过继给他当孙女，等我长大出嫁后把他从敬老院里接走。爸爸又问我愿不愿意，我说愿意，那样我每天都能吃到五爷打出的洋芋糍粑。

晚饭后天色渐暗，凉风习习，爸爸要留五爷住一夜，说五爷腿脚不便，晚饭又喝了酒，过桥下坎时万一有个绊磕他没法给敬老院回话。五爷没答应，说敬老院里数他年轻，每天要给院里做两顿饭，给人做饭不像喂牲口，要一大早起来准备，明天再回去来不及。爸爸留不住五爷，就提上马灯要送五爷。五爷不让送，说这条路早就烙在了心里，闭着眼睛也能摸回去。爸爸一定要送，说不让送的话他会一夜睡不着觉，天亮了依然要去敬老院探个平安。五爷拗不过爸爸，只好让爸爸送他。临走前五爷叫过我，拿出十元钱，说是敬老院给他发的零花钱，他没地方用，让我扯几尺花布做件衣服。爸爸不让我接，五爷生了气，拉过我的手，把钱硬塞进我手里，说过继了就是自家的孙女了，为啥不能接。

我攥着十元钱，送爸爸和五爷出了院门。我能看出来五爷走的时候心情好多了，他和爸爸一路走一路说话，话声越来越小，身影也越来越模糊，最后只剩下马灯的亮光在夜幕中摇摇晃晃。我突然替五爷感到了一阵悲哀，我想，我还要十多年才能长大出嫁，五爷能活到那个时候等我来把他接走吗？

喜儿系上络缨后显得越发漂亮，可村里人更喜欢的是跟在它后面的小驴，特别是金头，有空就往我家跑，还常常要带上几个伙伴。爸爸不让他们把小驴领出院门，他们就在院子里逗小驴玩。他们给小驴起名叫黑女，我稍不注意，他们就一人搂住小驴的一条腿，抬起来，嘻嘻哈哈地在院子里转圈。转久了喜儿会着急，跟在他们后面追，张嘴咬他们的衣服。

小驴两个多月时就会啃草尖了，逗急了还会软绵绵地尥个蹶子，爸爸说小驴已经能吃会跑，让我放学后领着喜儿和小驴去撵秋草。撵秋草不能去坷棱梁，那里太远，来不及去来不及回，我带着母女俩上了我家背后的祖庙坡。祖庙坡背阴朝阳，一条深槽由上朝下，在祖庙那里左右分开，把我们全村都裹进怀里。爸爸说我挑的地方不错，那里的秋草全是酸豆铃，有秆有叶有籽，最下奶，吃一口顶两口。爸爸又特别叮嘱我，过祖庙时不许吵闹，那里供的是全村人的祖宗，没事不能惊动。

我在祖庙坡上度过了一个金色的秋天。暖暖的夕阳宛如我想象中的妈妈，每天都把我抱在怀里。我会挑一块朝阳的石头坐下，静静地看着喜儿和小驴在草丛中漫步。满坡的酸豆铃把喜儿吃得毛色黑亮，乳汁充溢。小驴又贪奶又贪草，天天都把肚子吃得滚圆。我看着身边的青草在日复一日的夕阳中由绿变黄，看着稀落低矮的柿子树抖光了树叶，只留下满树金红透亮的柿子。终于，我们在祖庙坡等来了今年的第一场大雪。那场雪突然而来，一团阴沉沉的云由北朝南，不容分说地占据了天空，毫不迟疑地洒下雪花。我领着喜儿和小驴在飘舞的雪花中往家走，我想，不到明年开春我们不会再上祖庙坡了，就是去也可能只剩下喜儿，这些天我已经预感到爸爸要同我商量些什么。

我预感到的那件事情到寒假快结束的时候才出现，爸爸同我商量，要卖掉小驴。爸爸说姐姐在中学里开销太大，需要钱，还说喜儿也该学着干活了，开春后要给地里送肥，要开犁，这些活不能再借别人家的牲口。

我想都没想就同意了，我知道小驴的去留我没啥发言权，爸爸同我商量仅仅是个样子。我能做的是把小驴脖子上的铜铃铛取下来，因为那是五爷送的，还提出别把小驴卖得太远，最好卖到我们村或者坷棱村，让小驴见不到妈妈也能见到爸爸。

小驴最终被卖到了坷棱村，来牵小驴的人是个大个子，他知道蛋蛋，说蛋蛋上一年级了，是插班生。我告诉他蛋蛋家的大灰驴是小驴的爸爸，牵回去后让小驴去认认亲。大个子笑起来，他说牲口又不是人，有奶便是娘，知道啥亲不亲的。

小驴脖子上拴了根绳子被来人牵走了。送走小驴后我躲在灶房里哭了一场，爸爸不来哄我，也不让姐姐来哄我，他说我把个驴当成个人来养，不哭才怪呢。只有喜儿跑到灶房里来看我，我问它知道不知道没孩子了，它点点头，我问它伤心不伤心，它点点头。我把留下的铜铃铛拿出来，给喜儿摇了摇，让它听听小驴留下的声音。我劝喜儿想哭就和我一块哭，别把眼泪往肚子里流。我告诉它小驴和我一样都没妈妈了，不过它的妈妈还活着，我的妈妈早早就死了。

四

喜儿在圈里圈外又找了几天小驴，小驴没找到，把奶憋了回去，它不再找了。爸爸说回了奶的牲口全不记得孩子，我说是因为小驴让他给卖了。爸爸不和我争辩，牵上喜儿给地里驮圈土。驮圈土不用学，两只装满圈土的竹筐架在背上跟着人走就行。

在山腰小路上驮了二十多天圈土，眼看着草芽子漫山遍野钻了出来，爸爸又开始教喜儿犁地。只教了两天，喜儿就可以稳稳地在坡地上走出平线，给身后留下平溜溜的垄沟。

等坡地上长出齐刷刷的包谷苗，爸爸牵上喜儿去了邻村的小金矿驮矿石。这一去就是两个多月，直到快收油菜籽时爸爸才和喜儿回来。比起两个多月前，爸爸和喜儿都变了模样，爸爸的脸黄蜡蜡的，喜儿的毛色也不见了油光。我问爸爸是不是活太累，爸爸说不是很累，饭也管饱，只是太脏，人住的地方脏，喜儿住的地方更脏，矿洞周围又砍光了树，从早到晚全在石头堆里踢腾，没一点让人心里舒展的地方，给再多钱也不去了，就在家里歇息，等着收麦子。

我们村的麦子要到阴历六月才开始黄，从河沟黄到坡顶要拖拖拉拉半个月，收割碾场也要半个月，于是收麦子成了很轻松的一个过程。一天有一天没的，喜儿把一捆捆麦子驮到了麦场，一天碾一天不碾的，喜儿拉着半大的小石碾在麦场上欢奔。小石碾拉久了喜儿也会汗流浃背，但看不出疲态，爸爸说小石碾没多少分量，又说麦秆的香味养人也养驴。

我家的麦子刚刚碾完，姑姑就跑来我家，说她家的骡子太老，拉不动石碾，要借喜儿给她家的骡子搭个腿。爸爸心疼喜儿，又没法拒绝姑姑的要求，就亲自把喜儿送到了姑姑家。爸爸背去了半升豌豆，叮嘱姑姑每天夜里给喜儿添草时抓上几把，叮嘱姑姑白天也要安排喜儿躲躲日头。姑姑家距我家有二十多里，天黑后爸爸才赶回来，他说姑姑家麦地多，麦垛子垒的有房檐高，没个十天半月碾不完。又说姑姑家的骡子太老，喜儿给它搭腿要吃亏的。

喜儿被姑姑牵走了三天，我担忧了三天。春节时我在姑姑家见过那头老骡子，那时它就一副老态。我记得最清楚的是老骡子一天到晚都耷拉在嘴外面的舌头：那条舌头有八寸长，滴答着黏乎乎的长丝，一路走一路飘洒。

到了喜儿被姑姑牵走的第四天，我已经坐卧不宁了，中午放学后我没顾上吃饭，一进院门就向爸爸提出要去姑姑家看喜儿。爸爸笑了笑，拉着我进了驴圈，喜儿守着它的槽头正在细嚼慢咽。爸爸说喜儿恋家，自己偷跑回来了，刚到家一会儿。还说怪不得在去姑姑家的路上喜儿左顾右盼，原来是在记路。

没多久姑父也跑进院子，他一头汗珠，气喘吁吁，谁也不搭理就直奔驴圈，见到喜儿后长长地舒了一口气。姑父对我们说，他待喜儿如贵客，怕喜儿累着，每天只拉上半天碾子，只要闲下来，就牵去自家的苜蓿地里放开吃。今天很早就卸了套，牵喜儿去吃苜蓿，没料到吃两口就跑了。爸爸知道姑父家的麦子还没碾完，让姑父把喜儿再牵回去，姑夫紧摇着头说："好在没跑丢，这驴太恋家，死活不敢用了。"

喜儿守着自己的槽头只过了一夜，天一亮爸爸还是牵着它去了姑姑家。爸爸说，他的这个妹妹从小就体弱，又嫁的远，能帮一把就要帮一把。喜儿这一去又拉了三天石碾子，第三天的后晌，姑姑牵上喜儿去场边卸套。卸了套的喜儿躺在地下，蹬腿伸腰，痛痛快快打了几个滚。这一折腾缰绳从姑姑手中挣脱了，喜儿站起来，抖抖身上的土，四下看了看，又一溜烟跑掉了。

天快黑时姑姑不紧不慢来到我家，给我和姐姐一人带了一双手缝的新布鞋。姑姑看我爸爸不在，就给我和姐姐讲了喜儿抖抖土一溜烟跑掉了的情节。姑姑觉得讲完了，我觉得没讲完，我问姑姑："喜儿跑了多远你才抓住它？"

"抓不住的。"

"喜儿自己回圈里了？"

"它才不愿进圈呢，它嫌我家老骡子脏。"

"那么喜儿跑到哪去了？"

“还能跑哪去，你家驴圈里呗。”

我抓住姑姑的手，拉着她来到驴圈，空荡荡的驴圈里只有一个空荡荡的槽。

“我的妈呀！”姑姑惊恐地两手一拍，差点坐在了地下。“这驴咋又不认路了……”

喜儿丢了，丢得无声无息。开头那几天，我和爸爸挨村挨户去找。爸爸借了村里戏班子的一个铜锣，见有人家的地方就敲，喊着“谁家捡了一条驴”，几天敲下来，铜锣敲炸了心。姑姑家也没轻松，姑夫钻沟串村找了五六天，觉得没啥希望了，算计着卖掉他家的老骡子，卖掉一些当年的麦子，再去找人借些钱，给我家赔一条驴。金头知道后课也不上了，带着他们班的男孩去找喜儿，有两个男孩不知得到谁的情报，跑到邻村一架大梁上，给我家牵回一条黑毛公驴，说是咋看咋像喜儿。爸爸紧走慢跑，总算在太阳下山前把黑毛公驴又牵回到原来的大梁上，千道歉万道歉地交还给焦急的主人。第二天爸爸连哄带吓，把金头一伙撵回了教室。爸爸让我也去上课，说他自己去找就行了，还让我管住金头，别让金头再生事。

喜儿丢了的第十天，爸爸带着我去祖庙里烧了三炷香，每炷香都插得笔直。爸爸许下了重愿，说若能找回喜儿，过年时给祖宗供个猪头。等香烧完，爸爸让我去看看香灰都落在哪个方向，我去看了看，三炷香的灰全捂在香根上。爸爸说怪了，祖宗爷不给咱指个方向，莫非是让咱在家里等消息。爸爸说等等也好，找也找累了，该找到也早找到了，就在家里等等吧。

等的第一天里爸爸劈了半灶房的柴，接着趁一场小雨种了三天荞麦，锄了一天的包谷。这些天我放了学就去村口的大路旁坐下，死盯住大路的尽头，直到天黑。我总觉得喜儿会在那里出现，然后一路小跑来到我面前。金头有空也会来陪我坐一坐，他不知道该如何安慰我，就从他家拿来许多核桃杏干让我吃。陈老师知道后来找我，他让我别傻等，说这么大的一条驴不会丢的没声没响，迟早会有消息传过来。我说我怕见到我家的空驴圈，在这里等等心里好受些。陈老师劝不动我，就陪我坐在路旁，他说他小时候也养过一条小驴，是生产队买来后委托他家代养的。那条小驴对什么都好奇，有一次把他的书包叼走，翻个底朝天，把他仅有的一块橡皮咬碎吃了……

这天我没坐到天黑，陈老师还是把我劝回了家。我觉得陈老师说得对，那么大的喜儿不会丢得没声没响。我把陈老师的这些话讲给爸爸听，爸爸也觉得有道理，他说他明天去乡里赶大集，八乡两县的人都会来，说不定就能打问出喜儿的消息。第二天鸡叫头遍时爸爸就出发了，他叫我起来给他开门关门，打开院门时我俩都被惊呆了，在黑乎乎的夜色中，喜儿头朝我们稳稳地站着，两个捆成人形的麦桩沉甸甸地压在它的背上。

喜儿回来的这一天我们家像过年一样热闹，从早到晚进进出出的人就没断过。每个人都要去圈里看看喜儿，有人说喜儿胖了，有人说喜儿瘦了，有人发现喜儿头上的络缨不见了，说偷喜儿的人是怕叫人认出来才取掉络缨的。有人看见喜儿的背脊上磨掉不少毛，由此推测喜儿给人家干了不少活。看过喜儿的人肯定还要去看看放在我家中厅的那两个麦桩，爸爸当着大家的面解开麦桩，里面全是新麦。爸爸用两人抬的大秤称过这两桩新麦，共有一百六十五斤。爸爸认定喜儿不是被偷走的，说我们这里牲口走失是常有的事，说人家捡到喜儿一时找不到主家使唤几天也在理。爸爸表示一定要归还人家的两桩麦子，他在桩袋上找线索，发现两个桩袋上用同样的墨色写着同样的字——羲庄屈二家。我们这里屈姓是大姓，几乎村村都有，但没人听说过有叫“羲庄”的村子。金头拉着他爷爷也来看喜儿，他爷爷年轻时是豆腐客，天南地北挑着豆腐换粮食，方圆百里没有他没去过的地方。爸爸向金头的爷爷打听，金头的爷爷想了好久，说从乡政府朝北七十里有个村子叫羲庄，要淌五次河翻三架山。这下子让爸爸犯了疑惑："过河翻山七十里，迷了路瞎跑能跑去，它咋找回来的，还驮着麦桩，赶的夜路……"

喜儿这次回来后显得胆小了许多，天天守着个槽挑肥拣瘦，能不出圈就不出圈，能不出院子就不出院子，没我和爸爸谁也别想把它牵走。爸爸说这也好，让喜儿在家一心一意给咱生骡子。爸爸还告诉我，他已经相中了姑姑他们村的一匹公马，那马原来是团长坐骑，后来骑兵团解散了才流落民间。

一个多月后，我放了学正在做午饭，爸爸将团长坐骑牵进了院子，拴在了驴圈前。许多村里人随爸爸进了院子，他们都是来看马的。爸爸热心地给大家讲这匹公马的来历和优点，讲到得意处，就说喜儿将来要给我家生的骡驹长大了后也是这个样。有人劝爸爸大话别说得太早，说这种事本来就玄。爸爸不高兴了，说玄不玄轮不着你讲，团长坐骑还是畜牧站的编号种马，田站长过些天要亲自来我家给喜儿和团长坐骑做繁育登记的。

下午上学前，我帮爸爸打扫了驴圈，又拌了许多精料倒在槽里，爸爸说这是布置新房，让它们边吃边熟悉。喜儿已经觉察出院子里公马的存在，有些忐忑不安，对新倒进槽里的精料不理不睬。爸爸就劝喜儿别紧张，说人家是团长坐骑，有教养，懂礼貌，见过大世面。

这天的下午课我就和没听一样，满脑子都是团长坐骑。我想着如果让它也在坷棱梁上撒开腿跑，肯定要比大灰驴漂亮多了，它会鬃毛飘舞，长尾如旗。由此又联想到我家未来的小骡子，我不相信未来的骡子会像团长坐骑那样气度不凡，五爷早就给我讲过，骡子比驴傻，比马笨，就是力气大。下午的最后一堂课是陈老师的语文，他看我心不在焉，问我家的喜儿是不是又跑丢了，我说没丢，圈里还多了一匹团长坐骑。就多了这句问答，放学后金头和许多同学跟着我回家去看马，一路上我学爸爸的口气，把公马的来历加油添醋地描绘了一番。

我领着金头他们来到家门前，没想到爸爸连院门都没让他们进。爸爸只让金头他们在院门外看了看拴在院子里的公马，就插上了门。我问爸爸怎么了，爸爸说喜儿发癫，踢了公马。我不信，爸爸就拉上我的手在公马肋弯上摸，滑溜的毛皮下肿起拳头大的一个硬包。爸爸给我讲，他把公马牵进圈里，还没来得及拴上槽，喜儿就冷不丁地给公马尥了一蹶子，如果伤了骨头，还都还不回去了。

爸爸担心喜儿再向公马尥蹶子，将公马在房檐下拴了三天。三天过去了，公马肋弯上的肿包没见消去多少。爸爸害怕了，不再提什么给公马和喜儿并槽的事，跑去畜牧站把田站长请到家中。

我是第一次见到田站长，他长得又矮又瘦又黑，斜挎着出诊箱，他一进门就从出诊包里掏出茶杯，向我要开水冲茶。我家热水瓶是空的，爸爸就把我撵到灶房里去烧水，让我把饭也做出来。

田站长先给房檐下的公马检查，他在公马肋下捏抓了几把，说肯定没伤着骨头，于是爸爸长舒了一口气。接着爸爸又把田站长请进了驴圈，他俩在里面叽叽咕咕倒腾了好久，突然田站长嘎嘎嘎地笑起来。不等我灌满热水瓶，田站长已经笑着走进灶房，他笑着让我给他舀一瓢水洗手，又笑着拿过热水瓶给自己倒水冲茶。我问田站长笑个啥，他说：“你爸爸想让喜儿高攀，没想到喜儿悄悄低就了。”我听不懂，又问跟进来的爸爸，爸爸一脸无奈地说：“喜儿肚子里已经有了，不清楚是驴还是骡子，是从羲庄带来的暗胎。”

第二天爸爸灰溜溜地把团长坐骑还了回去。

八个月后喜儿生了条小公驴。小公驴是一身说不上颜色的杂毛。村里有人说这条小驴来路不正，毛色稀奇古怪，恐怕有恶兆，对村子有碍，劝爸爸别把小驴留得太久，于是爸爸不等小杂毛断奶就把它卖掉了。我挡了挡，没挡住，爸爸说小杂毛耽搁了他的一头骡子，而且是一头出身名门的骡子。

喜儿在圈里圈外找了两天小杂毛，找不到，又来灶房找我。我让喜儿别找了，找小杂毛不如告诉我它是如何跑去羲庄的，在那里遇到了什么，又如何跑了回来。喜儿把头扎在我怀里，一声不吭。我抱住喜儿的头，我能感觉到喜儿在哭。我想，喜儿在羲庄肯定遇到了天大的委屈，它如果有眼泪，现在应该会泪流满面。

五

小杂毛卖掉不久我放了寒假，接着就是过年。年后没几天姐姐回到了镇中学，临走时把卖小杂毛的钱全带上了，她还告诉爸爸这些钱不够她用一学期。姐姐走了没多久我也开学了，有一堂没一堂的上了两个月的课，第三个月陈老师把我转到了乡里的小学。陈老师说转学是因为县里有了新规定，小学四年级以上必须组成班级上课，而我们村只有我一个四年级学生。爸爸也愿意我去乡里上学，说我有空就围着喜儿转，连作业也不写。

乡里的小学太远，不能每天回家，要睡学校的通铺，要自己做饭。爸爸给我准备了一卷铺盖，还有劈柴、小铁锅、碗筷、包谷糁和面粉，让喜儿驮着送我上路。敬老院就在乡小学对街，五爷闻讯赶了过来，他只让爸爸给我留下铺盖，别的要让喜儿全驮回去。五爷说既然来乡里上学就该随他吃饭，没有再自己做饭的道理。爸爸想想也对，但还是把劈柴和面粉留给了五爷。爸爸说敬老院花的是政府的钱，我们不能占政府的便宜。

敬老院的饭口要比我们学校下课早半小时，五爷就把给我留的饭端在他的住房里温上。五爷的住房很小，被一张小火炕和他的棺材几乎挤满，余下的地方只够放一张小饭桌和两个小板凳。我吃完饭常和五爷聊天，他喜欢听我讲喜儿，我告诉五爷，我转学前喜儿正在给地里驮圈土，圈土还是去年那么大的一堆，去年没费劲就驮完了，今年过去十多天驮了还不到一半。五爷问喜儿是不是有啥病了，我说喜儿得的是心病，自打小杂毛卖掉后它就没高兴过，开始是奶胀得不高兴，后来奶憋回去了还是不高兴，吃食干活都蔫蔫巴巴，身架也瘦下来。

五爷过年时来过我家，知道小杂毛的来历，也知道小杂毛早早就被卖掉，这么一联系，五爷觉得喜儿是在伤子。五爷说通人性的牲口才会得伤子症，没一两年缓不过来，这段时间会闭胎，怀不上驹子。我说爸爸不会愿意等一两年，爸爸说开犁时宁肯借金头家的老犍牛也不让喜儿套犁了，要让喜儿调养好身子，好给我家生头骡驹。我比谁都清楚爸爸多么需要一头值钱的小骡驹，放寒假时姐姐带回来一张下半学期的交费单给爸爸看，爸爸看了后有好多天都步履沉重，默默不语。

乡里的小学到底正规，上午四堂课，下午两堂课，还有两堂自习用来写作业，星期天我还要和别的村转来的插班生一同补课。我第一次感到学习也会紧张，这一紧张就顾不上去多想喜儿，直到一个多月后我在五爷那里吃午饭时见到爸爸。

爸爸牵着喜儿，给我送来下个月的面粉和劈柴，五爷正在敬老院的灶房里刷锅洗碗，我牵着喜儿把这些东西驮了过去。面粉不重，我抱起来给五爷放上案板，劈柴有两捆，全是截成二尺长的硬木条，爸爸把它们码在五爷的柴堆上。五爷丢下灶房里的活，出来看喜儿，他捋了捋喜儿的背毛，掐了掐喜儿肩胛上的肉，又掰开喜儿的嘴看舌头。五爷对爸爸说，喜儿是瘦了，但没啥大不好，就是精神差点，迟个一半年再抓头骡驹没绊磕。爸爸摇摇头，说啥时候让喜儿生骡驹已经不由他了，今天就要把喜儿留在畜牧站，是田站长通知的，让喜儿参加那里的良种繁育活动。

我和五爷跟着爸爸一同送喜儿去了乡畜牧站，田站长接过喜儿的缰绳，牵进一间干干净净的小隔栏里，他让我们放心，说喜儿在这里体检吃喝全免费，就是日后肚子里带回去的那个小骡驹也不收钱。五爷提醒田站长，说喜儿得了伤子症，要用治闭胎的药。田站长说闭哪家的胎呀，喜儿明胎暗胎都怀过，再生头骡驹子顺理成章。

下来的十多天里爸爸往乡畜牧站跑了两次，他每次去畜牧站都要拐过来看看我和五爷。五爷劝爸爸别跑了，有我们常去看喜儿的。

乡里只有短短的一条街，大大小小的部门占了小半条，畜牧站也挤在里面。我每天晚饭后都要去那里看看喜儿后再回学校睡觉，五爷闲下来也会和我一同去。畜牧站又增加了几条参加良种繁育的母驴，它们全挤在一个槽里吃食，只有喜儿依然享受着干干净净的小隔间。

那天我和五爷给喜儿请了假，把它牵出畜牧站，在附近的田埂上溜了一圈。身边晚风徐徐，远处炊烟缭绕，有些地块的麦子已经开始发黄，早包谷长得比我都高，收割过的油菜地钻出一片繁茂的青草。喜儿低着头静静地跟在我们身后，小步子轻盈灵巧，有时它会停下来，在路边啃上几口，有时它会扬起头，迎着风嗅上一阵子。如果我们停下来，喜儿就用鼻子来顶顶我的腋窝。提醒我，让我拍拍它的脖子，摸摸它的额头。五爷说喜儿比来的时候胖了，毛色也鲜亮了，也有精神了。

放暑假的那天，爸爸一大早就来到学校，他先帮我捆好铺盖，然后背着铺盖和我一同去畜牧站。爸爸说田站长给他捎话，让他去牵喜儿。畜牧站里冷冷清清，别的母驴全被主人牵回去了，只剩下喜儿。田站长一直把我们送到门口，他说喜儿运气好，遇上个西洋种马当女婿，将来生下的骡子绝对是值钱货。爸爸说别哄老实人，畜牧站里连根马毛都没见到，哪来的西洋种马。田站长又像以前给喜儿诊断出暗胎时那样嘎嘎嘎地笑起来，他领着爸爸进了畜牧站的药房，让爸爸看一个白亮亮的厚铁柜。田站长说那东西叫冰箱，他打开冰箱的门，一股寒气扑出来。田站长从里面取出个贴着标签的玻璃瓶，递在爸爸鼻子前，说西洋种马就在这里面放着，这叫人工繁殖，喜儿能不能坐胎还不清楚。

一个多月后田站长来我家给喜儿随访，又抽血又接尿又拿皮尺量身架，还做了一大堆记录，忙活完了他向爸爸道喜，说洋骡驹肯定坐上了胎。“洋骡驹生下来你想卖多少钱？”田站长洗了手，喝着茶，不经意地问爸爸。爸爸犹豫了一会儿，叫价四百元。田站长说四百元畜牧站买了，当即掏出五张十元的大票，狡猾地笑着，要交给爸爸当定金。爸爸没收定金，他从田站长狡猾的笑中看出了道道。

喜儿怀上洋骡驹的事很快在全村传开，大家感兴趣的不光是那头洋骡驹，还有那头装在玻璃瓶里的西洋种马，这让很多人都困惑不解。金头为这件事来找我，问那头西洋种马是咋装进瓶子里的，我说是冻起来再装进去。金头说冬天时没见哪头牲口能冻成这么小一疙瘩，我说要放在冰箱里去冻。金头没见过冰箱，没法再问下去，于是改天带了几个男孩跑到了乡里。他们找到畜牧站的田站长，吵吵嚷嚷要看冰箱，要看冻在玻璃瓶里的西洋种马。田站长不让看，他们就去扒窗口，田站长发了火，抓住金头，要把他也冻到冰箱里去。

西洋种马的踪迹谁也没见到，喜儿的肚子也没见大多少，但村里人越来越关心喜儿和它肚子里的洋骡驹了。常有人来我家看喜儿，送来一筛子翠绿的蚕豆芽让喜儿尝鲜。还有人悄悄提醒爸爸，说洋货从来比国货值钱，方圆百里恐怕再也找不出第二个洋骡驹，没一千元钱决不能出手。

爸爸对怀上洋骡驹的喜儿宠爱有加，地里的活是绝对不让它再干了，必不可少的拉碾子磨面也是喜儿拉外圈爸爸推里圈，跟随牛队上坷棱梁更是想也别想。暑假结束前我还可以领喜儿去祖庙坡吃酸豆铃，等我开学后喜儿连祖庙坡也不能去了，爸爸说怀了娃娃的媳妇最忌讳进祖庙，靠近都不行，过去有人犯了忌生下三瓣嘴的孩子，喜儿犯了忌会生下三瓣嘴的骡驹。

暑去秋来，喜儿的肚子明显大起来，收包谷前田站长来我家给喜儿检查，填了满满一张纸的表格，说是要交给县畜牧总站。

秋去冬来，喜儿的肚子已经圆鼓鼓了，爸爸拿手在喜儿肚子上走了一圈，算了算，觉得按月份要足足大出来一围。爸爸觉得奇怪，去畜牧站找田站长，问喜儿是不是怀了双胞胎。田站长说满天下谁见过驴生双胞胎，别想钱想到半空里去，说洋人个个都膀大腰圆，洋骡驹当然也要比土骡驹大一围。

冬去春来，喜儿的肚子显得累赘了。清明过了没几天，田站长又来给喜儿检查，他拿尺子给喜儿通腰量过后也有些惊讶。他说他也没有见过洋种马，看来绝对是个大家伙，父大子壮，相比之下喜儿个头太小了，生起来要费劲的。他还叮嘱爸爸，喜儿快生的时候一定要叫他一声，洋骡驹是县里的实验项目，不敢出差错。

喜儿生洋骡驹是在收麦之前，那时我已经放了芒假，准备帮家里收麦子。午饭过后爸爸去圈里给喜儿添食，发现喜儿有些不对劲，它喘着气，不停地摆动身子，拉扯系在槽头上的缰绳。爸爸解开喜儿的缰绳，牵去墙角，我照过去的经验，去场院里抱来一捆捆干麦草，厚厚的铺在喜儿脚下。不等天黑，喜儿已经侧卧在麦草上，隆起的肚子就像一座小小的山头。爸爸提来两个马灯，给圈里挂一个，自己提一个。爸爸让我别离开喜儿，他要去请田站长。爸爸说喜儿不会马上就生，会像过去那样熬上一夜，到天快亮时才生。

爸爸急匆匆走了。我虚掩圈门，把夕阳的余晖关在门外，我点亮马灯，让柔和的灯光洒在喜儿身上，喜儿隆起的肚子被灯光拖出一长溜并不柔和的阴影。

“你害怕吗？”我坐在喜儿身旁，抚摸着它的额头问道。

“明胎暗胎都生过，不怕。”我在心里替喜儿回答。

“这回可是个洋骡驹。”

“洋骡驹也是骡驹，怕啥？”我替喜儿反问我。

“洋骡驹要大上一轮的，我怕你生不出来。”

“不是去叫田站长了吗，他能让我怀上就能让我生出来。”我替喜儿安慰我。

夜晚在等待中降临了，喜儿也在等待中越来越焦躁不安。它侧卧一阵子总要再站起来一下，每次站起时都要先支撑住两条前腿，摆正身子，再让后腿把沉重的肚子抬离地面。后腿站稳之前，左右摇摆的肚子就像会随时失去控制，掉在地下。

几起几卧后喜儿不再起来了，它开始出汗，全身的毛湿漉漉地粘在了一起。我找来块干抹布给喜儿擦汗，擦完了头脸和脖子抹布就湿透了，又擦了半拉脊背就可以拧出水来。我慌了，我抱住喜儿的头，问它是不是肚子疼，是不是太热了，喜儿只是静静地看着我一声不吭。我端来一盆水给喜儿喝，它只舔了舔盆边。我找来一顶草帽给喜儿扇风，越扇它的汗珠子越多。我劝喜儿，如果难受就叫上两声，叫出来会好受一些。喜儿顺从地叫了两声，我从来没听它这样叫过，那声音就像两缕缓缓的长吟。两声过后，喜儿的脖项和头软瘫在麦草上，没有了昂起的脖项和头，它的大肚子就像藏在墙角里的一座坟。

我惊慌失措地拢起一团麦草，给喜儿垫在头下当枕头。我推开圈门，茫然地来到院子里，又接着跑出院门。我想在黑夜深处寻找到爸爸提走的那个马灯的亮光，那个亮光哪怕在五里外我也能看见，有了这个小亮点，我可以去安慰喜儿，也可以来安慰自己。

小亮点没有出现，影影绰绰的月亮也躲进了云层，浓重的黑夜宛如四堵厚墙，把孤立无援的我团团围住。我又回到院子，圈门里泛出一片浑黄的灯光。我跑进圈门，看到喜儿已经挣扎出墙角，软瘫在潮湿的地面上，它身后有一摊暗红的血。我在喜儿身边跪下，扶起它的头，抱在怀里，它瞪着眼睛一眨不眨地看着我。我知道喜儿想问我什么，但我不能告诉它我谁也没有等来，更不能告诉它，绝望已经像一条绳子，一圈又一圈勒住了我的心。

又过了好久，爸爸才提着马灯和田站长冲进圈门，爸爸被眼前的情景吓呆了，他半张着嘴，直直地看着我和喜儿。田站长丢下出诊箱，什么话也没说，俯下身，把耳朵紧贴在喜儿的肚子上。看着田站长专注的神情，我依稀感到某种希望正在出现。

“要喜儿还是要骡驹？只能保一个。”田站长站起来，问爸爸。

“我都要。”爸爸回过神来，斩钉截铁地回答。

田站长摇摇头、叹口气，用极快的速度打开出诊箱，取出块白布铺在地上，把箱子里的东西全摆在上面，几把明晃晃的刀剪从一个捆的紧紧的布包里闪出来。我被这些刀剪吓得一阵哆嗦，不由自主地叫出了声。田站长好像这时才发现了我的存在，他扭头对爸爸大声喊：“要动刀见血的，让孩子出去！”爸爸将我提起来，拉出了圈门，推进厅房，丢在了里间的炕上，离开时还给门环挂上锁。

爸爸就是不挂锁我也不会出去，我根本没有勇气面对那些刀剪，我不敢想象喜儿和它的洋骡驹与那些刀剪会有啥关系。我爬近炕窗，朝院子里看去，半闭的圈门向院子里不时送出摇晃的人影，送出一阵阵喘息。

终于，人影不再晃动了，喘息声也没有了，一个安静的早晨灰蒙蒙地出现了。田站长拉开圈门走了出来，他耷拉着双手，一脸疲惫，身子缩得比原来更瘦小，皱巴巴的衣服上溅满了血污。爸爸随后也出来了，他不是走出来，是扶着门框一小步一小步地挪出来。爸爸挪出来没几步，就一屁股坐在了地下，他用两手拍打着大腿，痛苦地呻吟着：“一个也没保住，一个也没保住……”现在轮到我了，我趴在窗台上，开始为我的喜儿哭泣，为那个害死了它母亲的洋骡驹哭泣，为爸爸那个再也没法实现的愿望哭泣。

六

二十多天后，田站长给爸爸送来了五百块钱，说是畜牧站赔给我家的钱，说喜儿的死主要是他们的责任，让爸爸拿这些钱再去买条母驴。爸爸没接钱，领着田站长去看我家的驴圈。圈门已经被土坯封死，隔墙也早就拆掉，原先的驴圈又成了我家灶房的一部分。

“没驴圈了还养啥驴？”爸爸没好气地问田站长。

“这算哪门子理由？再隔堵墙开扇门不又是驴圈。”田站长轻松地回答。

“哪条驴配住在喜儿住过的圈里？”

“我就不信没有比喜儿好的母驴，钱不够我给你们补上。”

“你花多少钱能把喜儿给我补回来？”爸爸一句话噎得田站长张嘴结舌，他丢下钱，拉开灶房的门，嘟嘟囔囔地走了。

又过了十多天，我依然笼罩在失去喜儿的悲伤中，金头一大早来家里看我，他说他听到畜牧站赔我家了五百元钱，建议我们用这些钱去坷楼村把黑女再买回来，说有黑女在等于喜儿没死。我把金头的这个想法告诉了爸爸，爸爸拒绝了，他说：“卖给人家的东西咋能再买回来。”

爸爸拒绝买回黑女，但不反对我去看看。于是我翻出五爷留下的那个铜铃铛，叫上金头一同去了坷楼村。我们没有翻坷楼梁，而是顺着溪水朝下走，碰到另一条溪水后再朝上拐，太阳顶头时就到了坷楼村。我们先打问到蛋蛋，他正在家，见到我们后很高兴，知道我们找他的原因后给他妈妈打了声招呼，领上我们就走。他说他知道喜儿死了，他也难受了好些天，他们村里好多人都知道喜儿，知道喜儿肚子里有个洋骡驹，还等着洋骡驹生出来后到我家去看个稀罕。蛋蛋又神秘地问我：“你说怪不怪，大灰驴半年前也死了，是进沟驮柴时摔死的，会不会是它在阴间嫌孤单，想把喜儿拉去和它做伴？”

我们先找到买走黑女的那个大个子，他很奇怪我和金头打老远跑来就是为了看看卖给他的那条驴。他说那是条好驴，年前给他生了一头骡子，让他卖了不少钱，还说他的驴极认生，外人很难使唤，有时靠近一点都要踢，让我隔远点看，别往跟前凑。

大个子领我们来到他家后坡，黑女正在低头吃草，我简直不敢相信自己的眼睛，那毛色，那身架，分明是又一个喜儿。我向黑女招了招手，它像个老朋友那样慢慢走过来。黑女先静静地看着我，又伸过脖子闻闻，接着低下头，用它的鼻子顶我的腋窝。我知道它想让我干什么，我伸出双臂，搂住了它的脖项，轻轻抚摸着密密的鬃毛。恍惚中，我感到我抚摸的就是喜儿，那些缠绕我许多天的悲伤正从我怀里被一丝丝抽走。

大个子被黑女同我的亲密搞糊涂了，他说这是件稀罕事，说他家驴对他也没这么好。金头这回没糊涂，说黑女它妈记性就好，丢了半个月还能自己找回家，所以黑女记性也好，没忘娘家人。

我取出铜铃铛，给大个子讲了铜铃铛的来由，求他去找根系绳。大个子一口答应，很快地回家给我取来。黑女好像还记得这个童年的伙伴，乖乖地让我把铜铃铛系在它的脖子上。铜铃铛清脆的声音让黑女兴奋，它在我们身旁转了几圈，又蹦蹦跳跳回到后坡的那片草地，那儿的每片草叶都笼罩在阳光里，青翠之中我又看到一个黑色的精灵。我想，喜儿并没有完全离开我们，它的女儿保留下了它的全部灵气，灵气也应该是生命的一部分。

为了在天黑前赶回家，我和金头决定抄近路翻坷棱梁，我们爬到半山腰时还可以看见黑女，看见向我们招手的大个子和矮小的蛋蛋。一团厚重的云不知从哪里飘来，终于把我们和他们隔开了，这团云很快扩展得无边无际，等我们接近梁顶时，伴随一路的浓云变成了细密的小水珠。我和金头浑身上下很快被这些飘浮小水珠浸了个透，一阵微风过来，给我俩裹上一层贴身的冰凉。

“跟我跑这一趟后悔不？”我捋了把脸上的水，问金头。

“我只后悔当初没钱把黑女买下来。”金头回答。

“买下来又能咋样？”

“喜儿死了后我可以把它送给你。”

金头的回答像一只温暖的手，清扫着我心中剩余的那些悲伤。我拉住金头，停下来，我帮他捋掉头发和脸上的水，把他揽进怀里。金头对我的拥抱感到有些突然，他抬起头，疑惑地看着我。

“太冷了，让我暖暖你。”我说着把金头抱得更紧了，我能感觉到金头的脸贴近了我的胸口，感觉到金头的两只手臂迟迟疑疑抱住了我的腰。起风了，浓浓的云被扯成片片云絮，越来越快地从我俩身旁飘走，忽隐忽现的松林从我们脚下向云雾缭绕的远处伸展，山梁上那片随风起伏的草地已经近在眼前。

尾声：一年后我小学毕业了。爸爸供姐姐上中学已经很吃力，我也就没考初中。爸爸借了金头家的老犍牛和大车，把我和我的铺盖拉回家，同车的还有五爷和他的装满衣被杂物的椿木棺材。我们的大车路过乡畜牧站时被田站长看见了，他端了一杯茶正在门口溜达。田站长给爸爸打招呼，爸爸没理他。田站长又问五爷拉上棺材要去哪里，五爷说回孙女家。田站长说没听说你有孙女，我不等五爷回话，就在摇摇晃晃的大车上站起来，冲着落在车尾的田站长大声喊道：“我就是五爷的孙女——”

2006年稿

祸　主

杏花是成九伯的女儿，我十五岁那年的夏天，杏花的肚子大起来了，从此我知道了女娃儿最丢人的事是没出嫁肚子就大起来。那些天全村人都对杏花指手画脚，有人说杏花败坏了村风，有人说杏花家的祖上本来就根子不正。那些天杏花躲在家里，一步也不出门，成九伯下地时也是低着头匆匆在村里一闪而过，杏花她妈妈的哭声更是没个钟点没个头尾地从家里飘出来。

杏花大我两岁，村子里比我大的那些女娃儿里她和我最好。她妈妈给她教了一手漂亮的针线活，她又把着手全教给了我。她打猪草时常常叫上我和她结伴，我个头小，手脚慢，她每回都要多打上一堆，塞进我的背篓里。有一回杏花带着我和许多女娃儿去乡里看戏，维持秩序的人嫌我站起来挡住了别人，用竹竿敲我的脑袋。脑袋没敲破也没敲出疙瘩，杏花却不依不饶，为此替我打了一架，把人家的手指头都咬出了血。看完戏后我问杏花为啥要处处护我，她说我从小没妈，说没妈的女娃儿全是可怜蛋。她还说再过两年我就该像她现在这样发身子了，那时候更得有人教着护着，要不我会被自己发起的身子吓出毛病。

这么好的杏花肚子怎么会大起来，我想来想去找不到原因，就去问爸爸。爸爸不等我把话说完就沉下脸，告诫我："这不是女娃儿该问的话，只要知道这种事很丢人就成了，有的女娃儿为这种事会跳崖喝药、寻死寻活。"

没有得到答案又不能再去问人，使得我那些天陷入一种隐隐的恐惧中。我觉得杏花大起来的肚子肯定是祸从天降，我觉得那个祸就悬在每个女娃儿头顶，女娃儿走到哪儿它就跟到哪儿，说不定哪个时辰它就像一瓶墨汁倾倒下来，给下面的女娃儿染上一头一脸的黑。

我记得我被那种隐隐的恐惧折磨了一个多月，那些天我早晨醒来的第一件事就是先摸摸肚子，看它是不是也大起来。有时候我不相信手的感觉，还要弯起腰，仔细打量自己的肚子。我那时候精瘦，躺着站着肚子都平平坦坦，但恐惧并不会消失，因为杏花的肚子也曾平平坦坦来着。有一天午后我去打猪草，走着走着发现自己的肚子不知何时鼓了起来，一直鼓到了心窝窝下面。我当时就吓得挪不动脚了，丢下背篓坐在了路旁。同行的女娃儿没人注意到我的异常，叽叽喳喳从我面前跑过，只有玉桃停下来，她见我一脸惶恐，问我是不是踩到蛇了。我摇摇头，玉桃就奇怪了，她知道我除过蛇啥也不怕，那么一脸的惶恐从何而来呢。

玉桃的爸爸是村长，她爸爸和我爸爸好，所以她也和我好。她爸爸村里的大事小事全管，所以她也处处表现出热心。她觉得我肯定是哪里不舒服，劝我回家，还说走不动的话她可以回村里叫来我爸爸背我回家。我的理由说不出口，这个理由又让惶恐牢牢地挂在脸上，惹得玉桃越发热心，忘了她自己的个头，提出要背我回家。也就在这时我的小肚子开始一阵阵憋胀，我朝路旁退了几步，看看四处无人，就急急蹲下撒了泡尿。这泡尿好大，等我站起来，发现鼓起来的肚子突然间瘪了下去，虽然还不能算平平坦坦，但我已经确信，剩余的那点隆起不过是另外一泡尿而已。因为我找到了肚子鼓胀胀的原因——爸爸中午熬的那锅包谷糁又黏又香，上面还浮了一层包谷油油，害得我多喝了一大碗。

惶恐随着那泡尿流走了，我对玉桃尴尬地笑了笑，玉桃的疑惑却被气恼所代替。“我不信一泡尿能把你吓成这个样子，你在戏耍我？”玉桃直直地盯住我，小鼻子小嘴陷进胖胖的脸中，只剩下一对圆圆的黑豆眼在闪光。我突然觉得不是玉桃站在我面前，而是她爸爸。她爸爸在想要点小心眼的村人面前也是这样摆放五官的，而且那对黑豆眼更亮，可以洞穿任何一个狡猾的灵魂，于是我只好把我曾经的恐惧讲了出来。

玉桃一开始好像不明白我在讲些啥，很快她就笑眼眯眯，小鼻子小嘴又从胖胖的脸上蹦出来。“笑个啥，你就不怕肚子也像杏花那样大起来？”我很不满意玉桃的笑，问她。

“没有男人折腾，哪个女娃儿的肚子也大不起来……”玉桃还在笑，笑得弯下腰，笑得蹲了下去，好半天才站起来。她抓住我的肩膀说：“你长得像个小鸡娃，薄拉拉的肩膀不够一把捏，还没哪个男人想折腾你呢，肚子咋就能大起来……”玉桃笑得没了劲，扯住我在路旁的石头上坐下来。她给我讲男人为阳、女人为阴，讲阴阳相合才能让女娃儿肚子大起来的道理。她说这些全是她妈妈给她讲的，说我早早地就没了妈，所以糊里糊涂，自己吓唬自己。

等我捡起背篓，和玉桃一同去找猪草时，折磨我半个多月的恐惧已经无影无踪，但又有一个问题冒出来，“那个折腾了杏花的男人是谁？”我问玉桃，“总不能让杏花一个人来担恶名。”

“他跑不掉，我爸说他就是祸主，迟早要找出来，要捆到祖庙里去跪祖宗。跪完祖宗再让他把杏花娶回家，只要一结婚，这件事很快就会风平浪静，杏花肚子里那个娃娃就可以明堂堂地生出来。”

我觉得，以玉桃她爸爸的精明，找出那个祸主也就是一半天的事，说不定我和玉桃打完猪草回到村子，祸主正被捆住双手朝祖庙那儿拉。玉桃却说没那么容易，她爸爸已经让她妈妈去了成九伯家两次，每次都要同杏花熬到半夜，费去半碗的唾沫，但杏花就是不开口，成九伯一急就要拿柴棍子抡杏花。

“杏花最护你，去哪都带着你，你看到哪个男娃儿经常和杏花拉扯？”玉桃的黑豆眼一亮，突然问我。不等我回答，玉桃的办法蹦了出来，“杏花不开口，咱俩去找，找到祸主让他自己开口……”

我的恐惧让一大泡尿带走了，但对杏花的担忧并没有减轻，玉桃的办法给我了一个希望，使我可以像杏花过去帮助我那样帮她一把了。我立即开始搜罗可能的祸主，猪草还没打下多少，村医赵顿顿让我搜罗出来，他最近几个月常去给杏花妈看病，还给杏花妈挂了糖水瓶子。一瓶子糖水要挂两个时辰，赵顿顿就坐在杏花家两个时辰，使劲和杏花聊天，我曾看见杏花让他的几句话逗得笑出了眼泪。

当天晚饭后我和玉桃就把赵顿顿堵在了村医疗站，“杏花肚子里的娃娃是不是你的？”玉桃的问话没半点遮掩。赵顿顿听完后一脸惊恐，他急急关上医疗站的门，插上门闩，向我俩小声呵斥：“这话咋能乱说，我是定下媳妇的人，这话传到她耳朵里可不得了，闹起来会几家都不得安生！”我和玉桃没被赵顿顿的话吓住，我历数他在杏花家的进进出出，还指出他曾经逗得杏花笑翻在地，又伸手从背后把杏花兜了起来。赵顿顿笑了，他问我都啥时间看见他在杏花家进进出出，我说三个多月前。赵顿顿问我们知道不知道杏花肚子里的娃娃有几个月了，玉桃说有七个月了。赵顿顿说那时他还在市里的卫生学校培训，四个月前才回来的。

赵顿顿看我和玉桃没了话说，拉开门闩，打开门，把我俩恭恭敬敬送了出去，“就当你俩没来过，听见没有，要不你俩像杏花那样弄出个啥事我可担当不起……”他怪声怪调地对我俩说。我没听出个啥，玉桃却听出个大红脸。

我第二个搜罗出的是小豆腐，他是个走街串村的豆腐客，隔上十天半月就要来我们村一次。小豆腐做出的豆腐瓷实，秤又给的高，每次来我们村总有不少人提着荞麦黄豆去换，只有杏花家的豆腐是他亲自去送，送完了豆腐也不走，把豆腐挑子丢在杏花家前院，自己去找杏花说话。那天杏花在家教我描画鞋垫的纸样，小豆腐挤在旁边看了好久，临走还向杏花要了一对鸳鸯戏水的花鞋垫。

玉桃一开始对小豆腐并不看重，她说小豆腐耳背，咬舌子，长得难看，笑起来像头饿猪，杏花咋也不会让他来折腾。但听到那对鸳鸯戏水的鞋垫时玉桃的黑豆眼又闪闪发亮了。玉桃告诉我鸳为雌，鸯为雄，鸳鸯戏水就是公母两只鸟在玩水，小豆腐向杏花要这对鞋垫肯定没安好心。有了这个判断，我和玉桃三天后恶狠狠地把小豆腐挡在了村口的黄柏树下。

“杏花肚子里的娃娃是不是你的？”玉桃的问话依然无半点遮掩。小豆腐没听清，他放下挑子，摘下草帽，还以为我俩要换豆腐。玉桃又重问了一遍，小豆腐好像还是没有听清，他让我俩不用管，杏花家的豆腐他会亲自去送。玉桃只好又重复了一遍问话，她可能觉得小豆腐的窝囊样根本就不像祸主，语气不再硬邦邦，声音也小了许多。但这次小豆腐却听清楚了，他张开嘴，喘了几口粗气，对着我俩含糊不清地嘀咕了几句，猛然吼叫起来：“谁说杏花肚子里有娃娃了！这话是哪个狗日的说的！杏花肚子里咋能有娃娃……咋能有娃娃……”我俩都看见小豆腐眼中很快溢满了眼泪，流了出来。

小豆腐担起豆腐挑子，他没有进村，顺着来路返身走了。老黄柏树有方圆五丈的树荫，离开这片树荫就是大太阳，小豆腐顶着大太阳越走越远，不知是因为流汗还是流泪，他不停地用手在脸上抹一把，我这时才注意到小豆腐没戴草帽，那顶草帽在起挑时被颠在了我的脚下。我捡起草帽，向小豆腐追去，玉桃在我身后喊道："别去！他就是没安好心，要不哭个啥。"我没停下来，我想，对杏花没安好心的人咋会为杏花流泪，小豆腐肯定喜欢杏花，这样的喜欢不能说没安好心，鸳鸯戏水不就是一只公鸟喜欢一只母鸟。

杏花还是从早到晚躲在家里一步也不出门，成九伯还是低着头急匆匆在村里一闪而过，杏花她妈妈的哭声还是没个钟点没个头尾地从家里飘出来，我和玉桃还是在费尽心思搜罗着祸主。

两次祸主都没有找准，玉桃变得谨慎了。我下来又搜罗出与杏花定过娃娃亲的三狗；上学时与杏花同桌多年的六顺；杏花舅家常来串门子的表哥来银；但全被玉桃三言两语否定了。接着玉桃随她舅妈出门跑了趟远亲，五天后逛回来，进村时正值中午，她没回家，先来找我，出人意料地告诉我，说她找到祸主了，是启朋。玉桃说她舅妈领她看了场县剧团的戏，演的是《五典坡》，这让她想起来我们村过年前也排练过这场戏，启朋在戏里扮薛平贵，杏花扮王宝钏。

玉桃提到村里排戏的事我更清楚，因为我爸爸在戏里扮的宰相。我记得村里为这出戏忙活了一个多月，为了拉到乡里去参加比赛，腊月末尾四处找地方排练，有几晚还找到了我家。我见到启朋和杏花有空就围着我家的炭火盆烤火，一个叫一个官人，一个叫一个娘子。去乡里比赛时我也跟去了，在演到《别窑》那出时他俩都唱得眼泪汪汪，还赢得满堂喝彩。

我和玉桃一句对一句，祸主越发像启朋。我们又同时发现，启朋自打过年后就没有在村里露过面，去了哪里还没人知道，这一下启朋干脆在我俩眼中成了一个逃犯。我和玉桃想来想去，要想知道这个逃犯的行踪，只能去找他爸爸了。

启朋他爸爸是村里的会计，算账精细，做人也精细，我和玉桃没讲为何要急切地找到启朋，他竟然也猜出一二。他说他知道我俩找过李顿顿，知道玉桃的爸爸在找祸主，也想到有人会怀疑他家的启朋。“实话给你讲，”他面对玉桃说：“你爸爸为这件事问过我，我告诉他我家启朋上过初中，懂文识墨，心傲到天上，没正眼瞧过村里的女娃儿，杏花的事别往他身上扯。”

“那他跑啥？心里没鬼能一跑半年不回家？”玉桃紧追着问。

“能有啥鬼呀！”启朋他爸爸笑起来，“启朋正月十六离家，他说要去闯世界，那时就是杏花也不会知道自己肚子里有了娃娃，别人更不用说，谁会为没有的事去心中生鬼？”

“有鬼没鬼让你家启朋回来自己讲！”玉桃的一对黑豆眼又开始闪闪发亮，试图洞穿启朋他爸爸的谎言。

启朋他爸爸没接玉桃的话茬，他根本就没把我俩的造访当回事，他很快就厌烦了我俩的纠缠，半送半撵地让我俩出了门。我陪着玉桃朝她家走，一路上她的嘴就没停过，她先说启朋心里肯定有鬼，没鬼为啥在唱《别窑》这出戏时对着杏花眼泪汪汪，那时就打算惹了祸一跑了之，又说启朋常给家里来信，她要截住邮递员，抄下信皮上的地址，亲自写信去问启朋。

还没等我俩截住五天一来的邮递员，启朋就回村了，他是傍晚时分到的家，我和玉桃商量好第二天一大早就把他挡在家里，结果他当天夜里就去了杏花家。据村里人后来讲，启朋去了后要见杏花，但杏花他爸爸就是不让见，启朋就留下话，说只要杏花说怀下的娃娃是他的，他就立即娶杏花。启朋当天夜里和他爸爸狠吵了一架，好多村里人都听到了他爸爸的叫骂声，骂启朋自作多情，无事生事，骂启朋没吃狐狸肉还想惹一身臊。

第二天不等天亮启朋就走了，有早起赶集的人看到了启朋。他们说启朋走得极快，一次也没回头，单衣单裤让穿谷风刮得呼啦啦响，那架势就像不走到天边决不停步。

杏花到底也没说出是谁折腾了她，玉桃她爸爸到底也没找出祸主，我和玉桃也没心再去搜罗。这时的夏天只剩下正午的一小点了，一早一晚的凉爽快拉上了手，也就在这时，有街上的人来给杏花提亲了。玉桃告诉我，这门亲事是他爸爸牵的线，给杏花说的女婿是个细木匠，手艺在他村子数一数二，就是个子矮，模样丑，岁数也太大，所以人家不嫌娶回一个大肚子媳妇。

杏花是阴历八月二十出嫁的，那天正逢久雨后返晴，蒙蒙发亮的天空透出一片深蓝。我早早就等在了村口，因为我从玉桃那里知道了杏花出嫁时不会有鞭炮、唢呐和满院子的待客大席，还知道来迎亲的人在夜里上路，一大早就会把杏花悄悄接走。我想，杏花的出嫁太冷清了，如果她能看见我来送她，心里肯定会好受一些。

迎亲的人早早就进了村子，他们开来的小四轮远远地停在大路边，浅浅的车帮没有披红挂彩，只有两条红绸系在车帮两侧。

我没等多久杏花就被迎亲的人簇拥着来到村口，她穿着一件宽大到膝的红袄，低着头，袖着手，急急地迈着小步。杏花家没谁来送她，几个起早上学的孩子嘻嘻哈哈跟在后面。我叫住杏花，她为我的出现感到惊讶，我塞给她两双鞋垫，一双绣的芙蓉出水，一双绣的喜字叠叠。杏花接过鞋垫后突然哭起来，我帮她擦去眼泪，给她的红袄拉拉展，红袄下的肚子高高地顶出半个圆。

我丢下杏花，在迎亲的人中找她的女婿，我一眼就认出来，因为只有他穿了件崭新的上衣。他比我想象中的还要矮，但比我想象中的要年轻许多。我对他大声喊道：“别让我的杏花姐自己走路！”

杏花从村口到小四轮的这段路是她女婿抱过去的。这段路盘来盘去并不短，虽然有两个人左右搀扶，杏花女婿还是被压得摇摇晃晃。

小四轮开走时天已经亮了，一个个山尖被看不见的太阳涂成了金黄。我久久地站在村口，看着那片金黄向山腰延伸，将浸满雨水的丛林沟壑揽入怀中。片片云雾开始从沟壑丛林中升腾，又融合成云团，让一切都变得模模糊糊了，但有一件事情在我心头却逐渐变得清晰——杏花出嫁后不会有太多的委屈，我从她女婿抱起她来时淡淡的微笑中看出来了。那种笑是和心连在一起的，心不笑，人也不会笑。

我的预感没有错，五个多月后，杏花女婿开着小四轮，带着杏花和孩子回门来了。那天是大年初二，嫁出去的姑娘几乎都要带着女婿孩子回娘家。我看到，没有哪个媳妇穿的新衣有杏花的漂亮，没有哪个女婿提的礼品有杏花女婿的多。但真正让村里人眼烧的还是杏花抱回来的大胖儿子，男人见了都说这宝贝额头大，脸肉厚，长大了绝世的聪明，女人见了都说这心肝细皮嫩肉，白里透红，让人爱怜个不够。玉桃出嫁两年的姐姐抱回一个干瘦的黑豆眼丫头，走到哪儿都让人冷落，便心生嫉妒，说杏花的儿子再好也没来路，结果让她女婿唾她了一口，说她有来路也生不出那样好的儿子。

初二那天到成九伯家来看杏花儿子的人络绎不绝，但杏花女婿只让我帮着他们抱儿子。杏花女婿还送我了五尺花布，说多亏我当时在村口对他吼了一声，让他抱起了杏花，否则在路上盘一阵子，再在小四轮上颠一阵子，孩子没出世就要和她妈一同受罪。杏花女婿说到这里眼眶都湿了，我感到他是在真心感谢我，感谢杏花，感谢这个小生命来到他身边。

初二那天晚上，住在村高头的唐老杆端着他的茶壶到成九伯家转了一圈，又拐来我家，他和我爸爸聊来聊去又拉扯到六个月前的杏花。我爸爸说杏花因祸得福，谁都愿意接手这么好的儿子。唐老杆却不这么想，他说这事太蹊跷，野合余孽本不会如此赢人，莫非我们全错怪了杏花？前朝有践迹而孕，有吞卵而孕，再看这孩子天庭饱满，眉眼俊秀，分明是大富大贵相，搞不好杏花是天孕。

唐老杆是我们村的能人，古书看得多，断事论理与众不同。他的话我没能全听懂。我问爸爸天孕是啥，爸爸说什么狗屁天孕，哪儿有的事。唐老杆对爸爸的否定不以为然，端起茶壶告辞。

我和爸爸送唐老杆出了院门，村里村外黑乎乎一片，没有月亮，只有满天的星星和一扇扇灯光暗淡的窗户，还有许多不知为何站在村道上的人影。爸爸拉住近旁的人，问出了啥事，那人让我们别说话，仔细听。于是我们听到一缕呜呜咽咽的哭声，那哭声像是在寒夜中走了很久，被冻得颤颤抖抖。爸爸很快就判断出声音的源头，他说该不是哪家媳妇受了委屈在林子里哭，不接回来会出事的。

爸爸回屋里取来马灯，点亮，拉上身旁的两个人一同去探个究竟。过了很久爸爸才回来，他告诉我，不是哪家媳妇，是坡顶李家的二犊子蹲在林子里哭，眼泪鼻涕糊了一脸，咋问都不说原因，任抬任拉都不起身。

二犊子那晚在林子里哭到半夜。我问爸爸二犊子为啥哭，爸爸说二犊子可能后悔了，我问爸爸二犊子后悔啥，爸爸说杏花一直不肯讲就是在等他站出来，但他到底没敢站出来。

第二天一早玉桃她爸爸来找我爸爸，问过年村里排戏时戏服箱子是不是归二犊子管，爸爸说是，问戏服箱子放在谁家，爸爸说放在二犊子家，又问戏服归谁整理，爸爸说归杏花整理。玉桃爸爸说总算对上了，二犊子不哭还真搞不清谁是祸主。爸爸说这些天过大年，家家都是喜事，没有了祸事还找啥祸主。玉桃爸爸想了想，觉得我爸爸说得对，点点头，不声不响地走了。

初三下午，杏花女婿开着小四轮，带一家三口和几个去串亲戚的小媳妇一路说笑回到了街上。

又过了两天，二犊子提着一兜干粮和几件衣服，低着头，失魂落魄地离开了村子。从此后我再也没见过二犊子，据人讲他去了陕北煤窑挖煤，后来又去了内蒙古，给人当了上门女婿。

2007年稿

女儿行

（一九八八年春，我和村里的四个女伴带着简单的行装，随乡里组织的劳务队来到西安，走进熙熙攘攘的城南劳务公司。有一位报社的记者大姐正在里面稿社会调研，她知道我们五个人来自同一个村子后特意记下了我们的名字，并表示她会经常与我们联系。记者大姐没有食言，此后的四年里，她常常会在城市的某个角落里找到我们中的一个，像谈家常似地聊上一阵，还拿出笔记本划拉出几溜字。一九九二年夏天的一个傍晚，我正在南城墙下的恒乐班走戏，记者大姐找到了我，递给我了这篇《女儿行》。她说这篇文章是为我们五个人写的，即将在报纸上登载，登载前想听听我的意见。记者大姐静静地等着我将这篇文章看完，看完后我没有提出什么意见，只是擦掉不知不觉中流出的眼泪。记者大姐没问我为何流泪，她能写出这篇文章应该知道原因，她温情地拥抱我了好久，返身走了，留下了这篇文章。）

一九八八年春，西安城南劳务公司在天水市百年乡的沟沟岔岔里组织回来了一批劳务人员，全是些十七八岁的女孩。这群女孩得天水小盆地柔风细雨的浸润，个个长得白净端庄。如果脱去她们的大红大绿，换上紧绷绷的牛仔装，再领上大街去溜一趟，肯定会把成群的男人勾回头，会让这些男人身旁的城妞酸灰了脸。原因并不全在肤色和身材，而是她们的眼神。那眼神单纯如同水晶，清澈如同天空，透过她们的双眼，谁都可以看见她们毫不设防的心扉。当这群女孩被领进劳务公司，里面放肆的喧闹顿时停止，阴暗的四壁即刻变得亮堂。雇主们一个个睁圆了双眼，半天才清醒过来，接着就是一阵哄抢，不到一小时，这群女孩就被人领着四散于油腻的大街小巷。

四年过去了，劳务公司里的喧闹依然是那么放肆，四壁依然是那样阴暗，大街小巷也越发油腻。但由此四散的天水女孩在哪里？她们还是那么白净端庄吗？她们的眼神是否依旧保留着清澈和单纯？奉报社妇女工作部的指派，我一直追寻着她们的足迹，来自百年乡黄柏村的五个女孩与我交往最多，她们是彩娥、慢生、金果、娇兰和李青芳。李青芳在她们中间生月最大，也最有主意，被她们称呼为青芳姐。下面就是她们的故事。

彩　娥

彩娥十三岁时就伺候过一个精神病人，那是他们村里的一个孤老头，他对世间的一切都感到恐惧，恐惧到极点时他就会站在家门口，毫无目标地大声咒骂。有一天孤老头上山砍柴摔断了腿，再也不能站在家门口去咒骂，但也没法自己做饭洗衣，没法下地干活了。于是村里定他为五保户，让家家轮流去伺候。彩娥代表她们家去伺候了半个月，孤老头饭饱衣净的过了十五天的大年。

彩娥十七岁时又开始伺候精神病人。四十多岁的雇主将她领到城东某个深深的院落，把她丢给一个七十多岁的老太太就去上班了。请她去是为了照顾老人，这是雇主在路上就告诉她的，但没告诉她这个老太太喜欢抓人。面对乱作一团的房间和蓬头垢面的老太太，她还没理出个头绪，就被无声无息扑上来的老太太在脸上狠抓了一把。她退到屋门外，在院子里哭，老太太坐回床沿，嘿嘿嘿地笑。院子里的邻居劝住了她，告诉她这个老太太有精神病，见老太太时一定要笑容满面，要表现得毕恭毕敬才行。于是彩娥挤着笑又进到屋里，笑归笑，泪珠子依然往下落，这一天就像过了一年，一年没叠过的被子叠了起来，一年没扫过的地扫净了，一年没洗过的茶具、没擦拭过的桌椅板凳全让她拾掇得一尘不染。最后，她还小心翼翼地赔着笑脸给老太太梳了一年没梳的头发。傍晚雇主下班回来，对这一切大加赞赏。

“他怎么赞赏你的？”

“他说他妈有福气，找到了一个亲闺女。还说他爸爸早逝，他妈妈一个人把他拉扯大不容易，要发发脾气可以理解。求我委屈委屈，有了气他给我赔礼道歉。”

“你被感动了？”

“我从来吃软不吃硬，人家城里人这么求我还有啥说呢。”

一个月过去了，彩娥的好心彻底征服了雇主，于是，在一个晚饭后，雇主把她请到了自己的居室，倾吐了自己的烦恼。烦恼主要包括他年近四十还没有妻室，因为谁也不愿和他的疯妈一块儿过日子，看着别人一家子快快乐乐夫唱妻和，他恨不得一抬脚钻到汽车轱辘底下。他有时苦恼得整夜睡不着觉，有时又靠喝独酒解闷。他此时真想大哭一场，他还真哭了起来。大男人哭起来怎么像个小女人，还用条手帕在脸上捂着盖着，末了弯下腰，哭倒在彩娥的膝盖上。一开始彩娥还傻乎乎地陪着流眼泪，等她感到情况不妙想站起来时，雇主的上身已经沉甸甸地压住了她的双腿，鼻涕眼泪糊了她一裤子，一双手也在她后腰合围，似乎有向上走的趋势。彩娥被恐惧笼罩了，她抬起双手，想要抓住什么帮自己站起来，但什么也没有抓到，于是双手猛然落下，在面前那个厚实的脊背上狠抠起来，衬衣背心几下就被抠开，连皮带血留下几十道指甲印。

“你在这家干了多久？”

“一个月出头。”

“走时要工钱了吗？”

“都气糊涂了，谁还顾得要，后来还是要回来了。”

“你自己去要的？”

“是青芳姐帮我要的，开始不好好给，青芳姐就说要去派出所告他耍流氓。”

“青芳那时在干什么工作？”

“她会唱大戏，去了南城墙下的秦腔恒乐班。”

彩娥和会唱大戏的青芳一个被窝里挤了两天，又被城南劳务公司介绍到北郊的一个玻璃纤维厂。说是工厂不如说是一个小作坊，三间瓦房门窗破烂，四面院墙东倒西歪。虽说厂子破破烂烂，四十多岁说河南话的厂长却绝对是好人。他技术上不保守，没两天就教会了彩娥怎样把一袋袋玻璃粉粉加工成一卷卷布。他还和老婆亲自给彩娥打扫出一间房子，搬来被褥，挂上窗帘，提来炉子和米面。

彩娥感到如鱼得水，她原本就不想干家务，劳务公司招她们来的时候也说能学到技术，如今技术真的摆在了她面前。一袋袋原料由厂长亲自蹬三轮车拉回来，一卷卷布又由厂长亲自蹬三轮车送走。她曾想，拉料送货这样的粗活应当是自己干的，厂长应当来摆弄机器。她向厂长提出换换工作，却被一口回绝。厂长说自己是男人，理应干出力的活。

对这么好的厂长，彩娥只能以热心工作来回报。她主动延长了工作时间，晚饭后也干上两三个小时，还将散落在地上的原料细细扫起，簸净后再用。簸起来的原料就像飞扬的面粉，只是粗一些、重一些、有点扎手。

这样工作了半年，彩娥觉得自己的力气有些不够用了，四十斤一袋的原料早先可以轻轻松松提起来倒进料斗，现在却要憋红了脸才行。她寻找原因，发现是气喘不上来，每吸一口气都像有一半被挡在了半道上。她想起离开家乡时奶奶哭哭啼啼的叮嘱，说她会水土不服，看来奶奶没说错。想服水土只能靠熬时间，她又工作了三个月，气似乎更喘不上来了。好在春节快到了，她请了一个月假回家乡去换水土。她花了二百多元给家中每个亲友都买了礼物，这些礼物并不太沉，一路上还是累得她气喘吁吁，但回到家后在热炕上睡几觉就好多了。

家乡下雪了，厚厚的雪覆盖了山山岭岭，空气清凉而新鲜，容身在这样的空气中，彩娥觉得自己的呼吸已经和过去一样顺畅。奶奶听人讲芫荽理肺顺气，迈着小脚来到自家菜地，从厚雪下刨出几苗芫荽，为彩娥做了一碗香喷喷的芫荽热汤面。彩娥端着碗出了院门，往门框上一靠，整个村庄尽收眼底。她把全村的人都排了个队，好像没有几个人比她挣钱多。由此她感激地想到了厂长，正月初十就匆匆上路了。

厂长惊喜于彩娥的提前归来，请她到自己屋里，几盘炒菜过了个年尾巴。厂长的老婆还推着自己的小儿子上来叫姐姐，这一叫就更像一家人了。一家人不说二话，彩娥第二天就开了机器，两个月后就再也干不动了，她像牛一样喘着粗气，可只有小羊羔的那点力气。

“你就没想过去医院看看？”

“我想还是水土不服， 回家算了。我给厂长讲了打算，让他另找个人来干，讲的时候我鼻子直发酸，差一点没忍住眼泪。我想，厂长好不容易教会了我技术，让人家另请一个新手要少出多少活呀。”

“后来为什么又去医院了？”

“青芳姐非让我去，她说我每天倒腾的那些玻璃粉肯定有毒，结果查出来是矽肺。我问医生什么叫矽肺，医生说就是把玻璃粉尘吸到肺里了。”

“后来呢？”

“后来青芳姐就去找厂长计较，还让我也跟着去，我咋好意思去，就躲在青芳姐那儿。青芳姐又把劳务公司的人拉上一同去找厂长，让他先出一千元给我看病。”

“给了没有？”

“厂长答应第二天把钱送来，没想到一家人带机器连夜搬走了，只留下几袋不值钱的原料。厂房也是租的，还欠下不少房租。”

“你当时就不生气？”

“反正有点难受，青芳姐最生气了，气得哭了一场，好几天都没跟恒乐班出戏。”

彩娥是这群天水女孩中最早返回家乡的，她回去的第二年春天，我去百年乡黄柏村看望过彩娥，在她家的热炕上与她谈了一个上午。她的脸是青紫色的，嘴唇发白，艰难的呼吸让她无法连贯地讲话，缺氧使她双腿浮肿、头发脱落。她说，只要能把她腔子里的那些玻璃粉粉取出来，就是砍掉她的一条胳膊也愿意。她说这些话时哭了，门外她奶奶也在哭，再远处是初春的阳光下翠绿乍露的山坡，羊在山坡上啃草，牛在小溪旁饮水，几棵近处的桃树挂满了花蕾，只等再晒几天太阳就绽出一树粉红。春回大地了，彩娥的春天还能回来吗？

慢　生

慢生她母亲特别能生，又只生女不生男，到了慢生落地，就起名叫慢生，意思是慢点生女孩，快点生男孩。又生了两个女孩后母亲如愿生了个男孩，慢生就开始显得多余。多余的人往往随遇而安，慢生在城南劳务公司被雇主梁大哥抢到手后，也不问问去了干些啥活，就老老实实被领到西郊半城半乡的村里，在一个典型的农家小院里安顿下来。当天她就熟悉了这里的环境，第二天就风风火火地忙上了。慢生自己也说不清每天都要干些啥事情，给梁大哥的爷爷做饭是最主要的。老人七十九岁了，牙掉得一颗不剩，一日三餐的软食极费工夫。手擀的面条要薄而细，蒸出的馒头要软而暄，菜要切成碎块，肉要熬得稀烂。除此之外就是扫院子，绞水，喂鸡，洗衣，外带拾掇村外的三分菜地。慢生在家里学过裁剪，老人的寿衣自然归她缝制，其中有许多地方是手工活，梁大哥就给她拧了个四十瓦的灯泡，她因此可以常常干个通宵。

“你这样干每月能拿多少钱？”

“三十元。”

“你不嫌少？”

“梁大哥每月在单位里才拿九十多元。”

实际上就这三十元钱慢生也没拿到手，梁大哥倒是每月准时给她的，但不几天后就又从她手里借走。就是不借走，看着空了的面缸米袋，慢生也要掏钱去把它们填满。好在有三分菜地，吃菜不花钱，有多余的还可以拉出去卖。卖菜的钱她总要一笔笔记清，交给梁大哥，自己掏钱买米面的账总不好意思去记。她可怜梁大哥没爹没妈，觉得自己这份工作太重要了。她设想过，假如自己不干了，这里将陷入怎样的境地：院子会很快变得破败凋零，老人会很快卧床不起，梁大哥会忙得疲惫不堪。如果梁大哥因为太累干工作出了差错，被单位开除，这一家子算是完蛋了。一想到这里，慢生总会悄悄流下几滴泪。

一年后一场春寒袭来，梁大哥的爷爷因感冒发展到肺炎，送到医院三天就咽了气。咽气前一天老人就说不出话来，但神志还清楚，他用手指指梁大哥，又指指慢生，最后再指指自己的心口。那意思像是一目了然，又像是一团迷雾。

“你当时看出来是什么意思了？”

“我没那个脑子，是青芳姐想出来的。她把我叫小长工，把梁大哥叫老地主，说老地主他爷爷想让老地主娶小长工，给老梁家传香火。”

“为什么要把梁大哥叫老地主？”

“梁大哥那年都三十四岁了，一脸的皱纹，一下巴的胡碴子。”

“你那年多大？”

“十八岁。”

“后来呢？”

“后来嫁他了呗。”

慢生是一九八九年夏天出嫁的，没有在外面包席，就在家里摆了几桌。婚礼平平淡淡，梁大哥单位里没来一个人，只从山西赶来他远房的姨妈姨婆，他们带着几个永远也吃不够糖的小孩。平淡到最后，来参加婚礼的青芳唱了一段《华亭相会》里的戏文，不知为何，这段喜庆戏文被青芳唱出了一丝悲情。

慢生出嫁前半年已经和梁大哥住在了一起，所以出嫁后六个月就生了个胖丫头。女儿的出生让梁大哥高兴，但还是因为不是男孩而常常叹气。慢生只坐了十五天的月子就下床操持，三十天后就拿起了全部家务，四十天后就下了菜地，里里外外又是一把手。她奶水旺，属于喝稀面汤都下奶的那种女人。她把胖丫头捆在背上，走到哪带到哪，好腾开两只手干活。一九九〇年十月，慢生的胖丫头还不到一岁，她肚子里又有了三个月的喜。这个喜必须保密，传出去梁大哥就会被单位处分。怀到了六个月，慢生白天连院门也不敢出了，菜地里的活就留在有月亮的晚上去干。怀到八个月时，梁大哥求人给慢生做了个超声波，结果肚子里还是个女孩。梁大哥吊着个脸打发慢生带着胖丫头回天水老家去了。

“你挺个大肚子，又拉扯个孩子，他就不送你回去？”

“单位里忙，请事假又要扣工资。”

“他没告诉你孩子生出来怎么办？”

“他说反正他不要。”

梁大哥反正不要，慢生就没去乡卫生所生。在她家的炕头上，一个会用开水煮剪刀线绳的老太太生拉活扯将慢生第二个丫头弄了出来。二丫头一出世就哭声很大，小手也特别有力，不论抓住任何东西都死不放手，好像预感到会有某种厄运降临，就连吃奶时都要睁一只眼闭一只眼。

慢生累瘦了，脸色发黄，但奶水依然很旺，三个月喂下来，二丫头红胖粉嫩像个洋娃娃，她不再无根由的哭嚎，也不再死抓住什么不放手，胎里带来的预感似乎并非现实。就在这时，慢生收到梁大哥的信，叫她带上两个孩子立即返回。这是一次酷暑中疲惫到极限的旅程，旅程结束后的第二天夜里，她给二丫头饱喂了一顿奶，用热毛巾擦了个澡，哄睡着，再用软软的小棉毯清清爽爽裹上，交给了在一旁等候的梁大哥。是夜无风无月，只有薄云孤星，梁大哥抱着二丫头出去了两个小时，回来时只剩下一个人。

“是卖了还是丢了？”

“没卖也没丢，是给人了。”

“你知道给谁了？”

“中间人说了，要二丫头的女人有四十岁，是个大学教授，家里有栋二层小楼房，人家是懒得自己生。”

“你相信中间人的话？”

“开始不相信，后来青芳姐亲自去调查了。”

“她是怎么去调查的？”

“青芳姐来看我，没见二丫头，问了三五句就唾了梁大哥一脸，逼着他去找中间人把孩子要回来，说我们天水女孩不是来给他当生娃机器的，还说我们不要她要。梁大哥让青芳姐闹得连班也上不成，只好领着她去找中间人，后来找到了交通大学。青芳姐回来后说二丫头命好，人家给买的全是外国奶粉，尿布是一次性的，用过就丢，吃奶时还要放音乐，花花绿绿的玩具挂满了床头。我问青芳姐二丫头哭不哭，青芳姐白了我一眼，说你哭她就哭，你不哭她为什么要哭。我不想让二丫头哭，就忍住不哭，但那些天眼泪却一个劲地流，只流泪不出声不算哭吧？”

随遇而安的慢生看来这辈子也不会挪窝了，一九九二年春节前，我又去了她家。她领着大丫头，拿着小板凳和草锄才从菜地里回来。她高兴地告诉我，说梁大哥在菜地里搭了半分地的温棚，里面的黄瓜再有三四天就可以摘了，赶春节能卖个好价钱。说话间她给鸡添了三勺食，给大丫头掰了半牙饼子，揉出一疙瘩面，又剥了三根大葱。跟在手脚一刻也不停的慢生后面转来转去，我们之间的谈话变得断断续续，她意识到这一点，停下来，站直了身子，外套下面是一个微微鼓起的肚子。

慢生面对我的疑惑，略带愧意地向我解释，说梁大哥是三代单传，没有男孩不行。说单位领导也同意了，不用再躲躲闪闪。说大丫头也大了，不会像过去那样累人。但她就是没说如果再生个女孩怎么办。

金　果

金果到西安时十七岁，她的漂亮不艳不浮，是让人看了很舒服的那一种。特别是她笑的时候，两排雪白的细牙露得恰到好处，谁看了都不会轻易忘掉。也可能就是这个原因，劳务公司不等雇主们来抢，就把她留给了美术学院的素描教师陈东旦。

陈东旦来这里寻找模特儿已有时日，他并不稀罕脸蛋，他要的是身段。把金果领回美院后，陈东旦和几个素描组的教师抓住她，用软尺从头到脚量了个够，记下来的尺寸竟然与标准尺寸不差分毫。几个教师兴奋不已，旁边的金果却坐在椅子上嘤嘤地哭起来，她被吓坏了，她感到自己很快就要被卖掉，她家的大肥猪卖的时候也是先要用软尺量来量去的。

费了好久的口舌，金果才清楚陈东旦不是要卖自己，又费了好久的口舌，金果才明白自己要干的是艺术性质的工作。这个工作非常容易，只是不自在，每天要由陈东旦安排穿什么衣服，还要一动不动地摆出许多姿势。这些姿势让金果感到别扭，但更别扭的是面对许多双死死盯住你的眼睛，这些眼睛大多是小伙子的，那眼神能把你剥得一丝不挂。

两个月后金果完全适应了这个工作，每天的几节课就像玩一样轻松，每月一百五十元的工资就像是白给。不再砍柴薅草的手褪掉茧子长出了嫩皮，不再多晒太阳的脸蛋白里透出桃红。再没有要剥掉她衣服的眼睛，陈东旦说那些眼睛仅仅是在追求美，遗憾的是这些美被衣裙遮掩了很大一部分，问她愿不愿意为了艺术把那些衣裙脱掉，当一个不着衣模特儿。还说不着衣模特儿在外国是最让人羡慕的职业，绝非人人可以干，必须要有她那样万里挑一的身材。金果像听天书一样听陈东旦说完，用她自己的思维总结出一句话，那就是光着屁股让人画，她干脆地拒绝了。陈东旦也干脆地告诉她，安排她当不着衣模特儿是教研组的决定，是工作需要。金果二话没说，当天中午就走人。

“你去找别的工作了？”

“不，我去找青芳姐，让她帮我拿个主意。”

"青芳怎么说？"

"她听了一个劲地笑。笑够了，她说反正只许看不许摸，美院多给钱就干。"

"你又回去了？"

"没回去，我在青芳姐那儿住下了"。

金果不信除了给美院当模特儿就没有自己可以干的工作，她先给服装店站柜台，从早十点到晚八点，三天下来两个膝盖忘了怎样打弯。她又去给餐厅端盘子，在七八个大圆桌之间绕来绕去，三天下来她做梦都在绕圈子。青芳看她可怜，叫她随自己去搭戏班子。青芳那一天在戏班子里唱青衣，每段下来都有看客鼓掌，她跑龙套，踩住自己的裙摆，跌了个前滚翻，惹得看客哄堂大笑。而登台前，青芳领着她跑了二十多个来回的龙套。

金果开始想念在美院时神仙般的轻松生活，她哪也不去，什么活也不干，只在青芳床上蒙头大睡。青芳看出了她的意思，独自去美院找陈东旦，一星期后，金果成了美院里最年轻的不着衣模特儿。

度过了窘迫、羞怯的阶段，金果发现自己比原先更受学生们的欢迎。据陈东旦讲，只要是有她出现的素描课，学生就会特别多。陈东旦还让她注意观察学生们推崇的眼神，说只有在世界名画前才会有这种眼神，说她的身材简直可以算一件艺术品，建议她再努力培养自己的艺术气质。

"你能听懂这些话吗？"

"能听懂一些，像什么艺术气质之类。"

"可以给我解释一下'艺术气质'这个词吗？"

"当然可以，美院学生的艺术气质就是远看像个要饭的，近看像个逃难的，仔细一看是个美院的。"

金果成了不着衣模特儿后工资升到二百六十元，如果加课还要另算，优厚的报酬成了她追求自身艺术气质的后盾。

她先观察周围学生们的衣着，然后不管男服女服买来套在身上。她还注意到学生们笑的时候要大笑，哭的时候要大哭，有时候要目中无人，有时候又柔情似水。不过这些气质比较难学，最好学的是普通话，是逛大街时背个大画夹，是用网兜提几本大厚书。书名她记了下来，是《世界人体艺术概论》和《抽象画理论研究汇编》，并且去美院图书馆借来备用。

金果是这群天水女孩里收入最多的一个，也是最被大伙瞧不起的一个。得空聚聚时，女伴们总要用异样的眼光打量她，问她上课时躺的时候多还是站的时候多，真的脱成光溜溜，还众口一词说她身上有一股怪味。金果买来糖果点心堵她们的嘴，她们吃完后照样挖苦。金果气不过，就骂女伴们是土豹子，居高临下给她们大讲艺术家的气质和为艺术献身的伟大，用了一连串从陈东旦那儿听来的“线条、角度、明暗、透视”之类名词。女伴们很快被这些名词震慑住了，再细看金果，气质果然不凡：一件皱巴巴的上衣贴了八个兜，背后还印了个狼头，一条脏兮兮的牛仔裤紧绷着大腿，膝盖处被掏了两个大窟窿。又过了两个月，女伴们再见到金果时，她竟然背了个吉他。

“你当时会弹吉他吗？”

“会不会弹是次要的，背着吉他时的感受是主要的。”

“你能感受到什么？”

“不是我的感受，是看我背吉他的人的感受。”

“会是一种什么感受。”

“当然与气质有关。”

金果在美院工作一年半后，另一件与气质有关的事找到了她。陈东旦怀藏一捧野菊花，在夜幕降临时绕过一长排青砖平房，悄然来到平房尽头，闪进金果的宿舍。金果此时正侧身而坐，对着镜子给自己描画晚妆，陈东旦进来后先是结结巴巴，后是吞吞吐吐，再后来软了一条腿，横下一条心，半跪着像吟诗一般向金果求婚。

陈东旦闹离婚金果早有所闻，她把这也归入艺术家的气质之类，但要让她接受这种气质的后续行为却毫无思想准备。山里姑娘的野性在短暂的迷惘中突然爆发，她站起来，用黄柏村的土话破口大骂。陈东旦被惊呆了，他怎么也想不到这个令他眩晕了一年多的肉体会发出如此粗俗的骂声。他的脸一阵白一阵红，装满艺术词汇的大脑顷刻间变得一片空白，以至于忘了站起来。

陈东旦最终还是站了起来，他抛下一地菊瓣，像大梦初醒般摇摇头，拉开门走了。金果失去了斥骂对象，转身趴在床上大哭起来。这一场哭极有气质，双肩使劲抽动，双拳不停地击打枕头，间或还扭动两下身体。十分钟过去了，金果窗前挤满闻声而来的人，其中有人看见陈东旦失魂落魄的离开，再把金果的悲愤欲绝联系起来，问题就不言而喻了。安慰和同情立即包围了金果。金果此时来了个最高档次的气质，她从床上爬起来，双手捂脸，抽泣着挤开人群，高一脚低一脚向黑乎乎的校园后面跑去，消失在大片哗哗作响的白杨林中。

“你想躲进林子里哭个痛快？”

“哭个屁！我穿过林子，翻过围墙，搭上最后一班公共汽车，找青芳姐去了。”

“又不想干了？”

“不想干能由我吗？”

金果的失踪或者说生死未卜成了美院从早到晚的热门话题，陈东旦也成了众矢之的，成天灰溜溜地走路。两天后的人体素描课，陈东旦的教鞭指指点点的是一个凑数的姑娘。这个姑娘的两条短腿挂满了肥肉，宽厚的腰像个四方体，脖子怎么也找不到。学生们只看了一眼就怨声四起，他们敲打着画架叫着金果的名字，又喊着要画陈东旦十七岁的女儿。

凑数的姑娘看看不是回事，穿上衣服走了，学生们就推曳着陈东旦让他当模特儿。有人帮他脱衣服，有人帮他摆靠垫，有人抓了一把他肋条上的皮，说老皱皮还想吃嫩肉。

陈东旦那几天几乎瘦了一圈，他每天下午都去找金果，只要能找到，求回来，他准备磕头作揖。在南城墙里的秦腔恒乐班，陈东旦终于找到了金果。金果正嘻嘻哈哈给青芳穿衣扮装，那份天真烂漫非笔墨可以形容。

金果一口就答应第二天返回美院，又乐呵呵拉了条板凳让陈东旦坐下看青芳走戏，就好像什么事情也没有发生过。那天青芳走的戏是《铡美案》第三折，青芳扮演秦香莲，向包丞哭诉着自己的委屈。随着大段唱腔的展开，青芳脸上缓缓流出两条泪痕，金果在台下鼻涕眼泪一把把抓，很少看秦腔的陈东旦也双眼泪汪汪。

一九九二年放寒假前的一天下午，我去美院想找金果再证实几件事，她不在。邻居认识我，在金果住房的门框上摸摸索索，找到一把钥匙递给我，让我进去等一等。我开门进去，里面仍旧和我上次来时一样杂乱无章，被子和十多件脏衣服一同堆在床上，油腥盘子和脏碗筷挤满了铝锅，桌子上是几本印着俊男靓女的画报、一个没灯泡的台灯、几张错别字满篇的情书。在紧挨卧床的墙上我还是发现了一样新东西，那是美国电影演员派克一米见方的大幅照片，这是最近才在女孩子中间流行开来的新时尚，金果肯定把这种时尚理解为艺术气质了。

姣　兰

姣兰十八岁，家乡定下的女婿十七岁。姣兰身高四尺五寸，家乡的那位身高也四尺五寸。姣兰的脸蛋白里透红，家乡的那位是张嫩嫩的娃娃脸。姣兰只读到小学四年级，家乡的那位也读到小学四年级。这样一比，姣兰觉得自己要嫁的不是女婿，而是自己的一个影子。嫁给自己的影子有什么意思，姣兰在过门前得到乡里组织劳务输出的消息，便偷偷去报了名，过了不久又偷偷随村里的几个女伴乘火车来到西安。她在城南劳务公司停留了不到十分钟，就被一个五金店的小老板领走了。

五金店门脸不大，小老板和他老娘共同经营，门脸后面隔出一小块用来住人做饭。老娘前些天跌了一跤，伤了膝盖，住进了医院，姣兰来就是顶老娘的缺。这个缺也好顶，不过是一天做两顿饭，闲下来时站站柜台，夜里住在店里吓吓贼。没两天姣兰熟悉了工作，小老板又让她中午再给医院送顿饭。

这样过了半个多月，姣兰发现小老板还想让她顶别的缺。先是趁她低头整理货架时在她脖颈上吞一口，后又趁她做饭时从后面搂搂她的腰，再后来就是在晚上小店关门后在她脸蛋上亲一口。小老板亲过姣兰后轻轻松松回家去，留在店里的姣兰却脸红心跳。姣兰并不因此感到害怕，因为高她一头的小老板平日里对她没有一句厉害话，吃饭时总把好菜往她碗里拨，工资提前发给她一半，还送她一块香皂、一筒牙膏、两条不算旧的裤子。于是有一天中午，当小老板丢下柜台钻进厨房从后面搂住她的腰时，她红着脸怯声怯语地问小老板是不是想娶她。小老板被问得一愣一愣，等明白过来，立即吐出一连串“想娶、想娶”，两只手也挪向胸脯，并且在脖颈上一口接一口地吞。

“你相信他的话？”

“我咋能不相信，他还发誓赌咒了。”

“所以你就由他了？”

“我当时还要做饭，做好了还要给医院送去，哪能就由他。我让他夜里十点以后再来店里，我不想在没结婚前让人知道。”

“这不是还由了他？”

“他答应娶我了呀！”

姣兰急于出嫁，她怕家乡没过门的婆家来人扯她回去。每逢小老板夜里悄悄溜进店里，她都要催问多久结婚。小老板总是让她别着急，说等他老娘从医院回来再商量。为了让老娘早些痊愈，姣兰饭菜做得更仔细，送饭时老娘对她也亲热非常，水果点心全拿出来让她吃，还说五金店能维持下来全靠她帮忙。看那个样子，不等儿子提老娘自己也会认下这个儿媳妇的。

姣兰只好耐心等待了，这一等两个多月，老娘没有出院，姣兰也不来月经了。小老板好像很有经验，掐指一算，领姣兰去医院做了手术。

“你做手术女伴们知道吗？”

“就青芳姐知道。她晚上来找我玩，翻出了病历，看了后没说一句话。我告诉她小老板是真的要娶我，她还是不说一句话。我拿出小老板送我的各种营养品让她看，她只是冷笑，说这些都是小老板他老娘吃剩下的。”

“青芳没去找小老板？”

“没有，她坐了一会儿就走了，临走前她看了我好久，看得我心里酸溜溜的难受。”

两个星期后小老板的老娘伤愈出院了。她住的是大医院，又有人每天送饭，养得面红体胖，走路时又像没跌跤前那样四平八稳。她把柜台上的活接过手，只让姣兰做饭。又过了一星期，老娘告诉姣兰，说五金店经营困难，很快就要关门，让她另谋工作，给她多开了半个月的工资就打发她上路。姣兰被搞得晕头转向，想找小老板问问，却想起好多天都不见人了，问他老娘，说到外地讨账去了。姣兰就告诉他老娘，说她儿子早就答应和自己结婚，就等她出院后商量个日期。老娘听了后不动声色，劝姣兰别信她儿子的话，说她儿子两年前就有了女朋友，两人好得不分彼此，这次出门讨账就一同去的。

老娘的话让姣兰顿时傻了眼，她环顾左右，发觉自己在这里是如此孤单和多余，发觉透骨的寒风正从脚底穿透全身。于是她收拾了自己的衣物，丢下小老板送给她的两条旧裤子和一些零碎头饰，一路哭着走了。

姣兰一路哭着找到了青芳。青芳此时正在屋里独自走戏，她好像知道迟早会有这么一天。她平静地安顿姣兰坐下，端来一盆热水给她擦脸，又给她重新梳理了头发，用花手帕扎了一条蓬松的马尾辫。重新洗梳过的姣兰白艳丝毫未减，青芳坐在她的对面，一声不吭看了好久，惋惜地摇摇头，甩上门出去了。

"青芳去找小老板了？"

"没，她去找恒乐班的二柱子。二柱子是班主，平时扮武生，有一身好功夫。二柱子给谁都没讲，天黑后自己一个人在小老板的五金店门前转悠，第四天晚上把小老板堵在了路上。"

"你是怎么知道的？"

"晚上我和青芳姐都睡了，二柱子来敲门，进来后丢给青芳姐一条湿漉漉的围巾。二柱子说可惜了他的白绸子围巾，让小老板擦鼻血弄脏了，再洗也洗不净。"

姣兰从此学会了谨慎，知道嘴上说要娶她的人不一定真娶她。两年多过去，她换了三处工作，也没有遇到真想娶她的人。第四次换工作是给住在招待所里的一位贩煤的曹经理守电话。三个月过去，她从曹经理那儿看出了想娶她的味道。姣兰正咀嚼味道的真假，家乡没过门的婆家气势汹汹找上门来。来的是两个壮男一个壮女，扯住姣兰的胳膊，二话不说就往外拉。多亏大块头的曹经理堵住了门，来人才只好讲道理。他们讲来讲去全是钱，说姣兰家收了他们一千五百元财礼。曹经理说收了财礼不等于扯了结婚证。他们说山里人可以不要结婚证，但不能没财礼。曹经理问怎样才可以不带走人，他们表示除非姣兰退回财礼钱。曹经理将自己写字台带锁不带锁的抽屉全部拉开，搜罗出一千五百元递过去，他们说还有三个人来回的一百五十元交通费。曹经理又搜遍衣兜，零票整票撇出了一百五十元。

壮男和壮女拿上钱走了，姣兰被一千六百五十元的大数字吓得欲哭无泪，曹经理轻松地对她笑了笑，又安抚地把她揽进怀里，拍拍她的后背，她这才“哇”的一声哭出来。

“你欠下了一笔债。”

“是欠下了，但我还了。”

“怎么还的？”

“我四五个月就去医院做一次手术，做出来的全是曹经理的骨血。”

“他没说要娶你？”

“开头没说， 后来说了。”

后来曹经理说了要娶姣兰，姣兰兴奋地跑去告诉了青芳。青芳问曹经理是哪里人，姣兰说好像是黄陵人。青芳问曹经理有多大岁数，姣兰说不是三十就是三十五。青芳问见没见过曹经理的身份证和营业执照，姣兰摇了摇头。姣兰只知道曹经理有许多外号，像曹大炮、曹拐子、狗货。这些外号都是曹经理的许多朋友来谈生意时当她面叫的，谈生意时又全躲开她。青芳听到此急了，说曹经理八成是黑道上的人，让姣兰回去一定要看看曹经理的身份证，并把身份证的号码记下来。姣兰让青芳说得心里发毛，回去就向曹经理吵吵要看身份证。曹经理嘿嘿一笑，说丢了，正在补办，依旧揽她入怀，掐掐鼻子，揪揪耳朵，干干那种事情，最后再发一通要娶她的誓言。

“你忘了，嘴上说要娶你的人不一定真娶。”

“曹经理不光嘴上说，他心里也想娶。”

“你有什么根据。”

“他不让我再做手术，让我把孩子生下来。”

姣兰一心一意要给曹经理生个孩子。她奶奶说过，只有孩子才能拴住男人的心，她要让这个孩子把曹经理拴得死死的。曹经理果然被拴住了，开口闭口都是“咱们的孩子”。没过多久，曹经理抚摸着姣兰日渐隆起的小腹，突然说要出去倒腾一笔大生意，给孩子挣一笔大钱。挣大钱可能很费事，四十多天里曹经理一次也没回来，开头还有一两个电话来，说生意多么忙，多么想姣兰和她肚子里的孩子，后来就忙得没了电话。这时姣兰手头只剩下二十多元钱了，她什么也不敢买，只焦急地盼望曹经理提着大包小包推门而入。

曹经理没盼来，招待所的前台领班不请自来，说都过去二十天了，三间房子的租金该交了。姣兰一听乱了方寸，求领班帮她撬开抽屉找钱，几个抽屉里全是废纸片和空烟盒。

青　芳

青芳四岁那年没了妈，跟着戏迷爸爸长大，从唱样板戏开始直唱到古戏开禁，十三岁时就背下了十几本大戏的戏文。青芳的戏路很广，入戏也快，青衣、花旦、小生全能扮，只是一唱苦戏就想起了她没妈的日子，就会泪水涟涟。

一九八七年秋天，乡里搞秦腔大汇演，黄柏村拿出的是全本游西湖，青芳在戏中扮李慧娘。那夜明月高悬，秋叶飘零，乡政府大院里挤了上千人。青芳悲悲凄凄唱到了鬼怨，头几句唱腔湿了眼眶，再几句泪涌如泉。有泪无哭她照样唱，唱得台下一片泣声，几个从没流过泪的倔老汉一边擦着眼泪一边骂着“这贼女子唱成了精。”

乡长是个戏迷，没等汇演结束就找出第一名的奖状，泪汪汪地填上了李青芳的名字。汇演结束后两个月，戏迷乡长不知脑袋里的哪根筋出了问题，托乡文书提着两瓶陇南春特曲和两包茶叶到青芳家给儿子提亲。这可是天大的面子，青芳的爸爸不敢不收礼，青芳回来问清了缘由，提着礼物又送回到乡政府。乡里正散会，各村的村长们鱼贯而出，齐齐和青芳打了个照面。当天夜里，全乡的人都知道了乡长提亲被拒的事，这一下抹尽了乡长的面子，乡长就抹掉了本当分给黄柏村的一千元扶贫款。多少家指望度春荒的钱不翼而飞，青芳还能在村子里待下去吗？待不下去就远走高飞，戏里有多少角不都是被逼着走南闯北，青芳心一横，随女伴们来到西安。

“你是怎么进的戏班子？”

“本来我是被领去干餐馆的，路过南城墙，那里的恒乐班正在露天戏台上练腔走戏。戏台前有好多戏迷，我站在他们后面听戏，越听越憋不住，上去唱了一段《探窑》。恒乐班的班主听了后立即把我请进戏台后屋，死说活说要让我进恒乐班。为了留下我，他还给餐馆老板赔了二十元车马费，二十元劳务登记费。”

“这个班主就是二柱子吧？”

“就是。”

“他当时多大岁数？”

“二十六岁。”

“他戏扮得怎样？”

“武生小生都扮，只是扮小生时太武气。”

恒乐班正缺能叫上座的青、旦两角，青芳一到，这两角的戏全让她包了。二柱子领着班友重新排练几天，又跑开了郊县小镇。头一出戏是给老人祝寿，点的《吕布戏貂蝉》，青芳把个貂蝉演得流光溢彩。第二出戏是给老人送葬，点的《五典坡》，青芳把个王宝钏演得愁苦无边。十几天下来，城南的许多村镇都知道恒乐班里来了位好嗓子的秀女，婚嫁盖房也来请他们出戏。

两个月下来，恒乐班赚了不少钱，青芳的戏重，一下子就分了三百多元。她不想再同班友们挤住在一块，就在距恒乐班不远的小巷子里租了间房，买了套新铺盖，搬了过去。房子的墙上有一面斑驳的穿衣镜，她照了照镜子，又出去给自己买了两件城里人穿的衣服，看看一切都安排妥当，她提起笔来给爸爸写信。青芳在信里把自己两个月来的经历全写到了，就是没有写二柱子待她特别好。

“你俩真正好起来是什么时候？”

“我头一次出戏演貂蝉，他演吕布，他说他那时戏貂蝉就假中有真了，实际上是在他帮姣兰出气以后。他把五金店小老板的鼻梁骨都打塌了，我说他下手太重，他说如果有人敢欺负我他就动刀子。我从小没妈，没指望能得到谁的保护，谁敢欺负我我就和谁打死架，像二柱子这么仗义的话我从来没听到过。我当时就哭了，他想给我擦眼泪又不敢碰我，我就夺下他手中的帕子自己擦，这条帕子我再也没还他。”

二柱子是渭北塬上吼出来的角，吼出了一副颇受欢迎的沙沙嗓子，也吼出了一身侠义肝胆。他一顿拳脚给姣兰主持了公道，同时也给自己留下了一个仇人。小老板鼻青脸肿地躺了半个月，又花去上千元将鼻梁骨扶正，看看可以见人了，就在红楼酒家包了桌大席。小老板请来三教九流的朋友，他不隐瞒自己和姣兰有那档子事，只是改为姣兰先亲近的他。小老板又把给姣兰的两条旧裤子改口为给了两千元，姣兰嫌少非要五千元。因果关系这么一拧，二柱子遭暗算就成了必然，只是时间推迟了多半年，因为小老板始终搞不清这顿拳脚是谁给他的。

“小老板是怎样调查出来的？”

“我不清楚，不过事出有因，谁都知道先沿着老乡这条线找。”

“二柱子被打得不轻吧？”

“腰打折了。”

“他武功不是挺好？”

“那全是戏台上的花架子，何况人家是四人八拳，还带着家伙。”

青芳最艰难的日子开始了，用她自己的话说，她连哭的时间都没有。她先送血肉模糊的二柱子住进医院，押金吃掉了二柱子的全部积蓄还不够，班友们又东挪西凑了两千元。二柱子手术后略有平稳，她又开始跑公安局和派出所，看着小老板和他的朋友被抓进了号子。这些事没明没夜耗掉了她半个月，缓过了劲，她在傍晚去了南城墙的恒乐班。

这些天没有了班主和青芳，去郊县小镇的演出全停了，青芳的归来让班友们又重新聚在一起，他们在戏台后屋商量着二柱子的伤没好以前恒乐班该咋办，再排戏时二柱子的角由谁来顶。这时，每晚都要来戏台前转一圈的戏迷发现了青芳。他们热情地招呼青芳，求她来上一段。青芳叫上琴师一同走上戏台，她想了想，给大家唱了段窦娥冤里的《屈斩》。唱着唱着，冬天里的第一场雪飘下来了，二百瓦的灯泡把她身旁的雪花和脸上的泪珠全照得晶亮。

“你们商量出办法没有？”

“大伙觉得二柱子的伤没个一年两年好不了，推举我暂时当班主。”

“手术后就没有见好？”

“不明显，医生说站起来的希望有五成。出院后我把他接到我那里住，每天准时给他按摩，活动下肢，还买了磁疗器、红外线灯。如果晚上出戏，我也要先给他治疗完后再走。”

“有效果吗？”

“他怕拖累恒乐班，没等有效果，就让我送他回渭北老家。我不干，他就不吃不喝，还用头撞墙，劝不住，我只好送他回去，他妈妈哭着问我是谁，我说我是他媳妇。”

“你们结婚了？”

“没有，可我要给他擦澡、换衣服、接屎接尿，为了照顾方便，晚上我们又睡在一间房里，不是媳妇也成媳妇了。”

“你就没想过他可能会永远也站不起来。”

“上个月我去看他，他已经能支着双拐站起来。他说等他好了我俩再唱一出《吕布戏貂蝉》，说这一次就不用半真半假了。”

青芳同我这次谈话后不久又去了一次渭北，从渭北回来的当天她在电话中哽咽着告诉我，说二柱子支着双拐可以挪动百十步了。

她　们

一九九二年四月二日上午七时，姣兰被招待所清理了出去。为了抵房租，招待所什么也没让姣兰带走，除过换洗的几件衣服和她肚子里给曹经理怀了八个月的肉疙瘩。那天早晨有风，扫街的人把尘土扬成了雾，姣兰提着个瘪瘪的布兜，挺着个肚子，木然地穿过一团团尘障，身上、头发上、廉价的头巾上全沾满了尘土和纸屑。等她停下脚步，发现自己不知不觉来到了南城墙根，前面就是恒乐班的露天戏台，从旁边那条巷子进去就是青芳租住的房子，虽然近在咫尺，但她已经没有勇气再走进去，她不曾忘记二柱子为她遭受的磨难，她始终认为是自己害了青芳的朋友。姣兰叹了口气，转身走进环城林，穿过晨练的人群，在紧临城河的石阶上坐下来。

“你坐了多久？”

“不知道，好像几天几夜，又好像几分钟。身子越坐越轻，轻得我都感觉不到我自己，后来我就跳了下去。”

“你就没想想别的办法？”

“还能有什么办法，回去嫁我的那个影子？人家还不要我呢，再找个经理，这副身材谁稀罕。”

“你可以把那个孩子做掉。”

“我身上只有两元钱。”

护城河最多一人深，又正是晨练人多的时候，姣兰没喝几口水就被捞了上来。她挣扎着还要向下跳，捞她上岸的男人哆嗦着向她告饶，求她发发慈悲别再跳了，说自己上有老下有小，她再跳他只有再捞，冻出个好歹一家人可就完了。看看姣兰不挣扎了，那男人开始穿衣服，又接过旁人递来的棉大衣给她裹上，劝她好死不如赖活，说这年头谁没有一肚子委屈，问她附近有没有亲戚朋友。姣兰坐下静静地哭了一会儿，站起来，找青芳去了。那男人帮她裹紧大衣，一路陪着她，直到走进青芳的小屋。

青芳没有去找曹经理，她知道这个人就像彩娥的厂长一样永远消失了。她领着姣兰去了医院，开了住院证，就四处筹措八百元的预付款。她领着恒乐班春节前后出戏挣了不少，除过大家分的和给二柱子捎回去的以外还剩五百元，她全取了出来。在慢生那儿，梁大哥翻箱倒柜找出了三百多元。考虑到姣兰引产前后还会有许多别的开销，她又去美院找到金果。金果才发工资不久，但全用来买了一件羊绒套裙，她直埋怨青芳为啥不早点来，接着就去叠那件羊绒套裙，装进一只很漂亮的盒子里，提着出去了。

“金果要卖羊绒套裙？”

“卖了三百四十元，全给了我。”

“你没挡她？”

“挡了，我让她取点存款，她说她从来是月月光，不卖套裙就去卖血。还说她最近显胖，早就想卖掉半桶血，有的胖女生为了改变体形常这样干的。”

四月六日上午，青芳给医院交足了八百元，安排姣兰住进了产科病房，第三天夜里十时，曹经理留下的肉疙瘩被引了下来。据护士讲是个男孩，发育很好，其父肯定是个大块头。护士的这些话姣兰没有听见，极度的衰弱让她连手术床都下不来，输上液后半小时她才在护士的搀扶下走出手术室，又在青芳的搀扶下回到病房。

回到病房后姣兰昏沉沉地睡着了，她睁开眼睛时天已经大亮，她用疑惑的眼光久久打量着病房里陌生的一切，当她看见趴在自己床帮上睡觉的青芳时，终于明白了自己身在何处。她摇醒青芳，抱住青芳的肩头，哭喊着让青芳送她回家。

青芳没有立即送姣兰回家，她把姣兰领回自己的住处，照料她坐了二十天的小月子后才启程。五月一日晚，青芳和姣兰登上了西去的列车，我和她们同行。我随她们去有两个目的，一是想见见姣兰的父母，尽可能帮助他们修补与女儿之间的亲情。再就是要去彩娥家，告诉她，医学院有一种最新的肺灌洗术，有可能将她肺里的玻璃粉粉冲洗出来，我将领她一同返回西安，帮她找回属于她的春天。

五月二日凌晨，我们在天水北道下了火车，六时半换乘汽车，九时多到了百年乡。我们沿着平缓的河谷向上游走去，半小时后远远看见了黄柏村。村子静静地躺在半山腰，一株老树盘枝错节，张扬地守卫在村口，一片黄灿灿的油菜花在村子下方叠叠铺展，像被天空抛下的锦缎。

“那棵树就是黄柏树吧？”我指着远处的老树问。

“是的。”青芳和姣兰同声回答。

我们开始朝黄柏村爬去，随着一阵徐徐山风，我们被罩入浓郁的油菜花香中。村子里的鸡鸣狗吠已清晰可闻，姣兰顾虑重重的脸略有舒展，终于露出一丝笑容。她告诉我，油菜花盛开预兆着全年都会风调雨顺，村里人这时的心情会特别好，没有人会对她说长道短。我问青芳，这片油菜花有没有她家的。她没有回答我，只是点了点头，接着是沉默，再接着是她轻声慢腔的一段戏文：

“……

傻闺女你今天缺骂少打，
上府里咋变得没了王法。
人家的二公子怕见女眷，
你怎敢堵住门强把手拉。
人家的三小姐喜静怕吵，
你怎敢学驴叫身后惊吓。
人家的太姥姥九十有八，
你怎敢掰开嘴要看老牙。
半道上野地里给我跪好，
不许哭不许嚷不许叫妈。
柳条儿揉揉软带风带雨，
白脊背见见亮狠洗狠刷。
……”

2003年稿

里外肋子巷

好大的雾，
浓密得难以迈步，
让声音都变得黏黏糊糊。

邱月儿撒网记

当伙计的盼望着有朝一日能当上老板，当窑姐的盼望着有朝一日能当上鸨母。游艺市场的红妓邱月儿为了实现自己的鸨母梦，在她门庭趋于冷落之际买下了一个五岁的女孩。女孩相貌出众，取名仙娥。六年后，当邱月儿算计着还要多少年才能把供养仙娥的钱成倍地赚回来时，解放军的炮声在城外打响了。

这是一场容不得沉渣污泥的革命，那些有血债没血债的军警、特务、地痞被塞进一辆辆卡车，拉出城枪毙了。游艺市场的十几家窑子馆全被贴上了封条，掌局的几个鸨母也被关进了监狱。邱月儿一夜之间没有了职业，她的姐妹们大多进了政府出钱办的改良所，去治病，学习文化，等待分配工作。她却携带着自己的细软和十一岁的仙娥，溜进了肋子巷六号，去找她的干铲相好小鑫章。

“干铲”是指不掏钱逛窑子，那些能干铲的人常常是称霸一方的地痞，只有少数人例外，小鑫章就是例外之一。他是个最没来头的小警察，一个月下来的薪俸还不够养活他丢在乡下的老娘，但他也被老油子警察鼓动着想逛逛窑子了，特别当那些老手们绘声绘色地给他描述窑子里的那些事时。于是有一天下午，小鑫章咬咬牙，断了应当给老娘捎去的钱，随老油子们进了游艺市场。老油子们将他丢给邱月儿，说是让邱月儿教教他，就各自去找相好。等老油子们撒够了野，回到警署时，才发现小鑫章没有回来。

小鑫章那天夜里被邱月儿破例留到了早晨。并不是因为他掏的钱多，也不是因为他小她十岁，而是他笨手笨脚不得要领的可怜样感动了邱月儿。那天夜里，邱月儿教着他，顺着他，突然流下了眼泪。在邱月儿的记忆中，男人们全是十多年前三下五除二就拿走她贞操的那种样子，小鑫章的笨手笨脚像是一股新鲜的风，给邱月儿吹来了酸溜溜的委屈。从此后，小鑫章就有了干铲的权利，不但干铲，有时还能倒赚，邱月儿时常把由别人那里赚来的钞票一把一把地塞给他。

一个新的三口之家在肋子巷六号组成了，大家都是心甘情愿的，只有小鑫章偶然会感到在年岁上有些吃亏，但他并不敢说出来，因为他那时刚被新政权遣散，既无职业，也无收入，连租房子的月份钱都交不出，正打算回到乡下老家度日。很快，小鑫章的那些吃亏感被邱月儿带来的细软化解掉了，那些细软不仅使他吃穿不愁，不仅帮他补交了欠房东半年的月份钱，而且干脆从房东手里买下了自己租住的里外间。相比之下，邱月儿更懂得小鑫章对她的价值，她好像抓住了人世沉浮中的一棵大树，面对着她理解不了的大变动，绝不允许自己松一松手了。

时间过去了四年，在一家照相馆当上暗室工的小鑫章已经二十六岁了，邱月儿突然发现，自己有点抓不住这个男人了。预感来得很快，那是在春末夏初的一个夜晚，小鑫章在与她的一次例行亲热后，没像往常那样闷声闷气爬起身，反而突如其来地问她:“你的肚子就不能大起来？”邱月儿那夜翻来覆去没能合眼，她开头还想骗自己，把小鑫章的那句话解释为逗乐，但细细一想白天所见——小鑫章抱着同院邻居秦嫂家的孩子时流露出的完全不同于对她的那种柔情，就再也无法欺骗自己了。

那完全是一种父亲对儿子的柔情，小鑫章在那一刻仿佛换了一个人，显得慈祥、单纯、不含有任何邪念。当他摸着孩子的细发，用鼻子嗅着细发中散出的乳香时，竟然像食槽中的猪鼻子那样惬意地哼哼起来。他丝毫没有注意到，身后自家的窗子里，一个大他十岁的女人正看着他。那些惬意的哼哼声女人听见了，当时并没在意，现在却明白过来，那是在责骂她不会生育。

红妓不孕，这是个普遍规律，更何况邱月儿已经三十五岁，并且发了福。邱月儿也早知道自己生子无望，但将这个无望与小鑫章的盼子联系起来还是头一次，她不能不有些恐慌了。早晨，在邱月儿还没有消退的恐慌中，小鑫章悠悠然上班去了，临出院门还有意无意将秦嫂怀中的孩子抱过来亲了几口，邱月儿顿时向秦嫂的背影沉下了脸。

不能吵，不能骂，只能在背后沉沉脸，当秦嫂抱着自己的宝贝儿子转回身来，邱月儿又急忙将沉下的脸提起来。原因很简单，小鑫章要亲孩子怎么也怪不到秦嫂头上，谁叫自己没生个儿子让小鑫章亲。转回身的秦嫂却也沉个脸，原因也很简单，谁叫秦嫂的丈夫——搬运工秦东乡这些日子被邱月儿的眼睛勾引得越来越轻狂。

邱月儿成为红极一时的窑姐全靠一双眼睛。浅浅的双眼皮随时可送出诱人的羞涩，黑黑的眼仁又浮满了迷人的懒散。再加上天生一对夺魂眉，男人们的票子就有数没数地向她枕头底下塞了。现在她虽然已入中年，脸上的皮肉也松弛下来，但那双眼睛却不怎么变，往日的风韵全被她留在眼睛里，而且习惯成自然地向外流。

当搬运工的人大多是憨头，秦东乡也如此。进院出院四目相对，时间一久，昏昏然觉得邱月儿眼睛里的那股风韵流向了自己。于是他有事没事，总要找点事由向邱月儿家中钻，说几句不得要领的疯话，骂几声秦嫂土气。秦东乡得到的回应总是和他的力气有关，像帮邱月儿拉车煤扛袋面粉呀，像跑遍大街给仙娥找几个便宜纽扣呀，像爬上屋顶帮助小鑫章换几页漏雨的瓦呀。邱月儿乐得有一双腿和一身力气归自己支使，反正不掏钱，不欠账，只需亲亲热热丢过去两眼，只需在秦嫂沉下的脸前不动声色就行。

秦嫂抱着小宝贝转回了身，邱月儿已经准备好了一脸的笑容。她不但笑着，还上前两步，由板着面孔的秦嫂怀中亲切地扯过孩子，逗起来。隐瞒自己的真实感情对邱月儿来讲易如反掌，要不，十多年的窑姐生涯就算白熬了。她常常可以把某位满嘴喷臭的老家伙应酬得骨酥腿软，然后冲其离去的背影痛骂一番。移动五官位置，让它摆出不同的表情，而且这种表情与内心世界绝无共同之处，这是邱月儿熟练掌握的一门为人技巧。秦嫂对此学问一窍不通，她此时想的是：对方是一个从妓十多年的女人，自己的孩子白胖干净，让对方一抱，不知会把什么脏病抱到孩子身上。秦嫂厌恶之感油然而生，又不客气地将孩子扯了回去。

秦嫂抱孩子回到家里，用一盆热水清清落落给白胖小子擦身，刚才被邱月儿接触过的地方都要重点清洗。邱月儿此时正坐在自己床沿骂街，说骂街并不妥当，因为她严格控制住了自己的嗓门，别说大街上听不见，就是院子里的秦嫂也听不见。但邱月儿深感侮辱后的那种愤怒、暴躁、急于报复的情绪却快要将这间不大的屋子憋炸了……

"……你干净，你清白，你配给我沉个脸，莫非那个臭小子是自个儿由你肚子里长出来的！你不仰天八叉地让人下种，会有个臭小子吊我男人胃口？你要靠臭小子才能吊我男人胃口，我靠我自个儿就能吊你男人胃口！你当你男人说疯话是图个好听，你当他那双殷勤腿子是白转来转去？他是盼老娘松松劲，学你的样子让他下种！看在解放了的份上，老娘给你留点面子，让那条公狗在我这儿只能闻闻腥。你可别把佛心当妖心，惹火了我，我就让出点皮肉，你男人就会一顿鞋底子赶你出门！那家伙早就说过：咬你哪儿都像咬了一口土……”

邱月儿忘乎所以地骂着，骂到得意处就微微闭上眼睛，于是，在她的想象中，得到她一些皮肉好处的秦东乡怒容满面地回屋里去了，不一会儿就听到秦嫂死去活来的哭号。哭号的秦嫂披头散发奔到她面前，她等着听秦嫂的赔情告饶，谁知想象中的秦嫂不服软，抱着孩子对她大声喊道：“你就是有我男人下种也生不了孩子！生不了孩子！……”

中午小鑫章回来，凉锅空碗在等着他。“饭呢？”小鑫章挺奇怪地问，邱月儿躺在被子底下一声不吭。“饭呢？”小鑫章敲了下桌子，邱月儿还是一声不吭。“好我的媳妇姐，你倒是说话呀！有病，咱们去医院，有气，就冲我发出来。大热天，你闷在被子里算哪门子事……”小鑫章真来了气，他拉开门出去，在巷口买回来两个肉夹馍，摔在桌子上一个，自己拿一个又回到院子。邱月儿听见摔馍的声音，从被子里探出头，小鑫章已经出去了。邱月儿怏怏地坐起来，扯掉被子，解开领扣，让不合时宜的汗散发出去。窗外，传来小鑫章乐呵呵的声音：“……给叔叔笑一笑，笑了！有四颗牙了！来，咬口肉夹馍……张大嘴，咬下来了！别吐，别吐，要吐就吐叔叔嘴里……”

邱月儿差点气昏过去，她觉得小鑫章的每一句话都是冲她来的，刚才不对她表示任何体贴反而叫她媳妇姐，现在又去逗那个她永远也生不出来的白胖小子，这日子没法过了。邱月儿翻身下床，由床下拉出个半旧的皮箱，打开，把藏在夹缝里的细软全掏出来，用手帕捆紧，鼓囊囊地放在贴身的衣兜里。

没有男人的日子好过，没有钱的日子难过，久在风尘中，邱月儿深知在关键时刻应当采取什么行动。既然在人世沉浮中没有大树可抓，那么钱的浮力也足够了。邱月儿像是吃了一颗定心丸，不，只能算吃了半颗，还有半颗是她摆脱不开的对小鑫章的留恋，这个男人毕竟给她的风月生涯刮来过一股新鲜空气。不过，到了傍晚，当仙娥从服务技校回到家中不久，邱月儿还是想出了吃下那半颗定心丸的方法。“我咋把她给忘了！”邱月儿看着这个近来懒于叫她“妈妈”的丫头，这个谈吐间常常对她露出蔑视的养女，一个想法在她脑子里渐渐形成了。

“女大十八变，越变越好看”，这是对儿时相貌平平的女孩而言。这个规律对仙娥并不适用，因为她小时候相貌出众，结果大了后越长越丑。同她养母一样胖墩墩的身材是其一，一双存不住半点神采的大圆眼是其二，一嘴歪歪斜斜的上下牙是其三。如果此时还未解放，邱月儿肯定会大喊晦气，会因仙娥卖不出大价钱而懊丧。好在现在解放了，仙娥的丑也无所谓了，有所谓的倒是仙娥反叛的倾向。当有人在仙娥背后嘀嘀咕咕些有关她父母身世的污言秽语时，她的这种倾向就会表现得特别突出。她会毫无理由地摔盆子摔碗，看着邱月儿和小鑫章冷笑。假如这时邱月儿骂她几句，她就会一走了之，躲在同学家中不回来。

“我又不是她生的！”仙娥会这样回答同学们的询问，再重复一遍她五岁时留下的记忆：“……那天下着大雪，我爹领我进城来，他说城里可暖和了，连棉衣都不用穿，城墙就是件大棉袄，可我进了城还是冻得冰冰凉。我求爹给我买件棉衣，他说会有人给我买。到了一个大杂院，还真有个女人领着我去买了，她脸上打着厚粉，涂着胭脂，一路上不怀好意地把我看来看去。等我穿上新棉衣，回到大杂院，我爹不见了，我就放声哭，哭了三天三夜。院里的人都来看我的热闹，他们说我傻，享了福还不知道，又说我哭起来比不哭时还要好看……”仙娥的这段故事每重复一次就会增加一些内容，她五岁时那段模糊凄凉的记忆逐渐变得轰轰烈烈了，她的哭闹演变成不吃不喝的绝食，演变成一段四处寻找父亲的流浪史。她在流浪的路上遇见许多好人坏人，她胆略超人，应付自如，甚至还结交了一位同她一样四处流浪的小男孩……

不论仙娥藏在哪个同学家里，不论她如何发誓赌咒永不回家，小鑫章总能找到她，领回肋子巷六号。小鑫章从来把小自己十一岁的仙娥当妹妹看待，这可能是他从乡下进城后剩下的最后一点淳朴气质。但邱月儿对此并不欣赏，她看到小鑫章领回仙娥后照例会挖苦一句："有能耐一辈子别回来！"仙娥照例会回敬一句："时候还没到！"然后就是一段平稳的日子。这种平稳的日子对仙娥来说并非好事，虽说她在外屋的小隔间住着，但里屋常有的那些放荡露骨的话语总让她心神难定，让她过早地知道了什么是女人，什么是男人，什么是女人和男人之间的那种事。

仙娥不是荷花，心里心外难免不被污泥染得斑斑点点。斑斑点点就有机可乘，邱月儿决心让这个迟早要飞走的冤家用另一种方式来还债了。星期一上午，仙娥上学去了，小鑫章吃了早点正要去照相馆上班，被邱月儿叫进了里屋，又随手闭上门。

"我看你是想抱儿子了？"邱月儿单刀直入。

"想抱儿子又咋样，你能生？"小鑫章并不回避。

"我生不了别人能生。"

"别人生的我不要！"

"是你让别人生。"

"哪个别人？你想套我的话？我可没三宫六院，就你一个媳妇姐，管得严，看得牢。"

"我给你找个媳妇妹。"

"哈哈……哈哈……"小鑫章仰天大笑，拉开门要去上班，他觉得媳妇姐这个阴阳怪气的玩笑开过了头。

"别走！"邱月儿抢在小鑫章前面将里屋的门扣死。她回过身来时已经是一脸凶相了："我想让仙娥给你生个儿子，她两年前就见红了。"

小鑫章摇了摇脑袋，想把自己摇出梦境。当他明确了这不是梦境，是自己的媳妇姐红嘴白牙说出的话时，吓得差一点瘫倒。"你……你不能凭空诬人清白，我一直把她当妹子待的……"

"妹子？她算你哪门子血脉的妹子？你没见她在小伙子跟前的风骚劲！过不了几年，她就会跟着哪条公狗跑得不见踪影，留下你我好演孤老堂。想长久些，给自己留下点骨血，到时候好有个人给咱俩挑煤担水，百年后好有人给咱俩烧纸磕头。"

不是诬他清白，小鑫章稍稍放下了心，但这样留点骨血的办法绝非他能够轻易接受，他的固执没有给邱月儿丝毫回旋的余地。在劝说无效以后，邱月儿发了火，她从贴身的衣兜里取出细软包，哗啦一声倒在桌上。"看清楚了！"邱月儿向小鑫章下了最后通牒："靠这些东西，我这辈子不缺吃穿，还能雇个老妈子来伺候。你就自己过吧，你的妹子我给你留下，我还要向四邻散散风，说嫌我碍手碍脚，你和你妹子把我撵走了。"

小鑫章两天后彻底屈服了，屈服于邱月儿带着细软要走的威胁，屈服于不孝有三无后为大的说教，屈服于对一个黄花闺女特殊诱人之处的描述。不过临到答应下来，小鑫章也没完全弄清楚邱月儿葫芦里到底卖的什么药。"该不是给我设下的圈套？该不是想送我进监狱？……"在小鑫章顾虑重重地分析时，仙娥也在一早一晚地进出家门。这个丑丑的妹子三天来渐渐成为一块引起他食欲的陌生食品。"管他呢！要进监狱一块儿进，她邱月儿也跑不掉！"小鑫章豁出去了。

又过去了两天。黑压压的乌云从傍晚就罩住了这个城市，它仿佛存心要给干恶事的人一个混淆视听的机会，等到家家熄灯就寝以后，才把惊雷、闪电和哗哗的雨颗子降下来。仙娥此时已被电闪雷鸣的凉爽带入了梦乡，她今夜的梦乡之行格外离奇——遇见了纯属虚构的流浪中的小男孩。小男孩已经成了大男孩，挺拔的体态使她自惭形秽，“你还认得我吗？”她怯怯地问。“认得，咱们一块儿流浪过。”“你没忘掉我！”她感到一阵宽慰。“我常想起你呢！”“你常想起我！”她高兴得有点昏晕了。“是的，我常想把你从你养母那儿领走。”“现在就领我走！现在就领我走！”仙娥抓住大男孩的手臂，再也不松开，很快，她就分辨不清是自己抓住了大男孩还是大男孩抓住了自己，她拼命向那个可以信赖的怀里钻着，钻着，一道闪电给她打出一个极为熟悉的轮廓，一阵痛楚撕开了她的下身。“妈呀……”她幡然走出梦境，失口喊出了声，声音又被一连串惊雷炸成了粉末。

从此后仙娥再没有去上学。没费多少周折，邱月儿在一家洗染店给仙娥找了个站柜台的差事。在仙娥去站柜台前，邱月儿给她买了一套很体面的衣服。“去吧，妈对不起你，没看住那个畜生……”邱月儿一边帮仙娥穿衣服，一边哭哭啼啼，“你就算顾了妈的面子，咽下这口气算了……生米煮成了熟饭，说出去让人瞧不起。来，这些零花钱你带上……”

邱月儿的悲伤和关怀是仙娥从来不曾领略过的，她糊里糊涂也陪着流下不少眼泪，“还是妈好……”她不由得又回想起电闪雷鸣之夜，想起养母悲痛欲绝的样子——从床上扯下小鑫章，劈头盖脸抡着巴掌，又回身抱住她撕心裂肺地哭。再接着，仙娥的思绪就会向回走，走到养母出现之前。她搜肠刮肚地想回忆起那些已经不使她难过，反而使她感到新鲜的细节，“我当时为啥要害怕呢？”她为自己理不出个完整的过程而惋惜。她想："如果有下一次，我可能不再害怕了。"

小鑫章长得体体面面，翘眉角，刀削鼻，方下巴，活像戏里的漂亮小生。再加上他生就的温驯腔调，轻重得体的床戏，他真的在下一次下两次中不再使仙娥害怕了。不但如此，他反而让仙娥开始替他担忧，担忧睡在里屋的那个女人听见动静，冲出来再责打小鑫章一顿。

实际上，外屋的一切动静里屋的邱月儿都听得一清二楚。"你们全等着！等着！等着！"邱月儿在妒火中苦苦熬煎，实在忍不住时就咬住枕角，在心中狠狠咒骂，向那些让她如此痛苦的人发出她能想象出的最厉害的恐吓。

种瓜得瓜，种豆得豆，煎熬中的邱月儿掐指一算，仙娥有五十天多没来月信了。她于是取出几样细软，老成持重地叫来小鑫章："恭喜你，仙娥有小孩了。把这几样东西卖了，拿上钱去乡下找你老娘，清理出一间房子，仙娥要在乡下躲上一年……"小鑫章兴奋得有些恍恍惚惚了，他接过细软，差一点流出眼泪。他好像已经看到一个白胖的小生命在乡下老娘的炕头上诞生，这个小生命的名分虽然还无法确定，但却实实在在是自己身上分出来的一块骨血。

小鑫章前脚走，邱月儿后脚去洗染店替仙娥请了长假。请完假回来，邱月儿将仙娥拉进里屋，小声骂道："你干的好事！我只当汉子偷你，搞半天是你偷汉子，还让他给你种下个活物，你让不让我活了……"邱月儿骂着骂着，一个仰身翻倒在地，手足抽搐，口吐白沫，可怕地扭来扭去。顷刻间她又爬起身，在里屋的门框上拴出一根绳圈。

仙娥被吓呆了，当邱月儿站在板凳上，将自己的脑袋向绳圈里套时，她哇地哭出了声。仙娥双膝着地，紧抱住邱月儿的腿哀告着："妈……你别上吊，我不敢了……我以后全听你的……"

仙娥对自己的许诺半点不敢反悔，倒不是邱月儿又拿上吊来吓唬她，而是邱月儿给她形容出来的一副阴森森的前景：什么挺个大肚子游街示众呀，没来由的孩子都要活活勒死呀……形容还没结束，仙娥已经唯命是从，邱月儿就此开始收网。

秦东乡是闯入网中的又一条大鱼。小鑫章回乡下后的第五个夜晚，在邱月儿露骨的暗示下，秦东乡屏气息声，赤脚翻窗，溜进她住的里屋。一番扑腾，一番顺从，在满足后的静寂中秦东乡正沾沾自喜，电灯突然亮了。邱月儿身着裤头背心推门而进，她像是被人抢走了价值连城的珠宝，声嘶力竭地呼喊："抓强盗！抓强盗！救人那——"秦东乡的惊讶胜于惊恐，他甚至还顾得上看看身边的女人是谁。当他看到一丝不挂的仙娥在身边低头抽泣时，依然没有惊恐之感，只是觉得自己坠入了九里迷雾。

秦东乡被以强奸罪抓走了，秦嫂抱着孩子哭着骂着送他上了囚车。在下来的审讯中，他没有给自己做任何辩护，只是不停地抽自己耳光，直到抽出满嘴牙血。

等到小鑫章从乡下归来，对秦东乡的审判已接近尾声。"本来该你去坐牢的，秦憨头给你顶了……"邱月儿不动声色地给小鑫章讲述秦东乡翻窗行奸被她抓住的经过。她隐去了将秦东乡哄进自己住的里屋的那些模棱两可的暗示，也没讲仙娥为何那晚睡在了里屋，但也足以吓出小鑫章一脊梁冷汗。

"你怕什么？"邱月儿看着面色发白的小鑫章，故作疑惑地问，"我又不会向政府去揭发你，你蹲监狱对我有什么好？"她说着甩给小鑫章一沓钞票，"你就再辛苦一趟，明天就送仙娥回乡下去。这种事是瞒不住人的，有秦憨头担罪名，孩子只管生……不过仙娥一送到你就回来，不许再沾她一下！你要是不听，咱们回来再算账。我只要在你身上闻一闻，就知道你沾了哪路子腥！”邱月儿给小鑫章交代完，一扭身出了门。她要再次哭丧个脸，向巷子里的人们去透漏一些自己的不幸。那些易动感情的老太太很快就会被邱月儿催下眼泪，但老太太们谁也想不到，讲述者的悲伤全是装出来的，她正在心里为自己编排出的这出戏的结尾设计着一个最好的结局。

秦东乡判刑后不久，秦嫂就因生活无着，抱孩子回了千里之外的老家。她似乎悟出了丈夫犯案中的一些奥秘，临走前死活也不愿把自家的那间住房卖给邱月儿，邱月儿就借别人之手贱买了过来。

七个多月后，仙娥在小鑫章老娘的土炕上生了个男孩。仙娥生孩子前三天，邱月儿从城里给她请了一位助产士贴身看护，所以孩子生得极为顺利。孩子一岁时母子俩被邱月儿接回到城里，看看可以断奶了，邱月儿就张罗着以极快的速度将仙娥嫁了出去，男人就是仙娥站过柜台的那间洗染店的店主。店主四十多岁，跛腿，婚娶之夜一瘸一拐地狠揍了仙娥一顿，让她发誓再也不回留下个孽种的肋子巷六号。仙娥哭着说：“你就是不打我，我也再不回去了……”于是，邱月儿就干脆让咿呀学语的小孩叫她妈妈，叫小鑫章爸爸。小鑫章对孩子叫他爸爸爱应不应，他对自己的这块骨血并不看重，他的生活乐趣几乎全留在照相馆的暗室里了。

五年后的初春，一个寒气未消的早晨，秦东乡刑满释放了。劳改所开给他一张直达秦嫂娘家的火车票，还给他发了几块零花钱。开车前几小时，秦东乡怀着深深的愧疚，出现在肋子巷口。在监狱中，他风闻仙娥在他入狱后生了个男孩，他想悄悄看孩子一眼，如果可能，他还想将手中的这几张钞票塞给孩子。他认为，毕竟是由于他的罪过，才使孩子降临到这个世界。走进巷口，在肋子巷六号的院门斜对面，他停了下来。

没等多久，邱月儿就拎着菜篮领着孩子走出院门。她没有注意到秦东乡，这个人早就被她遗忘了，裹在小皮袄中的孩子却频频回头，去看那位死死盯住自己的陌生人。

秦东乡看到的是一张翘眉角、刀削鼻、方下巴、酷似小鑫章的脸。这张脸猛然间膨胀扭曲，变幻成一把硕大的榔头，照他脑门敲下来，将他敲晕在肋子巷六号门前。

1985年3月发表于《广州文艺》

老衣

敦敦妈还能走路，但走得颤颤悠悠。敦敦妈还能吃饭，但吃得寡然无味。敦敦妈还能扫两下地，但丢下笤帚总要喘上一阵子。于是敦敦领她去了医院。医生很负责地检查了一番，临完了说没啥，就是心脏累了，让多休息，给开了些维生素之类的小片子。小片子还没吃完，敦敦妈的脚趾和手指开始发麻，发麻是一阵阵的，开始还挺舒服，将平日那些没来由的疲乏感全掩去了，后来就麻得冷暖不知，也难以下地了。敦敦张罗着要送母亲去大医院检查，还托人去找可靠的关系，以便能安排几位主任医师会诊，却被母亲劝住了。

“别张罗了，可能到时候了……”敦敦妈平静地对儿子说出了自己的预感，这些预感来得自然而然，就像她在这个熟悉透顶的小城里漫步，到了应当走进某条巷子里时一样。

敦敦妈很少有预感，只要有就很准确。四十年前的那个冬天，她预感到肚子里的孩子会提前出世，第二天果然生下了敦敦。不过，那次的预感并不平静，因为提前出生就意味着要提前准备小孩的东西，而买这些东西的钱还没有着落。好在快当爸爸的那个鞋匠遇见了好运，在他的破布篷里破天荒地迎来半个排的兵。这些兵个个讲道理，他们个挨个地给棉鞋钉上一对厚胶掌，离开前还给足了钱。那些钱当即便解了燃眉之急，同时帮鞋匠找回了信心，于是他又开始给媳妇夸口，说不用多久就能给她挣回一身花花绿绿的布衫，说她有了好布衫衬着比坐洋车的小姐姐还俊。

敦敦妈很小的时候就常听人夸她“穷俊穷俊”，夸她俊的人语气中都带着遗憾，只有鞋匠夸她俊时满脸的自豪。许多年后，当鞋匠快要咽气时，最后一些话还是关于那些花花绿绿的布衫，不过从话里再也找不到自豪，全是些絮絮叨叨的遗憾。

“给我准备老衣吧……”敦敦妈依然平静地对儿子说。离开这个世界并不可怕，因为敦敦妈有两个世界。她没有看过天堂图和地狱图，所以对另一个世界不抱任何偏见。她甚至感到，鞋匠就在那个世界的门口等着她呢。至于鞋匠在那个世界里干什么，破布蓬是否还支在某个角落，她没有去想。当初，一顶旧轿子抬着她离开黄尘弥漫的乡村，来到黄尘弥漫的小城去会鞋匠时，她就没有去多想。说起来可笑，出嫁的轿子里，没有任何陪嫁的东西，只有一首儿时学会的童谣陪着她——“花棉裤，花棉袄，花花的轿子上了道，三班子吹来两鞭子炮，女娃的心呀忽悠悠地跳，台阶低，门槛高，红红的盖头谁来撩……”她按着轿夫迈步的节奏，颠来倒去地哼着这首童谣，直到台阶低、门槛高、红红的盖头鞋匠来撩。于是她看到，鞋匠同她一样旧衣旧裤，还多了一顶旧毡帽。穷俊和穷手艺也要算门当户对，两位轿夫好像看不见鞋匠的寒酸，齐声高诵“金龙配金凤，福门纳秀女”，接过脚钱，索回那方红盖头，在茫茫夜色中抬着空轿子走了，她也从此远离了那首童谣。

现在，远离了的那首童谣又回来了，只是有些缺字少句。窗外的柳条儿绽出了嫩芽，欢快地荡来荡去，催促敦敦妈把那首童谣再唱出来，她张了张嘴，发出的是一阵咕咕嘟嘟。是因为漏气的牙床？还是因为舌根子发麻？守候在一旁的敦敦被这些声音惊醒，他轻轻扶着母亲坐起身，给母亲身后垫上松软的枕头。“饿了吧，我去给你煮碗龙须面。”敦敦问。“我不饿……”敦敦妈摇摇头，“我想看看老衣……”

老衣两天前就买来了，是敦敦媳妇去买的，为了这套老衣，敦敦同媳妇还干了一架。带去的钱花了不到一半，能买来什么好货；棉裤面是粘黑色的绸子，上面织出的元宝像一只只秤砣，土黄色的棉衣更不是回事，光那股子霉气味就知道是压库的存货。“反正都要烧……”媳妇不服气地辩解。敦敦一个巴掌抡了过去：“给你妈留下！”四十多岁的两口子，吵起架来像小孩，憋起气来更像小孩。媳妇自知理亏，但还是忍不下那一巴掌的屈辱，跑回了老城那边的娘家。敦敦于是将那些看不上眼的老衣包好，想着过两天提去估衣店，加些钱另换上一套。

“我想看看老衣……”母亲看着犹豫中的儿子，又重复了一遍要求。敦敦只得将那个包袱取出，放在母亲床头的方凳上，他直后悔，为什么不早点去估衣店换掉。

“太暗了……”打开包袱皮，敦敦妈只看了一眼就摇头。

“我这就去换上一套！”敦敦急忙表示。他没等母亲看第二眼就捆起包袱，由抽屉里拿出一沓钞票，出门前又将百无聊赖的女儿唤回来，让她给奶奶煮面。

“煮多少？”女儿噘起个嘴问。她不满意爸爸让她向学校请了假回来伺候奶奶，她觉得伺候奶奶的事还远远轮不上她。

窗外的柳条儿荡呀荡，荡得高是风大了，荡得低是风小了，不荡了是没风了，是落雨了。柳条尖儿滴滴答答抖下水珠，那声音哄得敦敦妈昏昏欲睡，就像缠裹住四肢的麻木又悄悄钻进脑袋，让她已经弄不清这滴滴答答的水珠是哪一年落下的。

“你的布篷漏雨了。”敦敦妈迷迷糊糊地提醒鞋匠。

“不怕，下雨时不会有人来找我掌鞋。”

“我这不是来找你了。”

"你不是来掌鞋的呀。"

"我就是来掌鞋的，脱了鞋脚往哪儿放，找不到一坨干地方。"

"放我怀里。"

"你怀里能放下？"

"别说一双脚，把你整个儿也能放进来。"

"大白天的胡说。"

"不是胡说，我还要把你整个儿放进花花绿绿的布衫里，你有了好布衫衬着，比坐洋车的小姐姐都俊。"

坐洋车的小姐姐隔三岔五从鞋匠的布篷前经过，敦敦妈给鞋匠送饭时也碰到过一两次，但她没咋记住小姐姐的模样，只记住了小姐姐身上那件旗袍的花色。那是浮着许多水芙蓉的洋细布，水芙蓉之间飘着五彩斑驳的云，每朵水芙蓉都像一张粉嘟嘟的女孩儿脸。当鞋匠像捧着自己的心一样捧着同样花色的这块洋细布回到家中时，她始而惊喜得发抖，继而疑惑得发呆。她想问问买布的钱是哪儿来的，但还用得着开口吗，只要往撑在巷口的布篷旁一站就会明白——布篷上的窟窿每天向里面灌着雨水和冷风，每天向外面倾泻着鞋匠一阵强过一阵的咳嗽。

鞋匠的每阵咳嗽都会带出几缕鲜红的血丝。不久后，他就开始吐血了，血吐得不算多，但他再也没有力气从床上挣扎到巷口的布篷里。为了帮鞋匠找回原来的力气，敦敦妈偷偷卖掉了那块浮着许多水芙蓉的洋细布。卖布的钱换回来两小捆人参须，人参须连汤带渣喝下去，只来得及让鞋匠听一声咿呀学语的孩子叫他一声爸爸……

摆在方桌上的那碗龙须面凉了，一丝儿热气都不冒，敦敦的女儿也不知了去向。窗外，柳条儿淌下的水滴拉扯成一条条银线，接上了地，像是一树的柳条儿突然间又长了一截。

敦敦踩着小院里的雨水，叽叽叽叽进了屋：“妈，我重新挑了一套，你再看看……”他顾不得擦去脸上头上的雨水，顾不得换件干衣服，扶着母亲坐起身，从塑料袋里掏出捆得结结实实的包袱，得意地在母亲面前打开。棉衣面子是翠蓝色的锦缎，金色的寿字纹点缀其中，棉裤面子是咖啡色嵌银蜀锦，上面是深紫色的小朵牡丹。“还有一面围裙，是手工绣花。”敦敦抖开一片带裹腰的浅灰平绸，粉色的桃花占据了四周，几只蝴蝶飞翔其间。“还有袜子，还有鞋。”敦敦又翻出一双绣花鞋，假若鞋面不是泛黑的布料，任哪位姑娘穿上它跳舞去都可以。

“还是太暗……”敦敦妈又摇了摇头，闭上了眼睛。

“这……这可是最贵的……”敦敦顿时垂头丧气了，他懊恼地叠起老衣老裤，又捆回包袱里。这时，方桌上那碗凉冰冰的龙须面被他看见了，碗面上没有香油花，也没有鸡蛋和嫩黄瓜片，这些都是他给女儿吩咐过要有的。一股无名之火总算找到了发泄的地方，他轻手轻脚走出房门，随手捡起倒在门外雨地中的笤帚。

小姑娘挨打找爸，大姑娘挨打找妈。在邻居家的女孩帮助下，女儿躲开了父亲抡来抡去的笤帚，哭哭啼啼地跑走了，外婆家又多了一位外孙女。

春天的雨说停就停，柳叶上的水珠还闪着光，斜斜的阳光就热腾腾地照过来，小院里，有砖的地方很快就干了。敦敦闷声闷气地换上干衣裤，把湿的晾在屋檐下，去厨房打开炉口，准备重新给母亲做饭，里屋，母亲的呼唤传出来。他冷静了一下，把脸皮扯得平展展，坦然地走到母亲床头。

“给我点热汤喝……”敦敦妈哆哆嗦嗦给儿子递去碗，碗里的龙须面还剩下多半。

“你咋吃凉的！我正要给你重新煮的……”敦敦装不下去了，有眼泪流了出来，他的责备带着哭腔。

“再好的也没啥味……”

“你总有想吃的东西吧？”

“我想再看看老衣……”

“我还要去换的。”

“不是最贵的吗？最贵的能到哪儿去换……”

“不……不是最贵的，我……我去上海给你买……”敦敦强忍着才没有在母亲面前哭出声来。

去上海买东西谈何容易，上千里路是小事，母亲谁来伺候，这会儿连个值班的人都没有了。敦敦思忖良久，在薄暮低垂时硬着头皮去了岳母家。路上，他大包小包买了一网兜点心。有这些点心帮助敲门，下面的话就好说了。

“老衣底色有不暗的吗！”媳妇和女儿都不在，岳母气呼呼地问敦敦。

“我想去上海看看，或许还有更好的。”敦敦低声下气地回答。

“去上海？那里的老衣再不合心，就该着我挨打了！”

“我没真打，也就是吓一吓……”敦敦额头上渗出了汗珠。

“我能经得住吓吗？吓死了还没有老衣呢。”

“我给你买。”敦敦讨好地表示。这句糊涂话一出口，他自己也被吓呆了。

“你咒我死呀！”岳母暴跳如雷，向敦敦逼过去，逼到跟前，反而在他的呆相前笑起来：“你呀！你可真是个痴心孝子，痴得连个弯也不会拐……”岳母伸手拧住敦敦的耳朵，几下就将他的呆相拧掉了。“要想随心自己寻，买啥东西都是这个理。你就不会领你妈上街去挑，她看上啥料子就买啥料子。买回来送出去做也行，请裁缝来家里做也行，这不比你去上海省事，兴许比你在这儿买现成的还要便宜。”

不缺钱花的日子有年头了，“便宜”两字根本没进入敦敦的耳朵，但“要想随心自己寻”却让他茅塞顿开。“我咋就没想到，我咋就没想到……”他说着站起身就向外走，完全忘了此行的目的。

“哎，别急，我不能白收你这么多点心。”岳母叫住了敦敦，推开另一间房门，媳妇和女儿正在里面相向而笑。“笑个啥！不怕把掌柜的累死！”岳母向母女俩斥骂着，又回头对敦敦说：“把人还给你，这可是最后一次，再发牛脾气我就把人一藏半年，让你忙成个挨鞭抽的木猴。”

两天后的早晨，天空晴朗得出奇，柳条儿被温凉的风扯来扯去，一辆借来的轮椅在柳条儿地轻拂下推出了院门。敦敦妈身着冬装，稳坐车里，膝盖上裹着一方毛毯，头被宽厚的羊毛围巾团团围住，只露出了鼻子、双眼和许多凝固已久的皱纹。

“我的花镜带了吗？”敦敦妈轻声问推着轮椅的儿子。

“带了。”敦敦俯下身子，轻声在母亲耳旁回答。他脸上的那股子严肃劲让谁看了都挺别扭，总觉得严肃的后面还藏着某种轻松。

不到一个小时，轮椅由商场里推了出来，敦敦妈的膝盖上多了个包袱。在回家的路上，她一直用麻木的双臂紧搂住这个包袱，坎坷不平的街道没颠开她的手臂，却颠开了那些皱纹，露出淡若轻云的笑。这种笑陪伴了敦敦妈一路，直到回家，躺到了床上也没有消失。

安顿好母亲休息，敦敦提着包袱来到女儿的房间。女儿的床板被架在了写字台上，临时用来代替裁衣板，旁边的椅子上堆着几卷雪白的棉花。媳妇和请来的老裁缝等的有些不耐烦了，他们接过包袱，急手忙脚地打开。

“这些面料都是谁挑的！”媳妇翻腾着面料，看着大红底上那些盛开的牡丹和水芙蓉，绝望地问道。

“咱妈自个儿挑的呀。”敦敦不解地回答。

“这哪里是要做老衣……”老裁缝摇着头，自言自语地说，“这分明是要做嫁衣……”

老衣也罢，嫁衣也罢，三天过去，敦敦妈床头码起了好高的一摞。这些衣裤有棉的有单的，有冬天穿的也有夏天穿的，虽然叠了起来，依然让敦敦妈的小屋里洋溢着团团喜气。敦敦几次想把这些衣裤收起来，他觉得这股子喜气来得太不合时宜，但每次都被母亲拒绝了。

敦敦妈已经一时一刻也离不开这些让她感到醉晕晕的衣裤了，她仿佛已经将它们穿在了身上，她仿佛穿着它们走向巷口的布篷。布篷里传出的钉鞋声已清晰可闻，但走起来又是那样的遥远。她累了，两只脚有些拖不动了，于是她飘了起来。她还没飘多高，下方就传来一片哭声，“别哭了……别哭了……我只是出个远门……”敦敦妈安慰道:“你们不如唱点什么来送我……就唱花棉裤，花棉袄，花花的轿子上了道……”

这就是敦敦在母亲弥留之际听到的含糊不清的遗言，如果他当时不是只顾了哭的话，就会听出这不是什么遗言，而是即将绝唱于我们周围的一首童谣。

1985年1月发表于《小说林》

开导始末

每个人都有自己的乐趣，我的乐趣是开导别人。在我们肋子巷里，找到这种乐趣的机会太多了，有时不用找它自己就会送上门来。这可能和我名震遐迩的开导能力有关，不是吹的，我的开导有时能将人从死亡线上拉回来。

北头徐嫂丢了半个月的工资一百五十元，哭得死去活来，就是我的一顿开导让她破涕为笑。当然，我冒充在她家门口捡到的一百五十元也起了一定作用，但更多的还要归功于我对她的开导。我想，只要将开导再延长半小时，即使不用冒充捡到了一百五十元，徐嫂也肯定会破泣而笑，会像一分钱也没丢掉那样轻松愉快。

南头的胖大爷活过这个夏天更是我开导的功劳。我记得很清楚，是六月二十五日，那天的气温像患了羊癫风，一下子蹿到了三十九度。胖大爷午睡起来，汗湿的凉席像粘去了他的一张皮，他去开电风扇找风，想不到睡觉前还立在桌子上的电风扇不翼而飞。胖大爷当下就中了暑，我的开导虽然让他很快就睁开了眼睛，但却牙关紧咬，任一个字也不吐。他可能盼着失踪的电风扇也能像徐嫂丢掉的钱那样让我捡到，可我到哪儿才能捡到同他的电风扇一模一样的民国产品？于是，在开导的最后阶段，我搬来了我的电风扇，让胖大爷先用："胖人怕热，瘦人怕冷，我瘦，见风就感冒，你就先帮我提高它的使用效率……"我唯恐胖大爷拒绝，拐弯抹角地开导着。幸好胖大爷是个软耳朵，我的开导又从来没有在软耳朵面前打过败仗，其结果是这个夏天我让凉席粘去了五十多张汗皮。等到凉席该打卷上架时，胖大爷的民国产品又不翼而回。“肯定是大狗这小子偷去用了！”胖大爷骂骂咧咧来还我的电风扇，满肚子的感激话让大狗气得一句也没有了。

大狗是胖大爷的长孙，今年二十岁出头，一贯游手好闲，不务正业，为了帮他走上正轨，我的开导没少费口舌。什么前途要靠拼搏去努力呀、命运要靠自己去把握呀、做一个正派青年的光荣呀等等开导用语，几乎让我串成了念珠，挂在了他的耳朵上。奇怪的是我去找他开导时他从不爱搭理，而他主动来找我时却洗耳恭听，听的时间和我烟盒里的香烟成正比。我发觉后就把招待客人的香烟全收了起来，他也从此销声隐迹，据说是犯了什么案，关在千里之外的一个监狱里。

不提大狗了，提起来多少让人有些伤心，虽然这是我开导生涯中仅有的一次失败，但毕竟有损我在巷子里的形象。在大狗犯案后好长一段时间里，巷子里的人们常常会对我莫名其妙地笑一笑，似乎在表示对我开导能力的怀疑。好在纠正他们对我怀疑的机会很快就来了，这是自己送上门来的一个机会，我直纳闷，怎么没有早点发现对面小院里的芩儿正需要我的开导。

开导芩儿的要求是芩儿妈替她提出来的：“我家芩儿整天愁眉苦脸，看什么都不顺眼，有事没事都和我吵，我哪辈子造了孽，养下这么个女儿呀……”芩儿妈泣不成声，还用大方格手帕捂住了脸。我立即感到重任在肩，蠢蠢欲动。

如果想让开导取得预期的效果，对开导对象的全面了解是必不可少的一个环节，但对芩儿可以免了，因为我对她太了解了。这些了解并不包括芩儿满脸的雀斑，也不包括她走路时外撇的八字脚，这些都是肋子巷的人有目共睹的东西。我还知道芩儿从来没有谈过对象，而她今年底就满二十九岁了。据报纸最新透露，新形势下确定未婚女性是否是老姑娘标准，在排除肤色和外貌的因素下，定为三十岁以上最为合适。在跨进老姑娘行列前，芩儿能欢天喜地吗？

揣摩到症结所在，我的开导就算有了一半成功，第二天傍晚，估计芩儿已经吃过了晚饭，我推开了她家的门。芩儿妈像是专程在院子里等我，她悄悄指给我看芩儿的窗口，里面传来嘤嘤的哭声，这哭声让我的心也酸溜溜地难受。

我最见不得别人在我面前哭泣，特别是小孩和姑娘们的哭泣。在哭声中，我的开导总是语无伦次，前言不搭后语，恨不得陪着一块儿哭。所以，当芩儿停止了哭泣，向我仰起满是雀斑的脸时，我都想不出是哪句开导用语显示了威力。

对芩儿进行第二次开导时，我就冷静多了，她没有哭是一个重要因素，其次就是我充足的准备工作。我翻阅了驳杂的资料，汇总了十多条三十五岁不结婚也不算老姑娘的理由，当我把这些理由堆积在她面前时，她还真的笑了笑。尽管她的笑勉强和短暂，但我还是感觉到她内心深处长长的舒了一口气，要知道，我一次就给她找回了六年的青春！临走时，我把这次开导的进展情况告诉了芩儿的妈妈，她妈妈高兴地给我手里塞了两个又大又红的苹果。

对芩儿的第三次开导是个星期天。选择这一天是因为我休假，芩儿也休假，可以有充足的时间完成我的开导计划，计划中有关如何结交男友的开导内容是最重要的部分，就是不加发展也需两个小时才能收尾。我一大早就把我的计划给芩儿妈通了气，她过意不去地说：“讲两个小时不把人闷死了，你们出去走走，边走边谈。”我向芩儿转达了她妈妈的意思，芩儿扭扭捏捏地表示同意。“扭捏个什么？”我心中暗暗想，“扭扭捏捏最难找对象！”

在走出巷子前，芩儿一直是这么个扭扭捏捏的样子。她肩上挎的漂亮的小坤包也随着她一块儿扭捏，惹得巷子里的人们都用奇特的眼光看着我们，似乎不知道我这是在开导苓儿，不知道我将把苓儿从无底的悲伤中救出来。

谢天谢地，苓儿一出巷口就变得从容了，我扳平面孔，干咳两声，准备同她边走边谈。谈话内容我临时作了小小的变动，打算先由如何让性格变得大方、直爽、不扭捏谈起。在许多“爱情入门”的小册子里，对接触异性时的大方、直爽推崇至极，苓儿难道从来不看这些书。但是，我才开口苓儿就羞涩地打断了我的话，她商讨地问我：“人太多了，咱们是不是找个人少的地方”。“星期天到哪儿去找人少的地方？”我不耐烦地问她，胸中那些一吐为快的长篇大论简直按捺不住。不过，我在她委屈和缀满泪水的双眼前退却了，我的弱点不知什么时候被她摸得一清二楚。

我们到底找到了一个人少的地方，不，应该是我被苓儿领到了一个人少的地方。这里岂止人少，可以说就毫无人迹。用五角钱就能买到如此幽静的小天地我可从没想到，游园的人让密密的树林全遮在了远处，湖水中划船人的嬉笑只隐约可闻。

“坐下呀！”苓儿丢给我一方手帕，还拉了我一把。

不知怎么搞的，这一把拉得我浑身都不自在，我就在这种不自在中开始了对苓儿的开导：“对象并不难找，因为最新的人口统计表明，像你这样岁数的人性别比例接近一比一，也就是男女人数对等。但这个对等并不能代表生活中的实际，生活中的实际要复杂得多，自然界绝不会把条件相等的人组合到一块儿，这要靠自己去寻找……”话匣一开，我的不自在很快没了影儿，在苓儿全神贯注的眼神中，那些大小道理滔滔不绝地倾倒出来。每逢这种时候，我就有一种陶醉了的感觉，仿佛自己吐出的不是大小道理，而是醇和浓郁的美酒。这些酒不仅淹没了对方，也淹没了我自己。

我在自己酿造的美酒中一口气陶醉了六十分钟，渐渐感到有些口渴了，再看看芩儿，她的全神贯注怎么变成了垂头丧气。“啥叫条件相等，你让我还非得去找一个满脸雀斑的男人？”她抬起头，伤心地问我。我像被捅了个口子的皮球，一下子泄了气——六十分钟呀！她竟然还听不出我开导中的精髓。

“谁让你去找一个满脸雀斑的男人了？我讲的条件相等就这么狭隘。不仅是收入相当、身高般配的叫条件相等，挣钱多的丑男和挣钱少的靓妹也叫条件相等。缺条腿的和缺条胳膊的也叫条件相等。你的雀斑和他的粉刺也叫条件相等……”我强打精神，尽量做到深入浅出，但刚才那种陶醉感再也没有了。

我没让芩儿快乐起来，芩儿却让我快乐起来，当她看到我已经没什么话讲的时候，就拿过她的小坤包，像变戏法似的从里面掏出了一顿近乎完美的午餐。有面包、香肠、蜂蜜，有麻酱火烧、炸鱼段，小袋泡菜，还有两罐让我不由得欢呼起来的青岛啤酒。我这一欢呼惹得芩儿笑了，我发现芩儿笑起来还挺好看，脸上的雀斑在花花落落的树荫下也不太明显了。

高墙有耳，密林有眼，芩儿同我在公园里吃了顿午餐的事不胫而走，巷子里的老老少少看我时的眼神变得扑朔迷离起来。“吃了人家的，可要帮到底呀……”南头胖大爷对我千叮咛万嘱咐。“芩儿的对象可要全靠你了……”北头的徐嫂阴阳怪气地对我说。在他们的声音里，我总感到有一些没说出来的意思，是不信任还是挖苦，还是两者都有一些。不管他的！我没有时间再去分析，我对芩儿第四次开导的准备工作已经走进了高深莫测的心理学境界，我肯定已经找到了一把关键的钥匙，这就是要纠正芩儿的自卑。不消除自卑，让性格变得大方、直爽，不扭捏又从何谈起。并且，消除自卑的方法我也找到了，是在一个不起眼的杂烩刊物上看到的，那上面的一篇短文说：雀斑在西方的年轻人中早就成了时髦，没有雀斑的人甚至把点雀斑作为晨妆时对自己的一项主要修饰。

这次开导没等我去，芩儿妈就急急火火把我拉进她家院里，“该怎么办呀！该怎么办呀！”她绝望地仰天长叹。我刹那间想到，芩儿是不是因自卑而走上了绝路。

千幸万幸，芩儿仅仅是躲在屋里哭，我进去后她的哭声更大了，“我咋活下去呀——”芩儿哭着发出痛不欲生的悲鸣，“大家都说……都说你在公园的林子里抱着我，亲了又亲……”

谁如果掉进过冰河，就会了解我当时的感觉。我被芩儿的这句话冻住了足有十分钟，十分钟后我找回了魂，芩儿已经哭得接近于气绝声断了。我强打精神，准备进行应急开导。应急开导当然不能再是消除自卑、改变性格之类不痛不痒的话，但应当是什么呢？是“肚子没病不怕喝凉水”，还是“身正不怕影子斜”。我的大脑突然间变得迟钝了，怎么也理不出个头绪，于是，我只能同情地拍拍芩儿的肩膀，劝她不要难过，她却一头扑进我的怀里。

两个月后，我和芩儿结婚了，这是我在一切开导都惨败后采取的一种迫不得已的开导方式，对此，我有着必胜的信念。果然，芩儿在婚礼上一扫悲声哀容，快乐得像一只春天的麻雀。她不停地撇着八字脚，左右递烟，四处散糖，雪白的吸顶灯将她满脸的雀斑照得像麻雀的脊背。这个麻雀脊背让我咋看都不顺眼，我就用那本杂烩刊物上的小文来开导自己。看来开导自己比开导别人要难得多，这篇小文怎样也无法让我看出那个麻雀脊背是一种不多有的、最时髦的美。

1984年11月发表于《雨花》

寒舍来客

我突然间有了一位摆脱不开的朋友。

他是我十年前的同学。在我的印象中，他除了呆板的面容外，就是频率极快的步伐。我们难得在街道上相遇一次，每次相遇也只是点点头，一闪而过，这种打招呼的方式连双方的行进速度都不影响。可是，几天前的一个早晨，我们在路上相遇时，他反常地停下了。我也只好停下，寒暄，问候，漫不经心地了解一下彼此的家在哪里，工作单位在哪里，然后分手。谁知，这次稍有拖延的相遇导致了他在晚上出人意料地光临寒舍。

我称我的房子为寒舍是因为它过于狭小陈旧，并且不论天气多么寒冷也不生炉子。我带着歉意，将唯一的那把藤椅让给他坐，他环顾四周，就我的寒舍之寒酸发表了富有同情的讲演。我用“讲演”一词，是因为他根本不考虑我是否想听，好像对着墙壁也能把话讲完。但是，他的讲演还是引起了我的共鸣，特别是当他阐述完了对寒舍之来源的认识，并提出改变经济收入这一根本对策之后。因为我毕竟是每月收入不足五十元的机械维修小工人，又要顾自己的衣食，又要攒钱娶媳妇。

“你就不想改变现状？我就在想！”他离开藤椅，走到我面前，在我耳旁小声说道：“我就要租到一间街面房了，八平方米，带个操作间，专售怪味猪蹄。”

“怎么个怪味猪蹄？”

“和红烧差不多，但佐料要稀奇古怪，口味要与众不同，让人啃起来后味无穷，连骨头都想吞下去。而且我的佐料配方绝对保密，搞起来就是独家生意，来钱不会少。”

“那你的工作咋办？”

“辞掉！”

他的胆略和魄力真让我佩服，更使我惊奇的是他一声告辞都没有，就打住话尾，转身，开门，扬长而去。不过有魄力的人不注重小节是众所周知的，他们全把注意力放在事业上了。

第二天晚上他又不请自来，依然坐在那张藤椅上，依然像昨天那样从我的寒舍之寒酸谈起，不过他给自己筹划的挣钱方式已经不再是卖怪味猪蹄了。“我就要买回一台四零型拖拉机……”他依旧离开藤椅，走到我面前，在我耳朵旁小声说道，“北山的煤矿特别欢迎拖拉机帮他们搞运输，由矿井拉煤到火车站，一天要稳赚二百多元的。”

“柴油能搞到吗？”我担忧地问。我知道拖拉机要用柴油，还知道目前柴油供应非常紧张。

“只要出高价，柴油不难买到，难的是拖拉机的维修。”

“我擅长机械维修，可以利用业余时间为你干活……”我立即毛遂自荐，他的一天稳赚二百元的前景把我这位寒舍主人的魂都勾了出来。

我还想进一步同他探讨拖拉机的保养和维修问题，但只开了个头，他就像昨天那样打住话尾，转身，开门，扬长而去。我顿时后悔起自己的急躁，这无异于气走了一位财神爷，我为什么就不能沉住气，在他对我取得好感和信任以后再表述需求。

好在我的财神爷度量大无比，第三天晚上他又来了。这一次，当他把屁股向藤椅凑过去时，我殷勤地拉住他，往藤椅里丢了一个厚厚的棉坐垫。这张棉坐垫只有给我介绍女朋友的贵客才能享用，这足以证明他在我心目中的地位已经非同一般了。

我没有白献殷勤，棉坐垫带给他的舒适换来了他的肺腑之言，他不再从寒舍之寒酸开谈，也没压低嗓门，就直奔主题："要搞就要是别人没搞过的，什么事都是捷足先登者为王。我决定先办一个民用动物养殖场。"

他这个养殖场这个名字太陌生，我皱起眉头表示疑问。

"没听过吧？"他看到我的疑惑，露出得意的笑容，"不光你没听过，恐怕这座城市里也闻者无几。说透了很简单，我想饲养繁殖一批波斯猫和狮子狗。"

"那东西能赚钱？不能吃又不能喝。"我还是不相信。

"不是赚钱，是赚大钱！人们的收入都在增加，花不了的钱自然就会花给狗呀猫呀的，这些东西有时比人都有人情味。"

"你打算卖多少钱一只？猫贵还是狗贵？"我有了昨天的经验，丝毫没敢表露出想给他当业余饲养员搞点外快的念头。

"都不会便宜，但狮子狗要更贵一些，我打算把三百坐住，把五百拆开。"

"一只狗你要卖四百元 ！"我瞪大眼睛惊叫，接着，不知怎么搞的，又大声笑起来。

我的笑激怒了他，他轻蔑地看了我一眼，转身，开门，扬长而去。奇怪的是我没有像昨晚那样因失语而感到后悔，更没有觉得气走了财神爷。我更多地在想：这位老兄是不是有臆想症，是不是应当向他强调事业的成功在于事业的专一性。

到了第四天晚上，他把昨天丢给我的轻蔑挂在脸上，又走进了我的寒舍。"你又有什么新的发财之道？"我连床都没下，给他指了指藤椅，略带讥讽地问道。

"当然有！"他毫不客气地坐在藤椅上，傲然仰起脸，就像面对一个竖子不可教的笨蛋。

“能给我讲讲吗？”我装出洗耳恭听的样子。

“讲讲可以，不过你要替我保密。”他死死盯住我了一阵子，像在衡量我的可以信赖的程度。然后他拉住藤椅，移近我的床头，神秘兮兮地问道：“你知道两年以后什么东西最缺吗？”

“不知道。”我老老实实地摇了摇头。

“最缺的是文竹籽！文竹在北方很少结籽，没人知道什么原因，但是我知道。只要十平方米的温室，我就可以让它结出上千粒文竹籽。要是二十平方米、三十平方米的温室呢？眼下，一粒文竹籽卖两元钱，一万粒就要卖两万元……”

他越说距我越近，前倾的上身像是要扑过来咬我一口。从他嘴里喷出的口臭弥漫在四周。我实在忍不住，蹬开膝盖上的被子从床上跳起来，“臭死了！”我喊道，“你能不能往后坐一点！”

我的举动绝不是一个可以信赖的人的举动，倒像是个临阵逃脱的胆小鬼。他没有从藤椅上站起来，也没有向后挪，而是又死死盯住我。他脸上的表情，让我想起某部电影中一位临刑前看见出卖了自己的叛徒的那位英雄。

“你发誓，绝不对外透漏我给你讲过的话！”他刹那间换上了一脸凶相，伸手抓住了我的衣领，“你要是把我给你讲的话告诉了别人，我会杀了你！我决不姑息背叛行为！我真傻，怎么把你当成了知己。你骗走了我的多少发财秘密，这些都是钱，都是钱呀……”他松开我的衣领，站起来，绝望地捶打着自己的头，突然又恢复常态，转身，开门，扬长而去。

我站在床上愣了有五分钟，才心有余悸地坐下来。从敞开的房门望去，院子里鸦雀无声。从敞开的院门望去，昏黄的路灯下偶然闪过一两个人影。一种被人戏弄了的感觉涌上来。我下床，穿上鞋，追了出去。我必须找到这家伙，搞明白他到底在玩什么把戏，是在选择一个可以共事的伙伴，还是在拿我这个急于求变的寒舍主人开心，还是另有所图。

小巷里没有多少人影，许多院子都虚掩着大门。我追出巷口，来到灯光耀眼的大街，熙熙攘攘的人流早已将他裹挟而去。到哪里去找他呢？他给我的住址早就忘掉了，他供职的那个工厂的名字还依稀记得。

直到夜深人静时我才找到了那个工厂。工人们早已下班，厂区里一片黑暗，只有门房的灯亮着。我犹豫了片刻，使劲敲响了工厂的大门。

被我惊醒的门房老汉一脸怒容，但当他听我说出那个名字后却笑起来，“又来了，又来了……你肯定是他的同学。”

“是同学又咋样？”

“不用怕，他只找同学聊这些事。这家伙是不是告诉你他打算卖怪味猪蹄？”

“是的。”我惊讶地回答。

“那么，他会接着告诉你，他要买一辆四零型拖拉机运煤。”

“是的。”我回答着，变得茫然起来。

“下来，他毫无疑问要办个民用动物养殖场，接着建温室，卖花籽，一万粒花籽卖两万元，还要让你给他保密……哈哈哈！”

门房老汉的笑声让我像吞下只苍蝇般恶心。一切都明白了，我的这位仁兄想干的一切事都是糊弄人，他只是想办座愚人院，领着一群像我一样的寒酸愚人玩发财游戏。“等着，看我咋收拾你！”我嘟嘟囔囔地拔脚就走。

“你要收拾谁？”门房老汉收住笑声，追上两步，拦住我，“你没看出他脑子有问题？和这种人计较什么？”

“那我该怎么办，每天晚上去听他的天方夜谭？”

“没有每天晚上了，按照他的行为规律，明天晚上还会再找你一次，是最后一次。他要领你去看他的莫须有的玩具厂。你可以拒绝，也可以陪他出去走一圈。无论怎样，别攻击他的设想，这种攻击会让他疯跑好几天。”

“我为什么要听你的？”我有点不屑于听门房老汉的说教。

“他只需要这点满足，你又是他的同学，可能还富有同情心，这就是为什么。还有，别用这种眼光看我！”门房老汉突然向我发火，“我不是夜班门卫，我是值班厂长！”

从与人为善的角度，从同窗学友的角度，从同情弱者的角度……一切一切的角度都规范了我，使我不能不在第二天晚上静候我的同学出现，不能不神态自若地随他而去，并装出深信不疑的样子倾听他对玩具厂的介绍：

“……工厂的规模不大，更像个玩具修理部，而且对电器玩具的修理过不了关，自控汽车的修理更是一个难题。你能不能给我推荐一两个这方面的人才，待遇绝不含糊……”他说着说着，胸脯挺了起来，两只手臂的摆幅也大了，黑亮的尖皮鞋在瓷砖路面上响亮地磕着。一位雄才大略得以施展的人所具有的全部风度都在他身上得到充分体现。

长长的大街走完了一条，他没有停下脚步的意思，他对玩具厂的整体介绍也进入到远景规划的范畴。此时我已略感疲乏，“咱们休息一下，吃点什么再走……”我指着路旁的夜宵摊位向他建议。

“还不到吃饭时间！”他头也不回地拒绝了。

长长的大街又走完一条，他依然脚步坚定，步幅不减，他谈吐中的玩具厂的工人已经是每周五天工作日，还有带薪年假。我在羡慕这些幸福工人的同时却累得迈不动步子了，

“咱们抽支烟，歇歇再走吧？”我停下来，取出香烟，先给他递去一支。

“上班时间不许抽烟！”他训斥着将那根烟捏走，揉碎，抛在脚下。

长长的大街好像没有尽头，我再也没有勇气陪他走下去了。我开始寻找临阵逃脱的机会。这种逃脱应该符合我陪他走上一圈的初衷，起码不对他造成刺激，此时，一座公共厕所出现在前方。这绝对是一个天赐良机，我像碰见救星一样奔过去，还回头对他嚷道：“请你前面先走，我去撒泡尿就来……”我正在为自己的灵活处置而沾沾自喜，在厕所门前，他的双手却从后面将我的衣领紧紧拽住了。“懒驴懒马屎尿多！我开除你！”他咆哮着，越拽越紧，使我近乎窒息。

不清楚我是怎样挣脱开的，等我转过身，他已经被摔倒在墙角。

“狗东西，你想勒死我！”愤怒让我失去了理智，语言再也无所顾忌：“……你以为你是谁！你以为我相信你的屁话！给你个鼻子你就上脸！不看在同学份上，你放第一通屁话时我就让你滚蛋！……还要卖什么怪味猪蹄，你自己就是个怪味猪蹄！怪味波斯狗！怪模怪样的花籽……”

我伸出食指，抖动着手腕，指着他的鼻子，将一连串挖苦像倾盆大雨般向他泼过去。他开始还一脸的迷惑不解，很快眼中就充满了恐惧。他从墙角爬起来，在我面前向后退去，向后退去，一扭身，跌跌撞撞地跑起来，很快就消失得无影无终。

我麻木地伫立在原地，如果不是被衣领勒过的喉结在隐隐作痛，我还以为自己在做梦。

1983年8月发表于《百花园》

前因后果

我很替随遇而安的老裁缝的处境不平。他是半年前退休的，退休后不到五天，裁缝婆子就给他领来了营业执照，不过十天，就将他和他的裁衣案子、剪刀、皮尺驱到了闹市街头。老裁缝的手艺在我们这一块街区颇有名声，慕名而来的顾客很快将他包围起来。

“唉……我还不如不退休呢！”有一天下午收摊后，老裁缝趁裁缝婆子不在，让我看他带回的一沓子衣料发着牢骚，“说好只裁不做，可总有人丢下就跑，回家也休息不成，我总得喘口气吧……”老裁缝没敢说出对裁缝婆子的不满，也没敢提裁缝婆子给他揽回的码在缝纫机旁好高的毛料活。不过，他那蹒跚的步态，他捶打腰眼时的痛苦，都似乎在向我发出无声的恳求，恳求我去劝劝那个钻在钱眼里的老伴。

我毫无勇气接受老裁缝无声的恳求，因为我惧怕裁缝婆子。自从老裁缝退休出摊后，裁缝婆子的嗓门越发大起来，特别是经过我家窗口时。即便是她一人经过，没有任何话伴，也要用极大的嗓门去自言自语。与她嗓门一同发达起来的是她的双眼。那双眼睛本来就有些外凸，最近更是凸得邪乎，而且可以拐弯抹角地监视到我的一举一动。有一次，我劝告裁缝婆子的小孙子达儿，请这个小家伙别在我窗下吵闹，结果就被她的那双凸眼摄去，立即一阵风似地由后院奔到前院，拉上达儿回家，一路走一路大声训斥着达儿：“咱声小一点，咱声小一点，谁叫咱是穷裁缝，咱哪配声大气粗。人家老太太早就说咱挣钱不多嗓门不小……”等到她回到后院，叭地关上门，训斥声依然不断。

这段训斥中提到的老太太，就是我年近七十的母亲。母亲为了寻求安静，早就搬到我哥哥家中住去了，但她留下的那句极不妥当的话却让裁缝婆子抓住不放。

这些都是半年以前的事了，现在，不要说替老裁缝鸣不平，连我自己也陷入了裁缝婆子撒下的由各种噪音组成的天罗地网中。

每日早晨，当我要用懒觉去补偿昨夜又写又改而欠下的睡眠时，总会被裁缝婆子炫耀的喊声惊醒。“达儿，快来看，看奶奶给你买了些什么！”她推开院门，大声唤着小孙子，细数着赶早市回来的收获从我窗前走过：“一条鲤鱼八两重呀……一块生姜二两三呀……”这种收获每日都在变换，有时是牛肉一斤，韭黄一捆。有时是猪肝半副，螃蟹两只。当然，她的这种喊声一次也叫不醒达儿，只能将我从珍贵的晨梦中生拉出来。

“你能不能小声点！”有一天，我实在气愤不过，从窗口探出头问她。

“谁叫咱挣钱多了呢？”裁缝婆子径直向后院走去，看都不看我一眼地回答，“挣钱不多时嗓门要小，如今挣钱多了，嗓门就不能大上几天……”

我无可奈何地关上窗子，并下决心不再打开。我开始考虑以退为进的策略了。

我采取的第一项以退为进的策略是改迟睡迟起为早睡早起，临睡前三小时的写写改改提前在晚饭后开始，睡觉时间也同样提前三小时。但这种两不耽误的日子只维持了几天，到裁缝婆子抱回一台黑白电视机时便宣告终止。她像是经过测量，把电视机的音量恰好控制在既不太费电而我又摆脱不开其干扰的程度。如果电视节目中有相声，那就更没有了我的活路，演员们再无聊的一句话，都会惹出她做作的一阵大笑。

我的第二项以退为进的策略是绕开裁缝婆子，直接到闹市街头去找老裁缝。虽然我知道他很难管住老婆，但应负的责任是明摆着的，谁叫他挣钱多了呢？挣钱多了难道就不能提高他在家里的发言权？

“好吧，我试着劝劝……”老裁缝蔫声蔫气地答应下来。他的声音一点都不像他手中的剪刀那样坚定、自信。

老裁缝没有食言，由裁缝婆子晚饭后从后院送来的一阵又一阵风凉话证实了这一点。她拖着长腔，颇有韵律地嚷道：“劝我有啥用呀……我也总该高兴高兴了吧！人家老太太瞧不起咱，咱总不能自己也瞧不起自己呀！这会儿咱也有两张定期存单了，虽说比不上老太太的家底多，可也不比老太太的家底少，谁还能总要求咱小着嗓门说话走路……”她嚷着拧开了电视机，一片震耳的音乐耀武扬威地扑过来。

我甩下笔，笔尖的墨水在整洁的稿纸上溅出许多污点。我拉开门，愤愤地走出去。我想吵架吗？不，我的胆量和勇气只到此为止，还剩下很少的一点，让我用来踢了在我窗下悠闲漫步的黑猫一脚。这只黑猫是裁缝婆子的宠物，尽管夏天已到，它还常常在夜深人静时窜到我的房脊上，狠唱一阵春天才应该有的爱情歌曲。

黑猫委屈地叫着跑向后院，与她反向跑来的是裁缝婆子。“我家猫碍你啥事了？有本事踢我一脚呀！……”她叫骂着瞪圆了双眼，我刹那间感到，她那对眼球会夺眶而出。笔直地向我射来。我扭头窜出了院子。

我采取了两次以退为进的策略，胜利者却是裁缝婆子。更糟糕的是这位胜利者毫无宽宏大量的气度，立即对我乘胜追击。晶体管收音机宣布降价的第二天，她就买回来一个，用它的移动方便和开启随意对我进行噪声围剿。到了星期天，她尽可能多地叫回自立门户的儿女，在家中大摆宴席，席中穿插内外孙辈唱歌跳舞，追逐打闹。那种天伦之乐的嘈杂已经快让我的神经系统分崩离析，我如果不躲出去的话，简直就是自取灭亡。

我总算在单位里的单身宿舍借到一个铺位，这里才是我真正可躲的地方，家里嘛，就让门上的大铁锁替我受罪——如果裁缝婆子认为还有必要的话。我每周只在最不显眼的时间回家里一次，扫去灰尘，取走信件，换几本书。

这种苟安的生活因哥哥的来信而告终。哥哥在来信中说："……妈妈想在天凉后回去，她嫌我这里太吵，两个孙子很少让她能安静片刻，她说还是你那里要安静一些……"

天哪！妈妈竟然想回来寻求安静，这无异于想在巨浪中寻求平稳。她离家时的那个环境已经无从去找，日夜为邻的裁缝婆子也早已不是挣钱不多嗓门不小的弱者，而是财大气粗的强者了。

我费去整整一个小时，给妈妈写了一封信，告诉她小院里最近以来的变化，劝她不要回来。为了说明这种变化的剧烈程度，我如实描写了裁缝婆子每早一变的菜品吆喝，让人一刻不得安宁的电视机和收音机，热闹非凡的星期日大聚餐，还有我借住在单位里的凄惨境地。当我写出这些劝妈妈不要回来的理由后，一股无名之火也被我点燃，好像我陈列了这些劣行的同时也汇集了我的愤慨和胆量。我一把又将信撕掉了。

我不能让妈妈在古稀之年和我一样落得有家难回。她所希冀的安静并不是一种奢求，我如果连这一点都替妈妈争取不到，我将会悔恨终生！我决定向裁缝婆子发起进攻，以斗争求安静。

应该是哪种斗争？骂仗自然不行，我只会骂"他妈的！"这句话被我吐出来时更像是在骂自己。打架想都别想，我细胳膊细腿的没三斤力气，而面对的是裁缝婆子麾下的二女一男。这些子女虽说已自立门户在外，却是一支招之即来的军队。看来只能使用谋略。谋略与策略不同，含有阴谋的成分，这恰恰是我最不擅长的地方，因此让我绞尽了脑汁。

熬去了好几个不眠之夜，参考了古今中外谋略著述中有关勾心斗角的最精彩的段落，我终于找到了一种可能适用于裁缝婆子的方法——制造假象，抑制狂妄。

用来制造假象的是我丢在抽屉里好几年的一本活期存折，上面只剩下五角七分钱。我在五角七分的下面填上三行存入记录，使最后一行的存款余额达到八千元零五角七分。接着，我将这个存折装入一个旧钱包，丢在院门里的台阶上。

应当承认老裁缝一家的诚实。我在实施谋略后的第二天回到小院，老裁缝当即叫住了我，将钱包和存折递过来。老裁缝的表情同过去没有两样，还是一团和气，但裁缝婆子的表情变了，她透过家里的玻璃窗异样地看着我，外凸的双眼似乎被谁一巴掌打回了眼眶。我接过钱包和存折，客气地道谢，用裁缝婆子足可以听见的音量说："我可没依着上面的数字在谁面前耍大嗓门……"

行了，我可以写一封让妈妈高兴一下的信了，院子里已经变得如此安静，以至于大白天也静得没有人影。达儿和他欢快的笑声一同被遣返到他爸爸那儿去了，裁缝婆子又添置了一台锁边机，每天推着锁边机和老裁缝更早地走向战场。

战场这个词可能用的不太妥当，但我无法找出更合适的词了。每日早晨，当老裁缝扛着裁衣案子，艰难地走向闹市街头时，在他后面，裁缝婆子总是带着坚忍不拔的神情，紧抿嘴唇，推着四个轱辘的锁边机紧紧跟随。老裁缝这时特别像一个被强行押上战场的士兵，而裁缝婆子却像一位有着必胜信念的将军。

裁缝婆子赶早市回来时的炫耀声听不见了，收音机也因裁缝两口过于忙碌而成了摆设。只有黑白电视机晚上偶尔叫上几声，但声音总是拧得很小，小得连老裁缝在家里踏缝纫机的声音都压不住。

“干吧！咱们两方便，你图多赚几个钱，比个输赢。我图个安静……”我沾沾自喜地数叨着，又恢复了我的老习惯。每晚九时，我准时铺开纸，拿起笔，一直在安静中熬到深夜。每天早晨，日上三竿，我才打着哈欠懒洋洋地爬起床。如果还有使我感到美中不足的，就是夜半时分常能听到老裁缝捶打腰眼的咚咚声和不能自制的呻吟。这些声音总带给我一种莫名的惆怅，使我隐约感到一股无形又说不出方位的压力。

天气真正凉快下来，上午十点，我背了个挎包，直奔火车站，我要亲自去哥哥家接妈妈回来。在去火车站的路上，为了给两位小侄子买些食品，我拐进了闹市街头。我的挎包很快被塞得沉甸甸，这时我发觉，自己已经与老裁缝的摊位隔街相望。我还注意到，老裁缝不在，裁缝婆子也不在，只看见达儿百无聊赖地坐在锁边机后东张西望。

我好久没有看见达儿了，还真有点想他。在他被奶奶遣返回去前，除了疯吵疯闹的时候，我俩相处得还十分友好。我穿过街道，走向达儿。

“达儿，你怎么在这里？”我亲热地打着招呼，由挎包里掏出一盒芝麻糖递过去。

“爸爸送我过来的，让我给奶奶看管摊子。”达儿回答着我，两下就撕去了糖盒的包装。他旁边的裁衣案子上零乱地丢着剪刀，皮尺和几块布料。

“爷爷和奶奶呢？”

“奶奶扶着爷爷看病去了，爷爷刚才心口疼得直不起腰……”达儿嚼着糖，指给我看不远处的那栋白楼，那里是我过去常领妈妈看病的地方。

看着那栋白楼，我驻足良久才离开。离开前，我从挎包里又取出两盒点心放在零乱的裁衣案子上，嘱咐达儿送给他爷爷。我为什么要这样做，除过对老裁缝的同情和怜悯，似乎还有别的原因，因为当我走向火车站时，当火车带着我驶向初秋的田野时，当我第二天和妈妈一同乘车返回时，眼前总浮现着老裁缝被押送着走向闹市街头的模样——而且，押送老裁缝的人不仅有裁缝婆子，还有我。

第二天下午五点多，我搀扶着妈妈回到小院，迎接妈妈的不是我曾在信中许诺给她的安静，而是后院飘来的裁缝婆子的哭声。

“谁在哭？”妈妈问我。

“不清楚。”我含含糊糊地回答，掩饰着哭声带给我的不祥之感。

我搀着妈妈回到屋里，安排她坐下休息，立即返身来到院里，从后院把坐在小板凳上的达儿唤过来。

“你奶奶为啥哭？”我提心吊胆地问达儿。

“爷爷快死了。”达儿神秘地告诉我。

达儿的这句话像兜胸给我了一拳，让我摇晃起来。我没顾上回屋里给妈妈招呼一声，就出了院子，直奔闹市区的那栋白楼。跑上白楼第三层，在病房走廊中我碰见了达儿的爸爸。他不等我问就告诉我：“多亏抢救及时，危险快过去了，快过去了……”达儿的爸爸像是在安慰我，又像是在安慰自己，他擦了把头上的汗珠，领我悄悄走进抢救室。

老裁缝鼻子里插着氧气管，胳膊上吊着输液瓶，紧闭双眼躺在病床上。他似乎陷入一个荆棘遍地的梦中，唠唠叨叨地寻找着出路，“……老婆子不想让我活了……让我两年里给她挣回来八千元……我退休何苦来，我要那么多钱干啥……我的火葬费只要三十元，国家还给出……”

我没有勇气再听老裁缝的唠叨，转身退出病房，在病房门前的休息椅上坐下来。椅子的另一头胡乱丢着脸盆毛巾和茶缸，还有我留在裁衣案子上的那两盒点心。

晚上八点多，我身心疲惫地回到小院。妈妈等不及我，已经生着了炉子，烧上了水。她生气地问我到哪去了，也不给她讲一声。“去看看老裁缝，他住院了。”我轻描淡写地敷衍了两句，然后翻出我那本改写后的存折，去了后院。裁缝婆子一脸憔悴地被我叫出来，我当着她的面将存折撕个粉碎，我说：“都怪我！我不该骗你，折子是我有意掉在院门里的，上面的存款余额是我自己填上去的，实际上只剩下五角七分钱。你不用再同这些莫须有的钱去赌气……”

一周后，老裁缝才真正从死神那里挣脱出来。一个月后，老裁缝出院了。裁缝婆子在老裁缝出院前就把锁边机卖掉了，如果不是老裁缝拦着，她这两天还想把缝纫机也卖掉。“留下吧，我还要给孙子们做点衣服的。”老裁缝劝着愧色未减的老伴，又回头笑眯眯地问我母亲，“你说对吧？老嫂子。”

“对对，人上了年纪，就要有动有静，这样才能养五脏，活筋骨……”妈妈正要出门去散步，她停下来，搜寻着新学到的那些养生词汇。她哪里知道，很久前她留下了一句极不妥当的话，这句话成了激励裁缝婆子的一剂苦药，这剂苦药又在我的谋略运作中走火入魔，差点要了老裁缝的命。

1983年12月发表于《青春》

多雨的夏

妻子领女儿乘火车走了，不到暑假结束，她们是不会由景色秀丽的故乡回来的，于是我又开始与寂寞做伴。与我做伴的还有雨水，今年的雨水特别多。

瓷砖路面让雨水洗去了最后一点尘垢，在青白色的路灯下闪闪发亮。灯光，而不是月光，将小叶槐的枝叶漫铺在地下。我撑起一把宽大的薄伞，走进人影稀疏的街道，像几天前那样，去排遣掉下班后睡觉前的一段空闲。这段空闲本来是我看书、写点东西的时间，但只要妻子领着女儿一走，任何关于要珍惜时间的警句对我都不起作用了。看来，家庭中的琐碎和喧闹与珍惜时间并不矛盾，有时还是动力，起码对我如此。

雨水助长了弥漫心头的寂寞，在寂寞中，我甚至能分辨出落在伞上的水滴来自天空还是来自树叶。来自天空的水滴轻柔而细润，来自树叶的水滴洒脱而响亮。它们汇集成串，沿伞脊流下，在我的薄伞四周挂上晶莹的珠帘。珠帘外的街道好像承受不了夏雨连绵的亲吻，变得凉丝丝，但它能躲得开吗？雨儿落向大地是无可非议的，就像我的妻子领我们的女儿去度假一样。遗憾的是我没有一把可以像挡住雨水一样挡住寂寞的伞。仿佛是为了减轻我的这种感觉，一个细长的身影钻到了我的伞下。

“可以吗？我没带伞。”她拿下头顶上遮雨的挎包，抖了抖长发，几颗水珠溅到我脸上。

“可以，不过……”不过什么，我没说出口。说我妻子带女儿度假去了，我不便在这种时候与一位陌生的女性共享一把伞？还是说只要有一位同事或者邻居看到她与我共享一把伞，明天就会在我身边出现许多有关艳遇的传闻。

雨不见大也不见小，浓密的枝叶几乎遮掉了全部灯光，也遮掉了不速之客的模样。为了避嫌，我将雨伞挪到两人之间，让伞把成为一个临时隔档，我的半个肩膀因之露在了雨中。我希望不等那半个肩膀湿透，她就会说一声到了，道一声谢，然后以出现在我伞下的速度再从伞下消失。

密密的雨点在瓷砖上击起密密的水花，我数着水花挪动着脚步。我尽量不扭头去看她，好像我是在迫不得已的情况下去尽一次义务。冷淡有时会吓退一些不合时宜的客人的，今天会不会奏效呢？

“没想到，雨会下这么多天……”她说话了，像在自言自语，又分明在盼着回答。

“是比往年要多一些。”我完全出于礼貌回应了一句。

“往年是下下停停，今年是只下不停。”

“是这样。”

“再这样下雨，东西会发霉的，人心也会发霉的。”

“嗯。”

我最后的一声“嗯”干脆而短促，它的潜台词是“我可以让你躲雨，但不想同你交谈，特别是关于人心之类敏感话题。”她不吱声了，默默地在雨中迈着脚步。我想象着她脸上尴尬的表情，奇怪她为何没有因冷淡而走出雨伞。

再走不远就要到我们巷口了，此时我已经没有了寂寞，它在我的伞下出现另一个人时就被隐约的焦虑所代替，这种焦虑在接近巷口时越发清晰。

“你要去哪里？”我停下来，问道，将手中的伞尽可能低地压在我们头顶，好像只有这样才能挡住进出巷口的邻居们的眼光。

“你要去哪里？”她反问我，那口气好像伞是她的。

“我直走。”

“我也直走。”她说着笑起来。

她的笑激怒了我，我好像被人戏弄了一番。我将伞塞进她手中，提高了嗓音：“你去直走吧！伞——我奉送了。”

“为什么要送给我？”

“因为我不认得你。”

“现在认得我了吧？”她将伞倒向背后，仰起脸，让灯光和斜斜的雨丝一同落下来。于是，一个熟悉的面容出现了。那是张酷似唐墓壁画中仕女的脸——嘴小而撅，眼细而长，鼻子不大，脸庞浑圆。我被这张脸拉向似有似无的记忆，耳旁还响着一段解说词：“……你忘了，我可没忘，那年夏天的雨水也特别多，害得我没法穿姐姐给我寄来的最时髦的高跟凉皮鞋。我的脾气因此很坏，怨天尤人不说，咱们才见第二面时我就拿你出气……”

“好像……有过这么回事，也是在傍晚，下着雨……”记忆只还给我了一片云遮雾挡的幻影。

“不是好像，是真的。”她重新将伞举在我俩头顶，“当时我习惯于向男朋友发脾气，习惯于听他们低三下四的赔情话，因为我相信自己对他们的魅力……”

“你是挺漂亮。”

“可你当时不是这么说的，你说我徒有其表！”

“是这么说的吗？”

“你还建议我站在雨水中去发脾气，说湿透了就没脾气了。”

“我想起来了……后来，你是不是跑走了？”

“我当然要跑走！在我同男朋友的交往中，还没有人敢用这种语气给我讲话。我学着电影中女主角轻盈的跑姿，我真纳闷，为什么就没有摄影机的大镜头对着我拍，我跑得不会比那些女主角差劲的……”

“你在说笑话了。”

“不是说笑话，我跑的时候还相信，你也会像电影中的男主角那样急急火火地追过来，不同的是你手中有一把急于给我遮住雨水的伞。但你没追过来……”

“你淋湿了吧？”

“湿了，直湿到心里，现在也没干。”

“言过其实。”

“我言过其实就不会有现在这种勇气。自从咱们分手后，我有了一种莫名其妙的嗜好，总喜欢在下雨时上街走一走，特别在晚上。我对别人说是因为雨中空气清新，没有污染，实际上我是在寻找一种连我自己也说不清的东西。三天前的晚上，当我在大街上看见你时，我才明白我要寻找的是什么。”

“你在找我？”我惊愕了。

“是在找你！”

“你在编故事，把一次偶然编成必然。”

“我在编故事？”她冷笑了一声，“我为了编这个故事，跟踪你了两个晚上。你毫无方向地走着，怅然若失，无所寄托。看来，你也在寻找什么，你是不是在找我呢？受这个愚蠢透了的念头驱使，我钻到了你的伞下，谁知你根本就没认出我……”

“路灯太暗，又被伞挡住……”

“你不用解释，徒有外表的人是不值得谁记住的，她仅仅是昙花一朵。你想看看即将败去的昙花吗？”她又把伞倒向背后，又向我仰起脸，“你看，我的眼角纹有多少条了？我在家里对着镜子数过，没数过来。”她踮起脚尖，向我的脸凑过来。

没有了伞的遮挡，雨水很快淋湿了她的脸，又顺着脸颊向下流，像是她流出的眼泪。

“别这样。”我由她手中拿过伞，重新遮在我们头顶。我像哥哥哄妹妹那样对她说，“你没多大变化，真的，没多大变化。”

“你想安慰我？这种安慰我在别人那里早就听够了。”她安静下来，从挎包里掏出手帕，擦去脸上的雨水。

雨还是不见大也不见小，路上的行人已经稀少，市中心的大钟奏起报时曲，接着是十下悠扬的钟声。再给她说点什么呢，该说的好像都说完了，但她看我的眼神又似乎在等着我说下去，说下去，直说到天亮。

“不早了，你该回家了，伞你拿去用吧……”我终于从她期待的眼神中挣扎出来。

“不用撵我，我自己会走的。不过请你告诉我，你为什么接连两天在雨水中要装出那种模样？是为了哄我？”

“……我妻子度假去了，还带走了我们的女儿，我很想她们。”

“你结婚了？”

“嗯，三年前。”

“是咱们分手的第二年？”

“是的。你，还没有结婚？”

“没有。”

“是不是条件太高？”

“不高，我只要求当我像电影中的女主角那样跑开后，他们不要像男主角那样追上来，但他们全都追上来了。有个人还建议一同去公园的树林里也这样跑跑追追……”她又笑起来，笑得我一阵阵发冷。

“这要怪你对他们的魅力。”

“你在挖苦我。”

“不，我是想说，仅仅被你外在的东西所吸引的人未必能长久相处，心心相印才是感情的基础。”

“我没法与人心心相印，我的心早就发霉了——在很久前被淋得像一只落汤鸡的夏天。”

“没那么严重吧？”

“严重不严重只有我知道，你愿意帮我把心找回来吗？”她看着我，眼里浮起一片哀愁。

“我不明白。”

“你明白！”她眼中的哀愁变成了哀怨。

“对不起，我到了。”我把伞塞进她手中。

“别走！”她接伞的同时拉住了我，“你怕什么？我不会老缠住你，我仅仅需要你的一点帮助，使我由对你的沉溺中解脱出来，使我心甘情愿地同紧追不舍的男人结婚。”

“除了这把伞，我什么也帮不了你。”

“你脸可挺得真平，你就是靠这个迷住我的吧？”她讥嘲地说着，突然把伞丢给我，向雨中跑去。斜斜的雨丝像箭一般扑上她的脊背。

肯定是鬼使神差，否则就难以解释，我竟然举着伞追过去，想用伞替她遮住雨丝。当我追到她身后两步远时，她站住，向我回过身。

“走开！我讨厌你！你也学会追了。”她轻蔑地看着我，打开她的小挎包，取出一把精巧的折叠伞，骄傲地支在自己头顶，转身走进黑压压的夜雨中。

我想骂自己一顿，又不知骂什么好。我想骂她一顿，也不知骂什么好。眩惑之际，寂寞悄悄回到了心头。这阵寂寞之感，在我扛着伞走进我们小巷时，简直变成了一团遮天蔽日的乌云。我决定，明天丢下全部工作，乘最早的一趟火车去找我的妻子和宝贝女儿。路上什么也不带，只带这把伞。但愿那个地方也是多雨的夏，我好用这把伞给我们全家遮雨。

1984年5月发表于《海鸥》

勤子归来

夏暑未消，秋风未起，李婶的丈夫在失踪三十多年后回来了。上午十时许，他躬着背，身着一套显旧的西装，提着一只颜色灰暗的小皮箱走进肋子巷，出现在李婶两丈见方的小院前。再三核对了门牌号码后，他推开虚掩的院门，缓缓走进小院。这个只有两间厦房的小院同他记忆中的那个院子相比差别不大，院子里的那套低矮的石桌石凳还是原模原样。

“家里有人吗？”他百感交集地坐在凉凉的石凳上，声音颤抖地问道。这句问话南腔北调，听不出是哪种方言。

李婶没有应声而出。她隔着窗子看到了他的到来，但她却无法相信眼前这位老头就是曾经沿街叫卖馄饨的丈夫。在她的记忆中，丈夫永远是失踪前的那个模样——穿着有两个大兜的厚土布褂子，套一条洋学堂的学生贱价卖给他的旧西裤，蹬一双齐头黑布鞋，操一口城南四府话。可现在，坐在石凳上怪腔怪调的瘦老头竟然有凭有据地自称是她的丈夫，两个月前还通过政府来调查……李嫂几乎将鼻子贴上了窗玻璃，她的猜疑终于被一样东西所化解，那是她亲手用碎花布拼成块后纳出的花坎肩。花坎肩此时正拿在那位瘦老头手中。他看着花坎肩在抹眼泪，先抹去脸上的，再抹去滴落在花坎肩上的。

“勤子……”李婶终于走出厦房，她没有叫丈夫的大名，那个名字从来没有被她记住过，她也没有失声痛哭，理智还在帮助她控制感情。她异常客气地将难以自制的丈夫让进了东厦房，就像接待一位远道而来的贵客。这位贵客经过她两个月来的分析判断，认定是“看厌了异乡烟火，腻烦了异乡的妻室儿女，回来换换水土的。要不，他早就该找回来了。”

东厦房里，靠墙的方桌上，小米粥、煎饼、辣油酸菜、凉拌白萝卜丝一样样摆了上来。这些饭菜全是李婶按丈夫来信中的要求准备的，那些写得歪七扭八的来信曾使她诧异，莫非外国也有扫盲团。但这个问题只在李婶思维里一闪而过，揪得她心里发酸的是来信中提到的那几样饭菜……三十多年前，出摊回来的勤子将卖空了的馄饨挑子向小院里一墩，总会闻到这几样饭菜的香味。“咱卖得起吃不起。”勤子常常会这样讲着，掏出挣来的每一张纸票码在桌上，再将桌上的饭菜一扫而空。

今天，勤子没能将这些饭菜一扫而空，因为这些饭菜没勾引出他的多少唾液。媳妇就坐在自己对面，只剩下昔日的轮廓，其余的全被岁月带走了。她没有流泪，没有多少悲伤，一句也不提他们的儿子小狗儿。她好像仅仅在等着自己吃完饭，好将那些碗碟拿去刷洗，那么，她还会在他丢下筷子后说那句话吗。

“多吃多福——”李婶收拾着依然满盈盈的碗碟，张口来了一句。随着这句绝口三十多年的饭后祝福，一滴眼泪由李婶眼角流了出来。

“你还没忘！”勤子闪动着泪花，怪腔怪调地笑了，七零八落的牙床全露了出来。这牙床使他和他的那身西服骤然拉开了距离。

“可你忘了，这么多年，连点生死消息都不给。”李婶平淡地丢下一句，端起碗碟就要走。

“我没忘！”勤子委屈地叫起来。他提起小皮箱，放在还没有擦拭的方桌上，打开，皮箱的最上层码着那件两个兜的土布褂子。土布褂子顷刻间换上了身。“洋学生的裤子没留住，布鞋没留住，全让我穿成了渣渣……”他遗憾地说。

三十多年前的那个勤子又回来了，只是身上的土布褂子陈旧了许多，罩在褂子里的人也苍老了许多。李婶的冷静和客气没再坚持下去，这次偏重于礼节上的款待以李婶断断续续的哭声结尾，这哭声，两邻的人全听到了。

勤子不仅穿着三十多年前的褂子进出李婶的小院，而且还出现在大街上。他那身打扮有点像先朝遗民，他对戏园子的痴迷更加深了这个形象。隔三岔五，勤子必定会在晚上七时以后出现在某个戏园子，坐在一堆已经在澡堂里定下夜铺的农民中间，静静地等待大幕开启。头几场戏他肯定没有完全进入情节，因为他会在不需要悲伤的时候流泪，即使在大团圆的戏尾，在一片欢庆的唢呐锣鼓声中也会流泪。下来就好了，他会随着剧情去哀乐，再下来就更好了，他会随着哼上几段戏文。这几段戏文应该是他三十多年前就会哼的，经过戏台上演员的提词，一板一眼就不由自主涌出喉咙。看过四五场戏后，他感到了一种缺憾——戏园子里没人甩热毛巾，也没人卖瓜子花生。而在三十多年前，他就是买个便宜的竹牌，在戏园子两旁的横木外站着看戏，偶尔也要擦把脸，来包瓜子嗑嗑的。

“戏园子没原先热闹了，咋连个卖瓜子的都没有……”有天散戏回来，勤子不满地给李婶发牢骚。

“讲卫生了呗。”李婶以她的理解作出解答。此后勤子出门看戏，衣兜里总会被李婶装上亲手炒出的瓜子花生。不过只装一只兜，另一只兜用来装瓜子皮和花生壳。“丢地下要罚款的……”李婶一遍遍地叮嘱勤子。

回来没有一个月，勤子就明显地胖起来，干瘦的两颊也有了血色。“什么牛排蛋糕，还是家乡的饭菜养人。”他感慨万分地照着镜子，骗着老伴和自己。好像他在国外真的天天有牛排蛋糕吃，好像他的五平方米的铺面里卖的不是家用零碎，而是真金白银。“是该换件衣服了……”他终于向李婶开了口，他突然觉得，自己身上的土布褂子到脱下来的时候了，与其把过去挂在身上不如去细细体味现今。

一套藏蓝色的中山装换上了身，这是李婶在勤子回来的第三天去服装店给他买的，一双齐头黑布鞋蹬上了脚，这是李婶用了三天时间亲手纳制的。勤子一刹那就完成了外表上与周围同龄人的划一，他脱下的土布褂子被李婶洗得干干净净，装进了小皮箱。“等你走的时候带回去做个纪念。”李婶深明大义地说。她从心底里认为勤子说的在国外没有妻室的话是在骗她，谁不知道外国女人要比男人多得多。

“你是非要我回去？”勤子装出可怜巴巴的样子问。这腔调已接近标准的城南四府话了。

这句过于熟悉的问话来得过于突然，李婶被问出一阵子眩晕。眩晕中，她似乎在一瞬间回到了遥远，一场雪在一个遥远的晚上慢慢地下着，她正坐在火炉旁，给摄走她魂魄的冤家紧针密线地纳着花布坎肩，冻得活像个寒鸡的冤家却溜进她家小院。冤家悄悄放下馄饨挑子，钻进厦房，蹲在她旁边，冲火炉伸出两只手，等手暖过来还赖着不走，还装出可怜巴巴的样子问：“你是非要我回去？”

“那你就留下。”李婶回过神来，像在那个飘雪的晚上一样回答。当然，回答中已经没有了当时的羞涩、忐忑，而是豁达，好像一位母亲在原谅离家出逃好久的孩子。

远逝的过去靠环境的提醒，以空前的速度重返勤子的记忆。一日午饭后，他突然将十多个名字抛在了李婶面前：“……他们现在都在哪里，我想见见。”

“小金来死了，庆哥死了，钟石头六七年上了吊……”去掉死了的，去掉远走他乡的，去掉行踪不明的，李婶只给了勤子三个含糊不清的地址。勤子抄下地址就要走，被李婶急忙拉住，“别空手去找，买上两瓶酒，两封点心。”李婶说着给勤子兜里塞进几张钞票。

勤子绕了五六条街巷，只在临街的小楼上找到一位昔日的朋友。疑惑，惊愕，一声又一声长吁短叹，两人扯手搭肩进了楼下的小饭馆。半瓶西凤，几碟小菜，从小饭馆出来，勤子喝红了脸。他摇摇晃晃向家中走去，嘴里哼着新近学到的几句戏文：“过一州又一州来到同州，小娘子揉揉脚住进高楼……”他就这么一路哼着来到家门口，推开虚掩的门，带着微微醉意站在了李婶面前。从这天起，李婶发现勤子的腔调全变了回来，又是无可挑剔的城南四府话，只是声音嘶哑、苍老，不像三十多年前圆润。这又有什么，自己不也是老腔老调了吗。

秋风渐凉，落叶满地，勤子终于等来了儿子和小孙子。父子俩三天前从天寒地冻的黑龙江出发，没日没夜地赶了两千五百多里路，在早晨九点多进了家门。李婶算计着儿子和孙子会中午到家，天不亮就出门去采购，没有了她的迎合，完全陌生的面孔让相见时的喜悦变得拘谨。

拘谨中，儿子从层层包裹中拿出一对银毫闪亮的貂皮耳套，递给父亲。这份珍贵的礼物是他的东北媳妇送的，说老家就要结冰下雪，用来给老人暖暖耳朵。媳妇工作太忙没回来，儿子替媳妇将耳套给父亲戴上，又不顾父亲的阻拦，扶他在面前坐稳，跪下来磕了三个头。小孙子不愿意磕头，也不愿意接受爷爷的爱抚，他屋里屋外的翻腾，然后跑回到爸爸面前嚷道：“你骗我！爷爷不是从外国回来的，从外国回来的人要穿西服，扎花领带，戴金表，还要带一个大彩电，带好多大箱子，带……”小孙子想把电视里看到的外国爷爷归来的镜头全讲一遍，被爸爸搂头一巴掌封住了嘴。这一巴掌并不重，小孙子还是哭起来。

孙子的哭泣让勤子一阵紧张，他想了想，拉出自己的皮箱，从里面翻出一块亮晶晶的手表，拧满弦，放到小孙子手中，滴滴答答的秒音很快让小孙子破涕为笑。

“爸，你自己留着用，别给他。”儿子埋怨道。

“我老了，看不清了。”勤子抱起泪痕未干的小孙子，想闻闻他的头发，亲亲他的脸蛋，突发的悲伤却让他差一点栽倒。他放下小孙子，被儿子搀扶着坐下，像一株被飓风拉扯的老树一样哭开了。他在哭什么呢？哭他在三十多年前被溃兵用一条绳子捆走的夜晚？哭他像头牲口一样负重在深山密林里的日日夜夜？哭他在南亚受尽屈辱的漂泊？也可能这些都不足以使他如此悲伤，而是因为他看到了自己的骨血。他曾经不止一次想到，自己就像荒野上的磷火，一闪之后就会消失。现在，由他繁衍的生命却给他眼前展现出一片阳光。

李婶置办鸡鸭鱼肉回来，勤子的嚎哭已接近尾声。“为啥哭？”她横扫了儿子一眼，厉声问道。她生怕自己一手拉扯大的儿子想起母亲往日的艰辛，对父亲抛出几句谴责。

“爷爷，我把表还给你，你别哭了。”小孙子被这种气氛吓住了，在奶奶的逼视下恋恋不舍地把表递还给爷爷。

“不，爷爷给你了。”勤子止住了哭声，用半湿的手帕狠擤了两滩鼻涕，重新将小孙子揽进怀里，笑了。这个笑在儿子和小孙子探家的十多天里再也没有离开他。

送走了儿子孙子不久，秋雨就不知不觉凝成了雪花。傍黑，当路面上的积雪有半拃厚时，勤子出门去了。一双棉窝窝蹬上了脚，一套制服棉衣裤换上了身，一顶軟毡帽压在了眉梢，银毫闪亮的貂毛耳套埋住了双耳。街上没人能想到他不久前才从海外归来，也没人会想到，这老头走在雪地上仅仅是为了听咔嚓咔嚓的踩雪声。

“咔嚓，咔嚓……”勤子有节奏地踩下去，他很快就被自己双脚的演奏陶醉了，时间仿佛融入了雪花，被风儿刮着落在遥远的过去，那个熄了火的馄饨挑子又回到他的肩上——该卖的卖掉了，该挣的挣回来了，统共值半个银角子的纸票揣在怀里。这些纸票明天就要变成小狗儿过周岁的新棉衣，变成一筐做饭取暖的煤块。雪再大也不怕了，踩在上面也不再百虑重重，等到明天雪停风起，挂冰结霜的世界四面透凉，他的热腾腾的馄饨挑子能没有好生意？“花钱不多，吃个热乎——”勤子像三十多年前那样吆喝了一声。声音并不大，还是引来路人好奇的目光。

“你逛到哪去了！”夜里十点多，李婶夹着一件羊皮大氅，正要出门去找，勤子满身雪花推开了门。

“踩雪去了。”勤子取下毡帽，拍打着身上的雪花，笑嘻嘻地回答。他怎能不高兴呢？在那个永远没有雪花的国度，他只能在梦中去追求踩雪的乐趣，但每个梦中看到的都是骇人的雪色。有时是黑雪，有时是红雪，有时是绿雪。踩着这样的雪走路让人提心吊胆，也没法在这样的雪地上放下馄饨挑子，他只好不停地走路。路越走越长，腿越走越沉，直到连人带挑子一同摔倒，带着一身虚汗被惊醒……

勤子踩雪踩出了瘾，雪越大越厚，咔嚓咔嚓的踩雪声陪他走得越远，大街小巷，半拉子胡同，都留下了他的棉窝窝印。途经的环境又变得熟悉起来，他终于可以用记忆中的地名来套这些大街小巷了。他常常会在某栋大楼前停步，思索着这儿原先的小瓦房或小板楼的模样。“张六的铁匠铺是在这儿……邬馍馍的大蒸笼是在这儿……聋九婆的开水炉是在这儿，她家后院有一口甜水井，她每年立冬时才买我一碗馄饨……”很快，他的脑子就不够用了，因为周围的变化太大了，于是他一挥手，拍一下前额，让思绪短路，再扭身走进一家泡馍馆，“一份大碗两个馍，汤多来，辣子多来，香菜多来！”他吃得敞开怀，露出里面的尖领花格子衬衣，这件从国外带回的衬衣把饭馆里的服务员吓了一跳，他怎么也无法将这个土里土气的老汉与他的花花衬衣之间找到联系。

没有雪了，雪被太阳晒成了水，寒风又把水吹成了冰。李婶怕勤子出门滑跟头，限制了他的活动范围，建议他去院门外北头的老墙根，与几个晒太阳的老汉去打牌。

“我不会打牌呀！”勤子说道。

“不会可以学嘛，要想多住些日子，就得学会消磨日头，总不能每天尽在雪地里踩来踩去。”李婶坚持自己的意见，递给勤子一个捆着棉垫的小板凳。

勤子提着小板凳，犹豫再三，也没能挤进那堆打牌的老汉中间。并不是他还想等待下一场雪的到来，而是他隐隐约约地感到，在外面的街道上，还有些更宝贵的东西可以捡回来。他把小板凳夹在胳肢窝里，出了院门，出了巷子，谨慎地在滑溜的街道上走了。

勤子这一走没了踪影，直到午饭后才回到家。“你是淌江了还是过河了，鞋帮子湿得能拧出水来！”这是李婶在勤子从国外回来后语气最重的一句话。她拉开两床厚被子，塞进一个铜暖壶，让勤子坐进去暖脚。自己愤愤地在火炉旁翻烤着棉窝窝。

“唉——谁叫中午是个大太阳，路上的冰眨巴眼就化了。”勤子疚愧地回答。他没讲自己“淌江过河”时钻进一个木器店的事，也没讲自己在邮局里发出的那封信。那封信贴了七角六分的邮票，将漂洋过海，在人情淡如水的地方去考验他的一位邻居与他的友谊。

两个月后的一个早晨，李婶出门买菜时，跑早班的邮递员给勤子送来一封海外来信，随信而来的是一张两千多美元的外汇通知。勤子拆开来信，里面是一份出售清单，好心的邻居已经遵照他的委托，将他的一切家当变卖一空。他没有去核对清单，因为寄来的钱比他自己的估计要多出一倍。他感到一阵轻松，因为现在他可以从容不迫地去木器店，将自己的订货取回来了。老伴看见后会说些啥呢？余下的钱会让她高兴吗？

下午将近四点勤子才回到家中，不等一脸焦虑的老伴问他，他先开了口："我就剩下这些了，那边的东西全卖掉了，你现在该相信我不会走了吧？……"勤子说着将一厚叠钞票递给老伴。他想等老伴笑逐颜开时再让她看看院子里那个可以帮助自己消磨日头的东西。没想到老伴捏着这叠钞票，愣了好久，坐回小凳，呜呜咽咽地悲伤起来。

"是少了，太少了，谁叫我人笨，外面又欺生……"勤子被老伴突来的悲伤弄糊涂了，言不由衷地解释道。

"我哪里是嫌少，我是心痛啊……三十多年，你真是一个人过的，一个人的日子咋过呀，你就没孤单死……我还有狗儿，还有我爹留下的石桌石凳，可你有谁，你连个馄饨挑子都没有了，那是你家挑了三辈子的挑子呀……"

"我现在不啥都有了，连馄饨挑子都有了……"勤子拉起老伴，来到院子。一副崭新油亮的馄饨挑子稳稳立在院子中间，高翘着两只耳把的敞口铜锅在阳光下闪着迷人的金光。

这件事有些怪，也不怪，就看人们如何理解和分析。但不管人们指点些啥，勤子的馄饨挑子每日傍晚都会出现在大街小巷。他挂着一面垂到膝盖的大围裙，肩膀上系着那件花坎肩，像要宣告自己的重新降生一样吆喝着："花钱不多，吃个热乎——"

勤子的每阵吆喝都会招来几个食客，于是他揭开锅盖，将李婶在家中捏好的馄饨抓上几十个丢进锅里。馄饨见滚就熟，盛进有榨菜末、虾皮和葱花的白瓷碗里，再淋上几滴香油递过去，食客的咂吧声很快就让他陶醉了。他仿佛又回到三十多年前那些黑灯瞎火的街道，唯一的光亮来自他的馄饨挑子，一盏细长脖子的电石灯扎在挑子的拐角，吐着蓝莹莹的火苗。雪花在蓝莹莹的亮光下无声地飘落，他站在雪花中，吆喝着最后的几锅生意，心里却在想着家中的妻儿。妻子此时正抱着狗儿坐在火炉边等他回家，在炉火的烘映下，她的脸像抹上了一层胭脂，宛如戏台上红袄绿裤的小花旦，艳丽得让自己都不敢触碰。狗儿等不了多久就会在妈妈怀里入睡，陪着狗儿进入梦乡的还有妈妈哼出的一段小调。那小调是肋子巷的女人们哄孩子睡觉时哼的，媳妇把词改成了“馄饨挑挑，狗儿摇摇，挑儿空了，狗儿笑了……”每当回忆走到这里，勤子就会忘了他的顾客，坐在小板凳上，随着记忆中的那个调子和那段词，摇摇晃晃地哼起来。这时，就是有人丢下碗，不付钱就离开，也不会使他清醒。

1983年6月发表于《延河》

生 存 门

雨停了，
停得那么突然，
太阳和泥泞尴尬地面对着面。

天国之路

大名鼎鼎的乐队指挥骆尔垂垂老矣，他一直盼望着能在指挥乐团演奏时步入天国，他将这个愿望和两千元定金交给了我，于是我也变得同他一样大名鼎鼎了。大街小巷都在议论着我会如何实现骆尔的愿望，有人已经断言，说我迟早会把两千元定金交回去，其理由是骆尔每年顶多指挥三五场交响乐，要在这么少的场次里让骆尔细如蛛丝的生命之弦及时断裂谈何容易。

但我还是完成了骆尔的委托，不能算易如反掌，但也难不到哪去。我先调查出他最致命的弱点——硬化四度的脑血管群，并计算出这些血管破裂所需要的准确外力，再问清楚他出场指挥的日期和演奏曲目，观看了他过去演奏这些曲目的原始录像，然后在他临场前夜溜进音乐厅，在衬绒的指挥台上略做手脚。于是在第二天晚上，当骆尔为一个伟大的休止符向下用力时，一块承力的踏板准时断裂，让他向右后方倒去，白发苍苍的脑袋一寸不差地撞在钢琴后上角。骆尔的像玻璃管般脆弱的脑血管能无动于衷吗？他满脑子的乐章和他的生命一同凝固了。

事后，人们纷纷在探究我为骆尔步入天国搞了哪些名堂，以至于遗忘了骆尔指挥以身殉职的光荣。我出于恻隐之心，匿名向报社投去一篇赞扬音乐家骆尔视工作为生命的文章。它被删节得像一块可怜的豆腐干，挤在报纸的最下角。

将骆尔顺利送入天国后，我趁热打铁，又承揽了一项业务。此次业务的委托人终身未婚，他躺在抢救设备齐全的小病房里，神色暗淡，形同枯槁，他的要求简单明了——在他步入天国之际，身边要有三位漂亮女人，她们应痛哭流涕，捶胸顿足，后悔没能嫁给他，而且必须真情实意。我的委托人为此愿意付出五千元的佣金，用这么多的钱去买痛哭流涕足够了，但要求真情实意就差之远矣，那玩意儿眼下极为稀少，据说已与生命等价。好在痛哭流涕属于女性最擅长的外在表现，真情实意属于女性最能以假乱真的内在本能，这两者加在一起，满足我的委托人应该不成问题，成问题的倒是如何准确判断他的弥留之际。

我的判断果然出了点小差错，其结果是让三位漂亮女人白白在病房外多酝酿了三个小时的感情，直到她们腿困腰酸哈欠连天时才获准进入病房。

我的委托人是在尖锐、刺耳的哭声和飘飘洒洒的泪水中闭上双眼的，他把得意、知足、甚至还有点幸灾乐祸全装入了眼皮内。三位漂亮女人看到我的委托人闭上了眼睛，就立即止住悲伤，擦去泪痕，争先恐后向我伸出手。我将这次收入的二分之一分给了她们，她们又发出同样尖锐、刺耳的笑声。我突然想到，人的听觉最迟离开肉体，我刻不容缓地揉了两个纸团，塞住我的委托人的耳朵眼，但无济于事了，我的委托人已经舒展开来的脸上缓缓露出一个标准的苦笑，他带着这个苦笑走进了天国。

天国里的人见到我的委托人，一定会问他这副苦笑面容的来历，他会不会实话实说，对我建树不久的信誉加以诋毁呢？诋毁就诋毁吧！天国里的诋毁毕竟无法影响我在人世间的信誉，已经有新委托人找到医院里来了，他敲打着病房的门，在外面不停地喊道：“我需要加急服务！我需要加急服务！”

“加急收费加倍！”我开门宣布，一团蓬松污杂的头发扑进我的怀里。从这团头发的空隙闪出的眼光带着一种疯狂的执拗，这种执拗的眼光配上佝偻的身材，使得我立即把他划入了被歧视的佝偻人一族，这些人的要求大同小异，不用猜就知道。我问他："你是不是想要壮观的、轰轰烈烈的、惊天动地的、可歌可泣的步入天国？"

"不错！"

"你形象欠佳，要费点事的。"

"我恨透了以貌取人，就是要改变最终形象才来找你。"佝偻人说着将一沓钞票甩在我面前。

"十天后给你完成设计。"我打眼一看就知道那沓钞票只够常规收费，所以给他了一个常规答复。

"不行，我要求加急！"

世上也真有活得不耐烦的人，为这些人步入天国找到一个理想的方式应当属于人道主义的最高准则，此时再强调什么加急收费加倍就太缺乏职业道德了。我即刻行动起来，二十四小时后，我一个电话将佝偻人叫到我的办公室。

"你怕不怕引火烧身？"我问道。

"只要能达到目的，粉身碎骨也不怕！"他挺起疙里疙瘩的胸脯，仿佛要去迎接一长串子弹。

"那就好！"我提起一只大塑料桶递给他，"这里面是十公斤汽油，你可以在市政府广场上将它浇到身上，然后划一根火柴……"

"这……这恐怕只能换来怜悯和一些同情，而我需要的是轰轰烈烈……"佝偻人的胸脯又很快瘪了下去。

"别急嘛，还有一样关键的催化剂！"我从门后取出一个标语牌，一使劲插在他面前，"有这个东西给观众提神，十拿九稳亏不了你。"

"维护老人权益！提高老人福利！反对虐待老人！"佝偻人蠕动着嘴唇，念着标语牌上的字，蓬松污杂的头发下露出半脸疑惑，"这能顶用？"

“当然顶用！这也叫借东风，你没注意到这些年老家伙们的怨气越来越多……”

我足足解释了一天，直到黑夜降临，佝偻人还是半信半疑。我只好建议他去现场表演一番再说。“咱们先少倒点汽油，搞出点轻伤就可以了，如果有反响再来真格的……”我规劝着，一手提塑料桶，一手提标语牌，同他来到市政府广场。我先找到一个醒目的位置，插好标语牌，又安排他像佛教徒那样盘腿而坐，接着冷不防将一桶汽油全浇到他身上。

“不是说先少倒些吗？”佝偻人抬起头问我，回答他的是我抛去的一根火柴，一团跳跃的火苗顷刻间将夜幕中的广场和我插下的标语牌照得红亮。看着四处围奔而来的人群，我悄悄离开了广场。

不出所料，第二天上午，佝偻人名声大振，他身披火团跳跃的彩色照片成了市内各家报纸的头版头条。各报还以《疾呼尊老的自焚者》《火中凤凰》《为传统文明献身的英雄》之类重磅标题报道了佝偻人。

如果这些还不算轰轰烈烈，那么接连几天老人们的集会游行就完全够标准了。我真搞不清打哪儿钻出来这么多老男老女，她们衣衫不整，面黄肌瘦，打着如林的标语牌，牌子上画着佝偻人的尊容。他们唱着四小节一段的颂歌，每段歌词中都有佝偻人的名字。他们群聚于市政府广场，在佝偻人自焚的地方顶礼膜拜、流连忘返、老泪横流。

老实讲，我开始嫉妒佝偻人了，他得到的荣耀远远超出了我预想的程度，纯属超值享受。过了几天，我又开始嫉妒那些老男老女，他们这些天从市政府那里争取到的养老金补贴不比我由佝偻人那儿拿到的酬劳少多少。

“知道吗，这些钱是我赐给你们的！”我向那些数钞票数得喜形于色的老家伙们喊道。

“不，是我们的救星给的！”老家伙们驳斥我。

"我是你们的救星的救星！"

"你算个屁！"老家伙们围住我，骂着，唾我了一脸。

这是一次非常成功但却有失落感的业务。这种莫名其妙的失落感来自何处，找来找去，似乎是我在后悔把极辉煌的一次扬名机会没留给自己。可我早已摆脱了默默无闻，名扬全市。我的业务也在蒸蒸日上，日进斗金。何况我根本没勇气走进大火的炼狱！

驱走了毫无理由的失落感，我一鼓作气又替三位委托人完成了天国之路的设计：一位嗜烟如命的老烟客硬是活生生躺进用两吨烟丝铺就的墓穴，填土前再在身上压两吨烟丝，享受了一次货真价实的烟葬；一位吞了一辈子尘土的扫地妇在归天前亲眼看到她为之服务的那条街道上尘土飞扬，没来头的狂风夹带着肮脏涌进家家窗口；一位在深重的忧郁中度过五十春秋的人突然悟出了人生快乐，开怀大笑，直笑到挺尸。这些设计的奥妙各有千秋，但与我紧接着替一位江湖大盗的设计相比就是小巫见大巫了。

江湖大盗年近古稀，已卧床不起，但满脸的肃杀之气却使人不寒而栗。他不乏幽默地对我说："他们都咒我不得好死，说我要挨蛇咬、让熊抓、吃枪子儿、上绞架。可我眼看就要安乐而去，这些不让咒我的人们看见岂不遗憾……"

"您希望怎样消除您的遗憾？"

"让他们看着我寿终正寝！"

恶人要好报并不难，恶人要善终也容易，但要在仇主面前表演善终就有些玄乎了，只要有一例复仇之举，哪怕只是一记耳光，正寝之谈就难以成立。所以，我为此次设计定下的主要部分是隔离，次要部分也是隔离。

一周后，当江湖大盗奄奄一息时，精彩的一幕就这样拉开：几十位年龄不同，相貌各异的男女围着一方黑布大篷坐着，他们因为受到我这位名流的邀请而颇感迷惑，许多人在交头接耳相互询问。

“别怕，也别紧张……”我清了清嗓音，开始演说：“我请诸位来，是为了让诸位看一个与自身有关的节目，这个节目肯定能引起诸位的兴趣和联想。节目的名字就叫《垂暮之虎》……”我由虎是百兽之王说起，说到虎的入画，说到虎的偶然食人，说到虎的生态平衡作用，说到虎尾的凌厉、虎鞭的壮阳、虎骨的驱寒，虎皮的八面威风，直说到我看见一个确真无疑的信号，拉下黑布大篷，露出一只高强度铁笼为止。

“久违了，非常高兴在去天国之前能与大家见面告别……”江湖大盗由铁笼里一张铺满鲜花的卧榻上微微欠身，借灵魂出窍前的数十秒钟亲切地向四方打着招呼。他脸上安详的微笑就像一片与世无争的云。

还用得着我去形容下来的场面吗？怒发冲冠，青筋毕露，裂目切齿……算了！这些话根本无法表达扑向铁笼的仇主们的神态。形容词在这时显得苍白无力，而直爽的语言却颇有传神之处，请听：

“天杀的！你活活拧下了我丈夫的头……”

“我女儿那年才十岁呀……”

“吃人肝喝人血的禽兽……”

“……”

在听这些传神之语时，我没有忘记从人群的缝隙中向铁笼里再看一眼。江湖大盗正悠然自得地吐出他在人世间的最后一口气。

1989年稿

生存门

生存门不再仅仅是一个新颖别致的建筑，过门通知书也不再是一年一张无关痛痒的旅游证，这一点，恐怕人人都明白，否则，哆嗦症随着通知书的送达而传染得如此猛烈就难以解释。有的人为了预防被传染，在通知书送达之前就给自己准备好足量的镇静剂，以便在拿到通知书后及时服用，免得丢人现眼地哆嗦上一整天。

但也有许多例外，美扎就是其一。美扎收到过门通知书后不仅不存在镇静剂和哆嗦问题，当他两天后稍事整理准备出发时，反而露出困惑和不耐烦，好像在奇怪，像他这样无可挑剔的人还用得着年年去过一次生存门，非生存因素在他身上早就失去了立锥之地。

先从发育和健康来讲，美扎身高一米八二，就是日后随着年岁渐老缩上两厘米，也要比生存门容许的高度富余许多。所以，美扎完全不用像有些矮矬子那样跑医院，找医生将大腿骨锯开，扯长几厘米，再钉合。他体重六十公斤，正好在生存重量的最上限和最下限之间，减肥和增重应该永远与他无缘。他血压恰到好处，血常规项项中规中矩。他五官端正，四肢匀称，吐字清晰，心跳有力，件件内脏经得起敲打。他非平底足，绝无癫痫症，睡觉时从不打呼噜，不磨牙，没有半句梦话。这样说吧，对照生存门要求的有关发育和健康的标准基数，美扎不用做任何努力就可以达标。

再从智力上讲，美扎更是得天独厚。前倾的上颅奠定了他非凡的记忆力和理解能力，使得他在每年的生存门之行中可以轻松对付那五十条刁钻的智力测题而少有差错。可不能小看了美扎的少有差错，须知这些题每一道都会熬尽聪颖者的脑汁。例如去年的首题“现代人和现代猫的关系”就难倒了大多数过门者，而美扎却用“依附”一词道破。去年的尾题“洗脸的科学定义”几乎千人千答，美扎却以“革面”独占鳌头。好在生存门的智力测题只需答对五分之一就算合格，要不美扎真会成为他那批过门者中的唯一幸存。

美扎还有一个最大的优点，就是随机应变的本能。说成本能是因为这个优点和美扎超人的智力一样完全属于天生，这种天生的能力好几次将他从过门危机中救出。就说十年前的那次危机，当美扎就要以完美之身走出生存门之际，冷不丁增加了一条男士繁衍能力的调查。那时美扎已结婚五年，但却没有小孩，他立即被斥之为“无法肩负繁衍”而面临淘汰。有些动物在极端危险的状态下会装死，美扎在这种情况下会装傻，这也是他大智若愚的一种表现。斥责之声刚落，美扎就像个憨大一样辩解道：“我和妻子除过接吻从没干过别的！”这句话让他即刻得到了宽赦，并得到“单纯、诚实、自律能力强”的赞誉——虽然这时他已经面色刷白，冷汗透衫，只差一点就会哆嗦起来。

事后，美扎寻医求药，很快让妻子挺起了肚子，并以此为教训，对新版的生存门指南精读细研了三遍，并举一反三，对书中没有提及但很可能成为漏洞的自身不足采取了措施，这包括端正不够平直的双肩；清理语言中的糟粕；剪掉过长的鼻毛；填实大牙上的三个龋洞；挖掉胸脯上的一颗黑痣。

毋庸讳言礼仪道德的重要性，但将它演变成生存要素却是生存门的功劳，在这方面，美扎也有过紧追慢赶的经历。也难怪，谁又能估计到生存门对礼仪道德的扩展和深化竟然日新月异。就拿性道德来讲，美扎早就被众人誉为正人君子，再漂亮的女人都无法让他心生邪念，但在“目不斜视”的门槛上差点绊倒。再拿诚实来讲，世界上还没有一个人受过美扎的欺骗，但“不能骗自己”这条生存门新法则又差点将美扎剔除。美扎有东方礼仪之邦的血统，他的礼节之面面俱到众口皆碑，但生存门一年胜过一年的升级却让他穷于应付，就连鞠躬这个常备礼节三年间就由三十度提升到九十度，还将范围扩展到夫妻之间。“夫妻之间鞠的什么躬！”美扎曾小示不满，但马上让妻子捂住了嘴。“第六十一章，第五十一条，你忘了？”妻子神色惶惶地问，美扎顺口背道“牢骚成瘾者不得过门。”从此后美扎再没发过牢骚，即使和妻子见面时别别扭扭地相互鞠躬，即使鞠躬时两人不小心碰个响头。

当然，以上的那些紧追慢赶早已成为过去，美扎靠天资聪颖终于使自己立于不败之地，他的胜绩过于显著，引得慕名求教者蜂拥而来。那些在哆嗦线上挣扎多年的人们渴求指引的迫切总是伴随着眼泪，使得美扎不得不开办一个生存门过门辅导讲座。在开讲典礼上，美扎像个普度众生的菩萨，良心苦口倾其所有。

“……要有前瞻意识，要防患于未然，要善于发现自己的不完善之处，抢在过门前去改变。这里重要的不是改变而是发现，没有发现什么也谈不到。我的发现不完善的经验是触类旁通，想入非非，在正常中找不正常……”

对美扎来讲，在正常中找不正常早已娴熟于心，他的学生却难以心领神会，他只好拉出几位学生做示范性寻找。

“哭和笑的时候都别露出牙床！”美扎将一位学生的上嘴唇向下扯。

“说话鼻音太重！”美扎将盐酸麻黄液喷进另一位学生的鼻孔。

“你老腆着个肚子干什么！”美扎一斜掌砍在一个柔软

的肚子上。被砍的学生委屈地争辩道：“我肚子是胖了些，可没有超重，还差十多斤……”

“我不是想砍掉你的体重，是想砍掉你的腰围，谁能保证那道门明年还能容忍你的腰围？”美扎近乎悲愤了，他接着给学生讲授的语调就像是乞求：“……千万别死心眼，真的，死心眼会害死人，刚才我只涉及了你们身上很少的一些不完善，更多的要靠你们自己去寻找……像道德的不完善，智力的不完善。记住，智力的不完善最难改变，这里有天生的因素，如果在这方面过于欠缺，就去责怪你们的父母吧，我对此无能为力……”

美扎将过门的希望和可能毫无保留地教给了他的学生，学生又将“自我完善典范”的尊号回赠给美扎，和这个尊号一同留给美扎的还有他不曾体验过的自豪和沾沾自喜。“真是行行出状元，我的过门术竟然有这么多仰慕者……”夜里，美扎在枕头上悄悄对妻子感叹道。妻子不等他说完就打断了他的话：“一百一十二章，三十一条，你忘了？”美扎顺口背出：“骄傲者不得过门。”他的自豪和沾沾自喜刹那间云消雾散了。

现在，美扎按照过门通知书规定的时间，已经来到属于他那个年龄段的生存门前。与高大阔展的生存之壁相比，镶嵌在下方的一个个生存门显得矮小和严谨。每扇门前都排着蜿蜒的长队，队伍里的人高低错落，表情各异，在接近门口的地方，无一例外地开始有人哆嗦。

“唉……如果这些人能听我讲上几堂课，绝不会如此哆嗦。”美扎颇为遗憾地在心里想着，从容不迫地排在了队尾。随着队伍向前的缓慢移动，美扎认出一位听过他辅导讲座的学生，还看出这位学生在轻微地哆嗦。

“你是不是智力欠缺？”美扎前走几步，来到学生身旁，关怀地问道。

“不……不是。”

“那你哆嗦什么？”美扎难以理解了，“听过我的讲座的人肯定都能过门，除非他智力欠缺。”

“这我知……道，我就是哆嗦惯了，年年一到这儿就……就控制不住。”

“你这是缺乏自信。”

“我不……不缺乏自信，我相信我能……能过门。”

“那么你也应该相信自己能够控制住哆嗦。”

“还是不控制的好，大家都……都说哆……哆嗦起来好过门。”

“一派胡言乱语！”美扎一脸失望，返身离开。

“我不是胡说，这是经验之谈。”学生走出队列，拉住美扎，恳切地说，“我有两个超重的朋友靠哆嗦年年混过门，还有个邻居是十足的白痴，靠哆嗦过了五十大寿。你也试试吧，这不难学，比你的从正常中找不正常要容易得多。”

美扎没有听进去学生的肺腑之言，他被学生突然变得通顺的语调吸引住了，发出这种语调的身体纹丝不动。“你不哆嗦了，太好了！”美扎赞赏地拍打学生的肩膀，“就应该这样，要靠自己的实力去过门才万无一失。”

“什么？我没哆嗦！”学生大惊失色，他挤回队列，像运气似地摇头摆脑，猛然哆嗦起来。这阵子哆嗦是美扎从来没见到过的，他的学生就像光着身子站在冰天雪地中，哆嗦得像是被人狠拨了一下的弹簧。

进门时刻迫在眉睫，美扎顾不得再与学生理论。他回到自己的位置，驱走心头那点小小的不快，抖擞精神，挺胸收腹，将稍显混乱的头发用手指捋了捋，从容不迫地跨了进去，金碧辉煌的长廊里传来难辨方位的声音。

“美扎，欢迎您，请径直朝前走吧！”

"不用再一道门一道门地过了？"美扎惊喜地问，他一切都准备好了，就是没有做受到欢迎的准备。

"不用了，对你来说，我们的每一道门都形同虚设。"

"哪能呢……"美扎谦虚中略带遗憾，"总会有几道门半开半合吧？"

"据我所知，只有一道门敢不自量力，你应该去教训它一顿。"难辨方位的声音变得有些阴阳怪气。

"岂能喧宾夺主，我还要靠它的催促来帮助自己达到尽善尽美呢。"美扎忙不迭声地回答，心里却在嘀咕，"想哄我上钩，没那么容易，我一点尾巴也不翘。"

很快，美扎就知道了那道不自量力的门的厉害。那是在他即将走出金碧辉煌的长廊之前，他前面的人已经走出长廊，站在太阳下长长的舒气，他却在不经意中堕入漆黑一片。

"你不觉得自己最近以来让人讨厌吗？"漆黑中另一个难辨方位的声音问他。

"我还没有感觉到，请告诉我。"美扎谦卑地回答。

"看来你打算为你过分的自信辩护。"问话的语气中已经没有和蔼，而是杀气腾腾。

美扎感到情况不妙，但他还是强作镇静地反问："自信又有什么不好？"

"自信与啰嗦相抵触！"

"啰嗦又有什么好？"

"啰嗦与我们相提携！"

"我不懂你在说什么。"

"那说明你有智力欠缺！"

"这不属于智力范围。"

"这属于更大的智力范围，你这个笨蛋！"

美扎再也镇静不下去了，漆黑中，仿佛有一只铁钳嘎吱嘎吱向他的脖子凑过来，他的两条腿不由自主地开始抖动，全身很快哆嗦成一团。“我……我懂了……让我出去吧……”美扎终于绝望地叫起来。

“你真的懂了？”

“我真……真的懂了，这属于更……更……更大的智……智力范围。”碰碰磕磕的牙床让美扎说话都感到困难。

“不假，你是真懂了，不用看，凭感觉就知道。如果大家都像你这样哆嗦，我们的长廊会被震塌的。哈哈……哈哈……”难辨方位的声音越来越小，柔和的光线又充溢在美扎四周。

美扎哆嗦得失去了重心，摇晃着向外挣扎，当他看到了蓝天、白云、草地和一身轻松的人们时，仍然难以控制住自己。

“别哆嗦了，出来了。”有人友好地劝他。

美扎的那位学生也来到了蓝天下，他看到自己崇拜的人在眼前哆嗦，惊讶地张大了嘴，“您怎么也打哆嗦？”

“这属于更大的智力范围……”美扎神秘和痛苦地回答。

1985年8月发表于《南方文学》

隐枪人

我杀第一个人是在三个月前，起因很简单，因为他的一口浓痰吐在了我的裤腿上，而且迭口否认是他的责任，反而怪我的裤腿挡住了他那口痰的飞行方向。

我从小就受不得委屈，任何一点委屈都会让我心如刀割，但还没有发展到因此而杀人的地步，所以三个月前的那次爆发让我自己都难以理解。不过这都是后话，当时是爆发了。我记得我怒气冲天地拔出手枪，不假思索地对他胸脯连开六枪。我清楚地听到子弹钻进身体时的噗噗声，还看到深不可测的弹洞。那些弹洞像一剂特效消气灵，让我的满腔怒火顷刻间云消雾散。我头一次体验了用手枪泄怒的功效，同时也明白了干过这种事后会被抓上警车，送进一间没有窗子的房间。

我在没有窗子的房间里被关了十天，十天里他们前前后后只问我一句话："手枪藏到哪去了？"

我认真思考，绞尽脑汁去回忆，但怎么也理不出头绪。在我的经历中，还从来没有与武器正规打过交道，只记得上小学时在军事博物馆里偷偷摸过一把手枪，那冰凉的铁块几乎吓飞了我的魂。不过，在我受到屈辱后的遐想中，我还是敢于搞些大动作的。例如来一个蹬腿叫对方滚几个跟头，来一个掏心拳让对方昏倒，来一个背挎把对方摔进河里。那时的我气傲神扬，全无自卑和胆怯，我甚至会拔出一把枪来，逼着他们一个个趴在我面前向我赔情道歉，让我在满足的微笑中结束遐想。但这种遐想并不意味着我会在现实中无中生有，将一个带窟窿的铁疙瘩变出来，完成使命后再变回去。

第十天上午，我被以证据不足为理由开释了。事后我才知道，他们为了寻找手枪竟然动用了警犬，并且信誓旦旦地宣布：真正的凶手已携枪潜逃，目前正躲在某个神秘的山谷。一时间，我也分不清自己是否有过拔枪开火这个动作了。如果有，也肯定是在遐想中，遐想和虚无世界没什么两样，虚无世界里的手枪当然在现实世界里找不到了。

半年后一个冤大头又撞上了我的枪口。起因依然很简单——在公共汽车里，急刹车将我甩在了他的身上。我还没来得及道歉，他已经破口大骂，我的祖宗三代被冠之于土匪、娼妓、阉猪跃然于他的舌尖。我拔枪的动作几乎和上次一模一样，连打出的子弹也同样是六发，只是弹着点有所区别，有三发是正面入胸，有三发是侧面入胸。

这一次不仅是我，连带着一整车人全进了没有窗子的房间。在这里我们几乎被剥光了衣裤进行搜查，尽管我再三声明凶手非我莫属，但搜查者对此只嗤之以鼻。“手枪呢？你用手枪来证明你的话。”他们又粗粗地搜查了我一遍，然后将我的裤子狠狠套在我的头上，“再开玩笑就揍你！”他们几脚就将我踢到了太阳底下。

我糊里糊涂由头上扯下裤子，糊里糊涂穿上，我已经难以分辨自己此时是在现实中还是在遐想中。第二天，当报纸上披露子弹是由汽车外飞进来的、凶手已携枪潜逃、目前正躲在某个神秘的荒岛后，我感到我可能从遐想中再也走不出来了。

走不出来就一直遐想下去，我在遐想中走路吃饭，在遐想中睡觉起床，一个月过去了，自我感觉良好。两个月过去了，我面色红润，体重增加。我记得一本专论脾气的名著曾提出：人的坏脾气在现实中少，在遐想中多。看来这种说法不足为凭，我遐想中的两个月没一点坏脾气就足以将此论点驳倒！我联系到了这本书的出版社，要来了作者的电话号码，通过电话与他预约了时间，就前去拜访。酒逢知己千杯少，话不投机半句多，这位极不虚心的作者对于我的观点热嘲冷讽、挖苦奚落，竟然发展到对我行凉水淋头之礼，还美其名曰让我醒醒。下来事态的发展不用我再详述，基本上和前两次一样，不同之处还是在弹着点。我将六发子弹全送进了他的脑袋，谁让他对我行凉水淋头之礼。

干完了这件事，我觉得自己再也不能沉溺于遐想了，这间血腥味十足的房子应该立即随着我走出遐想。等我回到现实，一定要再去寻找那本书的作者，告诉他，我同意他的论点——人在遐想中的坏脾气是要比现实中大。遗憾的是没等我走出遐想，破门而入的警察就铐住了我。当他们将我拖下楼时，刚才还空荡荡的楼梯已经挤满了人，这些人身着睡衣，睡眼惺忪地站在各自门前。我被那些睡衣提醒了，我挣扎着抗议道："你们铐我干什么？你们没权打断大家的梦境，你们也没权干扰我的遐想！"

没窗子的房间又成了我的临时住所，这是第三次了。遐想中娶三次媳妇我没意见，遐想中坐三次班房让人心烦，遐想中挨警察的揍可就大煞风景了。"手枪藏在哪？"三位警察轮番发问，不停地用钢丝鞭抽我。我被抽得在地下打滚，扯着嗓门大叫，可以肯定，此刻的我快要走出遐想了，否则就不会感到撕皮裂骨般的疼痛。

"住手！"为了终止遐想中的疼痛，我滚向墙角，向他们大声警告，"我还在遐想中，遐想中我敢杀人！"

"你杀呀，拔根毫毛变只手枪……"

"好，我就变给你们看！"我迎着身旁团团飞舞的钢丝鞭，拔出手枪就点名，三位大块头警察每人平均分得两粒子弹，眨眼间就魂游西天了。

没有窗子的房间里突然间安静得可怕，地面无声地涌出了一团团鲜血，三位倒地的警察和我的双脚很快就被鲜血团团围住。我再也不想面对遐想中的鲜血，我必须立即走出遐想。我使劲睁大眼睛，用手在大腿上狠拧狠掐，又左右开弓扇自己的耳光，还用头在水泥墙壁上咚咚咚地撞。这一撞好像还见效，我眼前的鲜血变成了闪烁晃动的一片群星。我想象着被撞回到现实中的一刹那会是什么时辰，很可能正是早晨，初起的太阳懒洋洋地照进我的卧室，窗框上悬挂的吊兰被阳光雕琢得青翠欲滴……

我终于把自己撞回到现实中，这个现实没体现在我的卧室里，而体现在一辆悠悠哉的小汽车的后座里。这使我感到异常不快，莫非我最近以来的遐想全是在这股臭气油味中进行的。

“你把我弄进来了多久了？”我厌烦地问司机。

“二十分钟前。”

“是由我的卧室里？”

“不，是由警署里，他们让我送你回家。”

“我怎么会在警署里？”

“你卷进了一桩凶杀案，有人用手枪打死了三个警察，只有你在现场，但却没找到凶器。”

“警察是我开枪打死的，那是在遐想中，我想知道遐想以外的事。”

“我不清楚什么遐想以外，我只听说你也有嫌疑，因为你有许多次空手来枪的经历。”

“你胡说！”我从车后一把揪住司机的衣领吼叫道，“我那时在遐想中，遐想中开枪绝不可能打死现实中的人。”

司机让我勒得喘不过气来，汽车在他手里像个醉汉一样左右摇摆，他带着满脸的恐惧承认自己是在胡说，求我大发慈悲，千万别空手来枪，然后猛踩刹车，趁我前倾后仰之际打开车门，逃之夭夭。

我也跟了出去。我并不想去追司机，我只想折回警署，找到那三位大块头的警察，他们作为遐想之外的人肯定正活蹦乱跳。我沿着公路向回走，路两旁不知什么时候聚集了许多人，他们似乎正在等待我的出现，而我走近他们时他们又惊恐万状地喊着什么四散而逃。他们在喊什么呢？我很快就听出来了，他们在喊——隐枪人来了！

我现在才算完全搞清楚了，我并没有从遐想中走出来，无中生有本来就是遐想的一大特征。谁敢说自己在遐想中没有杀过人？谁又能在走出遐想后交出凶器？谁又会因交不出莫须有的凶器而被称呼为隐枪人？为什么偏偏要送给我这个蔑称？我不要！我要让这个长长的遐想和这个不应该属于我的蔑称一同消失。等我走出遐想时一定正躺在我的床上，初起的太阳懒洋洋地照进我的卧室，窗框上悬挂的吊兰被太阳雕琢得青翠欲滴。我会打个酣畅的哈欠，伸伸懒腰，然后起床，在阳台上用凉水擦脸擦身。我要对自己说：“看哪！世界上的一切多么美好，去亲近人们吧！人们也会亲近你！”

为了尽快达到这种境界，我决定开枪将自己打出遐想。这一次不用打六发子弹，一发足矣。当子弹钻进我的太阳穴时，遐想中的一切果然都在一片耀眼的碎片中消失了。我就要走出遐想了！我就要走进现实了！

1992年稿

恶劣遗产析

语言学的高深莫测不是一般人所能想象出来的，有时候，就连研究它的人也会坠入迷雾。我最近就处于这样一种状态，也难怪，谁叫我选择了“骂”这个冷僻到极点的字眼去研究，并且作为了我的毕业论文选题。我完全可以像同学们那样，选择“朋友”“和平”“长寿”之类熟悉透顶的字眼作为选题，去轻松地探讨它们前后千年的使用变化，再轻松地完成毕业论文。但喜欢钻牛角尖的脾性到底没能让我改变选择，死要面子的虚荣心又强迫我走下去。

“‘骂’可能是祖先委婉情绪的一种表示。”

“‘骂’会不会是加重记忆的一种实体？”

“‘骂’应该以唇音或者上腭音出现。”

“‘骂’的发源地不在非洲就在亚洲。”

以上就是我的辅导教师们的部分见解，他们向我提供了不下五十种不同的判断，就像给我的脑子里塞进一团乱麻。于是，我只好去求助于故纸堆。

在学院图馆尘土最厚的书架上，我扬灰吞尘了许多个日夜，终于在一千三百多年前的一本字典上找到了一个“骂”字。遗憾的是此字的全部注释仅仅是个问号。好在问号旁还有一位无名氏手写的古体字，翻译过来是这么一句话：“骂曾广泛存在于地球。”

我知道许多广泛存在于地球的东西，像艾滋、鲸鱼、骨癌、海南黄花梨等等。它们虽已绝迹于大自然，但在博物馆里可以轻易找到它们的形象。而“骂”的形象呢？莫非它原来就是虚无，可是虚无本身就有能够记录下来的一面，就像我们天天挂在嘴上的灵魂，它绝对是虚无之物，但无时不游荡于书报、电影、话语中。

我带着不达目的誓不罢休的决心，在一个隐晦的早晨，启程去拜访当代最伟大的语言学权威根根妥夫院士。他在这方面的造诣高深是有目共睹的，他曾用三十多个层次的推理把“嘉奖”这个词的古意剖露无遗。

“‘骂’这个字我考证过，但因资料过于欠缺而中止。我想，肯定是我们的祖先有意将这个词的含义扣了下来，不想留给我们。它很可能是某种灾难的记录，这种记录太伤人心了，所以不留下为好……”根根妥夫院士在他的办公室里这样对我说，还劝我退而求其易，表示愿意向我推荐几个值得研究的上古字词。

根根妥夫院士对我的教诲只有一个用处，就是打消了我想去国家数据中心查找一番的想法。那里虽然可以查看千年以上的显微胶片，但被祖先扣下了某种内容的胶片对我又有什么用处。看来，我的研究只能回到无名氏的那条注释中去，“骂”既然曾广泛存在于地球，它就不可能不在民间语言中留下蛛丝马迹。

城市的民间语言已经被统一的如此一致的地步，以至于仅仅听人的谈吐根本分辨不出此人来自南半球还是北半球。我干脆从一开始就放弃了城市中的民间，钻进了大山中的民间。

深山密林中常有出乎意料的发现，这在进化学界的论述中常有报道，但在语言学上还真没有实例。不过，既然去年有进化学界人士在密林中发现有人竟然像上千年前的人那样靠一根皮带系住裤子，那么也难保他们不留下一点与皮带同时代的“骂”。

云雾缭绕的齐卡尔山我去了。人烟罕至的越洛山我去了。常年积雪的帽儿岭我去了。最后，还是在靠皮带系住裤子的人住的坎贝群山腹地，一位行将就木的老者给我了一点信息。他活了二百多岁，但思维敏捷得像一个年轻人。

“我记得，我爷爷在我淘气的时候告诫过我，让我不要干坏事，否则‘骂’就会出现，把我压死。”

“你爷爷没告诉你‘骂’到底是个什么东西？”

“我爷爷也说不清，我想，‘骂’可能是一种用来吓唬小孩的鬼。”

“你那时干了件什么坏事？”

“掏鸟窝。”

掏鸟窝绝对是应该谴责的坏事，数千年来的法律均对此有明确界定。而要说“骂”是一种吓唬小孩的鬼，我无论如何也不敢苟同，难道鬼也曾广泛存在于地球？我懊丧地离开了老者，带着“骂”和坏事有可能同时存在的可怜的新收获回到学院。

学院里的很多同学已经完成了毕业论文，结伴出门旅游。他们在学院门口看到了我的懊丧，立刻开始齐声起哄：“妈妈妈，麻麻麻，马马马，骂骂骂……”他们的起哄肯定早有预谋，所以才能将中国人上千年前使用过的同音四声表达的如此齐整。他们可能想不到，不等起哄结束，我的懊丧就一扫而空，因为如此齐整的同音四声突然提醒了我，将我引导入并存法则——“骂”和坏事同时存在于一个时间段，那么只要找出坏事，“骂”能不露尊容？

感谢人文资料库为我搜索了五个小时，这是它的搜索极限，在极限将到时，他没有显示“无可奉告”，而是显示出一千多年前“坏事”的概念。其中“酗酒——不适当地陶醉自己”这一条我很快就理解了，剩下的“偷盗”“拐骗”“谋杀”“强奸”之类字眼的理解还确实费去我不少脑汁。

现在，我只剩下最简单的一件事了，就是让早已匿迹的

“坏事”重新出现。一个语言学的高材生去干那种事是否合适，我已经顾不得考虑了。毕业论文交卷日期的临近不容我有任何迟疑，更何况攻下连根根妥夫院士都望而生畏的难题对我又有着无比巨大的诱惑。

头一天，我在珠宝店里挑了三颗最大的珍珠，趁营业员疏忽之际没有付款而离开，这可能就是偷盗。

第二天，我将一位陌生的小学生领到一座陌生的城市，弃于闹市中顾自走掉，这可能就是拐骗。

第三天，我溜进医院，在重症病房里将一位病人掐至断气，这可能就是谋杀。

第四天，我在城郊密林里将一位采蘑菇的太太推倒在草地上，剥去她的衣裤，与她完成了一次人口繁衍活动，这可能就是强奸。

第五天，当我想不适当地陶醉自己时，却发现致醉剂无处可买。我发挥了自己有关代用品的知识，在药房搞到了一瓶医用酒精，带回宿舍，灌下去小半瓶，于是在宿舍的走廊里手舞足蹈地领略了小半天的陶醉。

“骂”会不会出现呢？我开始焦急地等待。珠宝店，小学校，病房，城郊密林，药房门口，都成了我每日光顾的场所。我挤在满脸惊讶、愤慨、惶惑的人群中间，寻找着可能是“骂”的东西。有人跺脚了，这是不是“骂”呢？有人流泪了，这是不是“骂”呢？有人咬牙切齿了，这是不是“骂”呢？终于，一个陌生的词汇被我听见了，它几乎同时出现在人群中，这就是“他妈的！”

“骂”不是鬼，不是加重记忆的一种实体，更不是什么唇音，它是表达特殊感情的一种词汇！这个结论等我回到校园后更得到了证实，几个低年级的同学抱着酒精瓶，正学着我的样子在学校的花园里手舞足蹈地陶醉自己。围观者冷冷地看着他们，嘴里发出的全是“他妈的！”

根根妥夫院士为了挖掘“嘉奖”这两个古字的含义，曾使用了三十多个层次的推理，而我挖掘“骂”的含义仅仅用了一个并存法则，这种鲜明的对比一定会引起语言学界的轰动。我踌躇满志地挥就了我的毕业论文，在论文的结尾我写道：“行为是感情的基础，感情是语言的基础，一种行为的消失会导致一种感情的消失，一种感情的消失会导致一种语言的消失。所以，属于‘骂’的那种语言的消失就不足为奇了……”

当然，我没有太强调并存法则在我的成功中所起的作用，因为我不希望并存法则被更多的语言学人士掌握。如果被这些人掌握，那么我现在正准备研究的“嫉妒”“牢骚”“诡诈”等最难揭示古义的双字组合就有可能被别人抢先拿出成果。

我的毕业论文顺利通过了，它理所当然的地获得了听众的掌声。只有远道而来的根根妥夫院士没有鼓掌，并且头也不抬，飞快地在他的笔记本上写着什么。

根根妥夫院士昨天在笔记本上写的东西我今天一大早就领教了，那是为报纸写的头条，《恶劣遗产析》这五个大号字的标题吓了我一跳。他在文章中宣布：“骂”字他早有考究，但因发现是一恶劣遗产，所以秘而不宣。现在有人将这一恶劣遗产播向社会，企图动摇文明星球上的文明风尚，必须引起各方面的注意云云。

吓一跳归吓一跳，我才不相信什么恶劣遗产理论，根根妥夫院士的举动只能帮助我去论证“嫉妒”这一古词的含义。这个词我已经用并存法则研究到了“嫉妒——与超过并存”的阶段，“超过”已经存在，“嫉妒”能不露面吗？

根根妥夫院士很快就向我揭示了“嫉妒”的另一层含义，那是当我被清洁队抓走，并很快送上按他的考证制出的除脏架的时候。在铺天盖地的观望者中，我挖掘出的骂声不绝于耳。根根妥夫院士也在观望者中，他向身旁的人们散发着标语牌，牌子上写着“盗窃者，杀人犯，拐骗犯，强奸犯。”

他怎么知道了我使用并存法则进行研究的全部过程？“犯”字是什么意思呢？我暗暗记下了这个字，以备日后研究，这时，一根扎着活扣的绳圈套住了我的脖子。

我猛然明白了过来，“嫉妒”一词在一千多年前就是套在被嫉妒者脖子上的绳圈，同时也明白过来，根根妥夫院士关于“骂”字的猜测不能算错，它是代表着一种灾难，这种灾难对我来讲是一种被隔绝空气后两肺欲炸的痛苦。好在这种痛苦很快就消失了，我随风摆动着麻木不仁的身体，我无可奈何地听着身下许多人指手画脚的斥骂，这些骂声在我被风干的过程中已经演变的复杂、俏皮、远远超出了我所能理解的范围……

1983年4月发表于《西湖》

戈系家族

戈托是我将朱来尔教授的“任何哺乳动物之间都可以杂交”的理论上升到实践的第一个产物，它比父本的狗要小，比母本的猫要大。它会看门，也会逮老鼠。它有时会发出狗吠，有时又发出猫叫。直说了吧，它是最忠于职守的西利黄看门狗和最能逮老鼠的短尾猫的后代。

制造戈托确实费去了我的不少精力，有一个阶段，我累得三分像人，七分像鬼。结果让那些对我的工作嫉妒满怀的人找到了口实，挖苦我成了人和鬼的杂交。但我的屈辱和牺牲终于得到了补偿，戈托诞生之后在社会上引起的震动和向人类展示出的不可估量的远景使我一日之间成了新闻人物。我只要牵着戈托一出家门，那些讨厌的新闻记者就会团团围住我。他们提出的乌七八糟的问题让我应接不暇，他们疯狂的拍照又惹得戈托一会儿踢着后腿汪汪地向前扑，一会儿弓起背喵喵地向后缩。

不过，这些都是很早以前的事了，提提它是为了让人们了解到一个新生事物的诞生是多么艰难。尽管这种新生事物会给每个家庭带来幸福。

现在，戈托作为一种哺乳类新种已经得到最高科学领域的认可，成百上千的戈托走进了成百上千的家庭。它们没有让我丢脸，大报小报上对戈托使用价值的经久不衰的赞扬使我更加体会到自己事业的伟大。我决心给我的同胞们再奉献一个新种，这个新种的名字暂且叫戈勃。

戈勃的功能设计并不出于我，而是一些热心于我的事业的公众，他们从实用价值出发，早就向我提出，能否让家家离不开的奶牛再具备另一种功能，有人干脆明确表示，希望自家饲养的奶牛头上能长出鹿茸。

奶牛和鹿的杂交并不像猫狗杂交那么容易，细节我就不多讲了。总之，我得到的头一只戈勃既挤不出多少奶，又长不出多少鹿茸。第二只戈勃挤奶不少，却有着浓烈的鹿奶腥味。第三只戈勃茸角发育良好，却硬似牛角。把这三位只能败坏我声誉的东西引进社会是不可思议的，一怒之下，我将它们全宰了。

宰了不等于制造程序的终止，何况整个新闻界已经把戈勃吹得天花乱坠。有许多奶牛场主根据报纸上的描述，正在将自己的奶牛棚舍改造成宽敞的戈勃居所，以免日后戈勃吃草时碰伤珍贵的鹿茸。

被热嘲冷讽逼着朝前走我早就习惯了，被吹捧和颂扬逼着朝前走我可是头一遭。时间对我越来越不利，不耐烦的公众颂扬我的声音已经变得酸溜溜。“牛奶是大补，鹿茸是大补，大补不见补，只见皮包骨……”这首针对我的童谣不胫而走，关于戈托是返祖现象而非我所制造的谣言也昼伏夜出。有一段时间，我真想一把火烧掉我的实验室——如果我不是以事业为重的话。

戈勃的完美型产品三年后终于面世。那要归功于朱来尔教授偏重优势学说的引导，这种学说将我从俗不可耐的偶然王国引导入曲高和寡的必然王国。于是，在带有偶然性的戈托之后，带有必然性的戈勃出现了。有必然在手，我信心百倍地向整个世界发问：你们还需要什么？

“我需要能取出麝香的长毛兔。”

“我需要披着虎皮的马。”

“我需要能在海里放牧的猪。”

一个患抑郁症的小男孩吞吞吐吐地向我表示：“我想有

个老鼠那样大的斑马玩。”

一位孤独的老妇同我商量：“我寂寞死了，能不能给我一只会说话的印度猴。”

在必然世界里制造这些东西并非难事，但公众们概念上的错误却必须指出。在大张旗鼓地制造开始前，我庄严声明道：“能取出麝香的长毛兔不叫兔，披着虎皮的马不叫马，在海里放牧的猪不叫猪……它们都属于新物种，属于我独创的戈系家族……”

这些新的戈系家族在一年后就露面于社会，它们给人们带来的惊讶和感叹无法用语言表达。当那只仅仅比老鼠大一点的斑马——戈利，被那位抑郁症男孩抱着走上大街后，人们的惊讶近乎沸腾，围观的人群几乎将孩子和戈利挤死。多亏了警察的保护，孩子和戈利才幸免于难。对此，戈利愤怒地由孩子怀中伸出它黑白条纹的脖子，吱噜吱噜地表示抗议。这些旷古未闻的声音顿时激发出巨浪般的笑声，在笑声中，那位孤独的老妇向我走来。她委屈地问我：“我的会说话的印度猴呢？”

“没有。”我耸耸两肩，遗憾地摊开两手。

“你答应过我的。”

“可法律没答应。”

“这关法律的什么事。”

“只有人会说话，但法律不允许我的戈系家族中有人的血统……”

老妇临走也没有相信我的话，她哭哭啼啼地责备我在欺骗她，一口咬定我把会说话的印度猴送给了我的情人。多亏记者们理解我的困窘，出于职业上的敏感，他们第二天就将此事披露于大报小报。发行量最大的《海阔天空论坛报》在头版位置用最醒目的红色刊出一篇短文，标题是：《让人的血统服务于人》。

理解是事业的最好支持，曾经让我讨厌的记者们变得亲切可心，公众的舆论又一边倒地走向那条法律的对立面，那条法律还有存在的价值吗？果不其然，那条法律被宣布废除。废除的当天，大议院议长将我传去，顾虑重重地告诫我：选题要谨慎，要从发展的角度选题，要考虑实用价值，能回避人的血统就尽量回避。

“你怕什么？”我不耐烦了。

“我怕你的事业后面还隐藏着无法预见的灾难……”大议院议长的语气更恳切了。

“只有无法预见的伟大！”我傲然一个转身，回到我的大众之间。我先找到那位老妇，让她半年以后来我这里取走会说话的印度猴，然后雄心勃勃地宣布：“谁想要具有人类的某种功能的哺乳类就请开尊口。”

公众们像是抓到了某种机不可失的甜头，争先恐后向我提出自己的要求。有些要求简直千奇百怪，有的完全违背了我的造福于人类的宗旨。像有的人提出要一峰有数学头脑的骆驼，其目的竟然是在沙漠中可以不停地向主人报出里程。还有人向我要一头会唱歌的驴，因为他嫌自家的驴叫起来特别欠风雅。这些鼠目寸光的要求让我大伤脑筋，好像我的划时代的创举只配搞些雕虫小技。为了回绝这类要求，我没少费口舌：“……让骆驼有数学头脑不难，但肯定会像人那样不耐饥渴……毛驴本来就奸猾透顶，会唱歌后恐怕就更难驾驭……”

不知伤了多少公众的面子，我总算排除了干扰，坚决维护了我的戈系家族的利民宗旨。半年后，会说话的印度猴——戈克诞生了。

戈克有人的血统，而且是一个能说会辩的人的血统。当它还在襁褓中时就显得分外机灵，它只要吃饱睡足，就耸起两只耳朵去捕捉一切声音。这种声音如果是人发出的，它就会撅起嘴，煞有介事地一张一合。它学会的第一句话是“先生”，它学会的第二句话是“你好”，它学会的第三句话是“咱们来聊聊”。话匣子一被激活，戈克的说话机能就日趋完善。在将戈克交给老妇之前，为了检验它能给人解闷的最长时限，我不停点地同戈克谈了九个小时。我已经口干舌燥，它却依然谈兴未尽。我实在坚持不住离它而去，它却摇撼着铁笼冲我的背喊道：“咱们再聊聊！咱们再聊聊！”

戈克是我的骄傲，它带给我的自豪是难以表达的，它不但被孤寂的老人们喻为晚年之星，而且被一些性格孤僻内向的单身男女喻为安抚之神。在戈克大量上市以后，“空虚”、“烦恼”、“寂寞”这类词几乎被人们忘了个干净。谁要是无意中说出这类词，就会被嗤之以鼻，被问道：“你不会去抱回一只戈克？”这个人如果糊里糊涂再问一句“去哪抱呢？”他就会被人拉着朝上看。在街道两旁浓密的林荫中，总有几只自由散漫的戈克在跳来跳去。它们有的到时候会主动回到主人身边，有的在等候着能让自己满意的新主人。它们对新主人的要求不外乎是伙食标准要高，住宿条件要好等等。但这类戈克大多是自繁的产物，天知道它们怎么具备了自繁的功能，而且有明显的退化。看来，在我制造下一位戈系家族的成员——戈基的时候，必须考虑让它彻底丧失自繁能力。

在舆论界，戈基被夸耀成我将朱来尔教授的理论发挥到登峰造极的产物。他们甚至替我宣布：任何人都可以由戈基肉质的翅膀上看到南美大蝙蝠的风采，任何人也可以由戈基识书认字的天赋中感觉到我们自己的风采。他们谁也不会想到，我正为这两种风采各自保留多少而日夜焦虑。少了，戈基背负邮袋飞不了两个街区就要休息，而且会因为认不准地址胡乱投递。多了，戈基会翱翔九天忘了职守，而且会因为学富五车四处卖弄学识。“保留多少才恰到好处呢？”我在路旁的长椅上坐下来，暗暗自问，身后一个不知趣的声音打断了我的思路：“我能给你什么帮助吗？”

“没有人可以帮助我！”我头也不回，盼望这位不速之客快点离开。

“我可是帮助过许多人的。”

“我不需要你的帮助，请你离开好不好！”

“你这副愁眉苦脸的样子就说明你需要我的帮助。”身后的声音更加柔和了。和声音一同出现的是一只轻轻抚摸我后脑勺的手，“我保证让你万愁俱消，只要你让我吃好睡好……”

“滚开！”我勃然大怒，回头猛吼，一个轻盈的身影慌措地由椅背上弹起来。

这个身影再也没有落下，我疑惑地扬起头，在林荫中看到一张似人非人的脸。这是一只戈克！它向我不满地龇牙咧嘴，并正准备向我头上撒尿。

1984年12月发表于《南方文学》

秃顶风波

昨天夜里，大分子设计师米凯西始终没能睡踏实，临睡前他加班加点，替委托人组合出了一种奇异大分，但却不慎泄漏，飘出了一股酸黄瓜味。这股子酸黄瓜味搞得他一夜都处于昂奋状态，到了今天凌晨，昂奋已经将他折磨得晕头晕脑了。于是他干脆起床，走进浴室。当他脱掉睡衣，伸手去拧水龙头时，浴室的镜子里竟然映出一个似曾相识的光秃秃的脑袋。

米凯西在这个光秃秃的脑袋前疑惑了几秒钟，立即就意识到发生了什么事，“我的头发！”他绝望地叫着，一丝不挂地奔回卧室。他很快在自己的枕头上找到了自己的头发，同时也听到睡在另一个枕头上的妻子若丽尔惊恐地呼叫。若丽尔像碰上了强盗，呼叫着跳下床，向后退去，还不时把睡衣紧一紧，好挡住裸露的大半个胸膛。

“我是米凯西，怕什么！”

若丽尔的惊恐被熟悉的声调驱走了，她迟迟疑疑地回到床沿，辨认着这位自称是自己丈夫的秃子，她的眼光终于落在对方手中那团让人感到亲切的浅黄色头发上。

“哈哈……原来是你，我还当闯进来一个好色之徒呢……”若丽尔像是碰见一件极为有趣的事，笑个不停，“你什么时候把头发给剃了，也不给我打个招呼……”

“我没剃，是自己脱的，可能还是永久性脱发！”米凯西烦恼地看着妻子像小孩一样天真的笑脸，一种不祥的预感涌上心头。

不出米凯西所料，半个月后，不祥果然找他来了，那是在他费去五千元定做的假发在街上被人碰掉以后，他成了秃子的消息使整个小镇都发出幸灾乐祸的笑声。

“这下好，毛掉了个干净，米凯西的头皮可以直接沐浴阳光了，哈哈哈……”同米凯西隔街相望的小饭馆的老板向食客们调侃道。他早就对米凯西夺走他全镇最高阁楼的荣誉耿耿于怀，这个靠一堆瓶瓶罐罐赚了大钱的人竟敢在翻修自家阁楼时加上一层，使小饭馆的大门每天早晨推迟十五分钟迎来太阳。

“别人钱多了烧手，米凯西钱多了烧头发，还烧了个精光，哈哈哈……”镇长太太——小镇上有名的慈善家在一次家庭宴会上对各位来宾风趣地讲道。她永远忘不了米凯西在一次募捐游行中带给她的难堪；当她向人们宣布出类拔萃的科学家米凯西先生开始认捐后，匆匆走出阁楼大门的米凯西只向募捐盘里象征性地抛出一把硬币。

“米凯西就要和我攀亲戚了，我俩从脖子以上一模一样，哈哈哈……”小镇上的乞丐头摸着自己才剃出的油光光的脑袋，向他的部下粗俗地喊道。谁叫米凯西对乞讨歌不闻不问，他家的大门从来没有被神圣的乞讨歌唱开过一回。

如果没有就要到期的大分子合同沉重地压着米凯西，他可能早就坐不住了，他强迫自己像往常那样埋身于工作间，并用此份合同可以带来的可观收入平复了若丽尔的愤慨。“别生气，该干什么就干什么，想出去转转就把耳朵塞住，听不见，心不烦……”米凯西用两团药棉塞住妻子的耳朵，安慰地在她面颊上亲了亲，送她出了家门。

若丽尔一开始真的做到了充耳不闻，尽管有群小家伙总跟在她背后叫她秃子婆娘，尽管镇长主办的《小镇日报》开辟了“论秃”专栏，尽管乞丐们在她家的墙壁上画满了千姿百态的光头像，而且有一幅巧妙地将米凯西的光头画得像一个光屁股。但是，一阵出自小镇妇人之口的风言风语还是让若丽尔沉不住气了，这些妇人一口咬定，说米凯西的秃头是因为艳遇过频、淫乱无度所造成的，她们还根据东方古典医学理论，认为米凯西患了肾虚血亏之症，元气护不了顶……

“你相信？”米凯西对眼泪汪汪的妻子说，“我脱发前分明闻到一股酸黄瓜味，不信我可以再制造出一些……”

若丽尔虽然相信丈夫不会有什么艳遇，相信丈夫的脱发与泄漏的酸黄瓜味有关，但她依然决定开车出去走走，哪怕暂时躲开这个似乎在监视她一举一动的小镇。夜深以后若丽尔才回来，她去了很远处的一座小城，给丈夫带回来十多瓶据说作用显著的生发剂。

“我们早就应该想到这些东西！……”米凯西惊喜交加地将娇小的妻子抱起来，让她把生发剂均匀地涂抹在自己头皮上。

从此后，米凯西的工作间一天到晚都散发着生发剂的香味，他常常顶着头皮上各种色彩的糊糊，沉浸在大分子的设计制造中。而在夜里，他就开始做若丽尔热切盼望着的那种梦，他会梦见自己浅棕色的头发一根一根由糊糊中钻出来。可能是心情过于迫切，这一天夜里，梦境中的头发突然失去了控制，一根根变成了一簇簇，一簇簇变成了一蓬蓬。他急忙去找剪子，剪子还没找到，疯长的头发已经拖到地面。

“我宁愿还是当个秃子！”米凯西喊着，在睡梦中把那些无法处置的头发盘在腰间，把剩下的生发剂全抛在地下。

“你喊什么？”若丽尔被吵醒了，她侧过身，摇着在梦魇下苦苦挣扎的丈夫。丈夫的喊声被摇掉了，阁楼外又传入一阵奇异的响动。这时，天已经蒙蒙发亮，若丽尔来到窗前，拉开窗帘，看到窗下站满了人群，她打开窗子，闷雷似的吟诵突然涌入：“主啊！饶恕不信奉你的罪人吧！请帮助他长出头发……”

米凯西终于到了替他的无神论付出代价的时刻，他作为小镇上唯一不去教堂的人，年过半百的神父早就把诅咒给他存了起来，今天连利息也给他带来了。若丽尔惊恐地推醒了丈夫，又急急奔到阁楼下。她躲在大门后，给自己寻找开门的勇气，大门外传来神父的声音："……三十年前，一场大火降临在我们小镇，因为我们容纳了一个不信奉上帝的秃子。今天，不信奉上帝的秃子又出现了，让我们替他祷告吧，求上帝赐给他头发，以免除灾难再次降临小镇……"

等到若丽尔找到一星半点勇气，将大门打开一条缝时，神父已经领着浩浩荡荡的信徒，唱着赞美诗去周游大街小巷了。离开前，他们还给不信奉上帝的秃子抛下一个信封。

若丽尔捡起信封，抽出信纸，上面写着："请米凯西先生用事实来证明他能长出头发，否则请他二十天内带着灾难一同离开小镇！——愤怒的上帝之子们。"

即使在梦中，米凯西也不敢再喊"我宁愿还是当个秃子"了，因为这个秃头已经威胁到他的生存。他不得不放下一切工作，绞尽脑汁寻找对策。最好的对策当然是让自己长出头发，哪怕只长出一点点发根。生发剂已经让他失望，于是他找来许多民间的生发验方，在妻子的帮助下逐一试了试。像刀刮火燎法、醋棉按摩法、香烟熏蒸法等等。这些方法除过给他头皮上留下些伤痕外并不见效，于是他灵机一动，想到了植皮。他立即请来一位颇有声望的外科大夫，讲了自己的想法，外科大夫却遗憾地张开两手，问他："植大块皮理论上是可行的，但必须是自己身上的皮，而你身上还有多少带毛的皮？"

失望的若丽尔把眼睛都哭红了，她无可奈何地将家中细软收拾进一只皮箱，又放进几件换洗的衣服，逼着丈夫立即和她投奔他乡。"只剩三天了，你想等着他们来把你烧死！"她没拉动丈夫，就大声咒骂把她弄得如此狼狈的一切，镇长太太、长舌妇、乞丐头、神父都在被骂之列，就连害得丈夫成了秃头的酸黄瓜味也没能逃脱她的诅咒。

还不想认输的米凯西被妻子的诅咒所提醒，“酸黄瓜味……酸黄瓜味……”他叨念着，叨念着，眼前猛然一亮，“有办法了！有办法了！”他像个溺水者猛然抓住了一个救生圈，连蹦带跳窜上了阁楼。在他关上工作间的密封门前信心百倍地向妻子喊道：“请等我两天，只要两天！”

两天过去了，小镇的教堂前，一堆木柴已经垒得好高，只等着下一个早晨向无神论者显示威力了。整个小镇都显得激动而快乐，仿佛许久未过的节日就要来临。小镇上的许多人都打破了以往早睡的惯例，三三两两在街头交耳攀谈，直到深夜两点钟后才各自归家。也就在这时，一个提着喷雾器的人影悄无声息地溜出米凯西家的大门。

这个人肯定是米凯西，他的秃头在昏暗的路灯下依旧轮廓清晰。他蹑手蹑脚沿街而去，不放过任何一条小巷和拐角。在他走过的地方，一股浓烈的酸黄瓜味四面飘散，见缝就钻。

凌晨五点，米凯西疲惫地回到家中。他在浴室里足足冲洗了一个小时，肯定自己身上没有一丁点酸黄瓜味后，才去看望被他密封在卧室里的妻子。“不用发愁了，我不敢肯定效果能有多大，但肯定会有效果。”米凯西搂住忐忑不安的妻子，来到临街的窗前。他拉开窗帘，透过厚实的窗玻璃，静候着一个时刻的到来。

天亮了，对面小饭馆的老板磨磨蹭蹭开门营业，他一反常态，在头上扣了个礼帽，并且不时用手向下压一压，再心虚地向四周看一看。几位小饭馆的常客也姗姗来迟，他们戴着各式各样的帽子，帽子下面的脸充满了窘迫和迷惑，似乎有一件百思不得其解的事在折磨着他们。

“我没有用事实来证明我能长出头发，但我却用事实证明每个人都可以成为秃子。”米凯西微笑着对妻子说着，久违了的轻松又回到他们身上。

米凯西带着这身轻松，挺着光秃秃的脑袋，昂然走出自家的阁楼。“先去哪走走呢？”他略加思考，向小镇里唯一的一家帽子店走去，老远他就看到帽子店前挤满了人，走出店门的人都戴着帽子，挤进店门的人全像他一样秃着脑袋。

“用得着如此大惊小怪，你们仅仅丢掉了头发，而我差点丢掉了脑袋……”米凯西心里嘀咕着从帽子店前走过，迎面碰见一位并不大惊小怪的人。这个人就是镇长太太，她戴着一顶能遮住双肩的宽边软帽，软帽的系带紧扣在颌下。

“您好，镇长太太，您怎么忘了给它也戴顶帽子？”米凯西热情地上前打招呼，同时指了指镇长太太牵在身后的小狮子狗。小狮子狗的头顶，不大不小也露出一块圆形的头皮。

当天中午，最后一丝酸黄瓜味也从小镇上飘走了，教堂前的柴堆也被撤得干干净净，米凯西也开始准备恢复工作。他干的头一件事是仔细检查工作间里的设备仪器的密封程度，以防再泄漏出哪种气体，给他再惹出哪种事端。若丽尔总觉得丈夫的任何措施都不大保险，她决定施展一点小恩小惠，以笼络人心，为日后留下条退路。

说到做到，若丽尔分析了一下小镇上人们的急需，驱车直奔州里。傍晚时分，她已经在小镇上给每位没有买到帽子的脱发者免费分发帽子了。一位浓发如云的外乡人途经这里，见状后还专门去生意萧条的理发馆剃了个光头，以获取免费领取帽子的资格。

1984年7月发表于《漓江》

寻偶记

天底下可以去凝固的东西多不胜数。水可以凝固成冰；空气可以凝固成金属；有人将交往凝固成了感情；有人用钢筋水泥凝固住了一大块空间。这些凝固基本都遵循了自然规律，唯有凝固大厦反其道而行之——要去凝固时间，具体讲是要凝固人们脸上的时间。永葆青春谁不愿意，特别是对于女性，于是在青春灿烂时去凝固大厦接受凝固术就成了风尚，于是，当二十三岁的我决定开始寻偶时突然发现，判断对方年龄竟然成了一个不大不小的难题。

先讲讲三个月前的一次遭遇，那是我决心寻偶的第二天，我在回城的公路边停车休息，一位偶主动寻到了我的面前，“您可以送我回家吗？我的山地车坏了。”她说着，不等我表态，就拉开车门，径直钻了进来。

我正处在不会拒绝替异性服务的年龄，何况钻进来的又是顶多有二十岁的漂亮女孩。我一路把车开得四平八稳，唯恐略有颠簸让她弃我而去。那时正值傍晚，斜阳轻轻掠过路面，柔风徐徐刮进车窗。她有意无意将头摆在十分恰当的位置，让柔风带着长发时时拂过我的脸庞。一个有意，一个存心，再加上车窗外的山清水秀，爱情的种子能不萌发？二十分钟后，我们就由相互倾慕发展到相互钟情。

“你爱我的什么？”她娇滴滴地问道。

“你应该知道。”我故作玄虚地回答。

她没有再说什么，仅仅会心地一笑。这个笑的甜美和动人是难以形容的，它差点让我把车开进路旁的排水沟。我立即决定，死活要同这位漂亮的女孩结婚。

人到了准备结婚的时候自然会处处替对方着想，或者叫献殷勤，我像个当家人一样问她：“你的山地车坏在哪里了，我现在就去给你修好。”

“修啥！反正我每年要换一辆新车。”

“每年换一辆？……”我惊讶了，“这简直等于每年丢一辆新车！”

“这有啥奇怪，从我十岁会骑车算起，换了有二十辆了。”

我狠狠地一踩刹车，这股子劲全来自受骗了的愤慨，她的头像个西瓜猛撞在挡风玻璃上。

“你换了多少辆山地车？”我追问道。

“二十辆呀……”她揉着被撞痛的额头回答。

“十岁会骑车，每年换一辆，已经换了二十辆，这么说你已经三十岁了，我的寻偶标准是年龄误差不能超过五岁……请下车！”我毫不犹豫地下了逐客令。

等了足有五分钟，她才不情愿地挪动身子。“算你聪明，不过，像我这样说漏嘴的笨女人不多，今后你别想再碰到……”她站稳后使劲将车门朝后一摔，拧着只有三十岁以上的女人才会有的胖臀走了。

“……怪不得她要用这种方式接触异性，比肩而坐可以充分展露青春灿烂，又可以隐藏肥臀……”我缓慢地开着车，心有余悸地总结着初次寻偶的经验，庆幸自己没有被假象迷惑。

五天后，我在突起的一团大雾中寻找到了第二位偶。这位新偶身着无袖短裙由大雾中走出。她认定我已经迷路，认定只有她能给我领路，一次平常之极的邂逅很快就演变成了友谊。为了让这种友谊向更高境界发展，我每日都盼望着与她约会。我们约会的时间完全由她掌控，而她仿佛对早晨的浓雾有着强烈的偏爱。

“你就不能挑个没有雾的早晨，哪怕雾气能薄一些 。”我挎着她的手臂，客气地向她建议。

“没有了这些浓雾，哪能有咱俩的隐秘世界。”她颇有哲理地回答。

我认可了她的回答，因为浓雾确实给我俩围拢出一个独享的空间，使得周围的人和他们喜欢猎奇的双眼全被隐去，使我可以独享这位新偶的窈窕身姿。那身姿看第一眼时会感到如沐春风，看第二眼时就会如醉如痴。

“我猜，你顶多有十八岁。”我在估算出的年龄上减了两岁，以示讨好。

“应该再加上两岁。”她谦虚地纠正道。

现今世界的女士们在年龄上少有诚实，我对这位新结识的偶肃然起敬。我如实告诉她，减去两岁是有意为之，她的窈窕身姿已经将她的真实年龄告诉了我。

“我的窈窕身姿……？”她面露疑惑。

“是的。我觉得在凝固成风的时候，面孔已不足为凭，身姿更能体现真实年龄。”

“所以，你从我的身姿上找到了真实！”她由疑惑变为惊喜。

如果不是大雾隐去了周围的芸芸众生，我会立即拉出一两个，给我的这位新偶表演一番身姿判断法。我当下提议，晚上带她去夜总会转转，现场看我如何揭示许多青春灿烂的脸蛋后面那些历尽沧桑的年龄。

新偶爽快地同意了我的提议，还同意穿上那件给我留下美好记忆的无袖短裙，我也同意了她选择的红雾夜总会——尽管那儿的红雾肯定会阻挡住我的一部分视线。

夜总会里的红雾实际上是一团红色的光晕，它使进来的人即刻陷入色迷迷情依依的气氛中，我和我的新偶也不例外。舞池里那些舞者全镶着红色的轮廓，舞女们全是一副青春灿烂的脸蛋。

“请注意右边第五位的腰。”我咬着新偶的耳朵悄声说道，“那位的腰围不会小于二尺七寸，它意味着四十余岁。”

“请注意左边第五位，她的细腰是硬勒出来的，有三十多斤赘肉让她挤压到上腹后臀，所以看起来就像是翘屁股的大马蜂跳舞。”

“请注意我前面的那位女孩，她不停地要腾出手去擦汗，好像已经跳了一个下午，实际上我看着她进到舞池不到十分钟……年岁不饶人，胳膊腿全老上来了。”

新偶对我的分析判断佩服得五体投地，但女人固有的同情心又使她流露出怜悯，“唉……她们要懂得小野鹿健美操就好了……”

“什么小野鹿健美操？”我警觉地问。

“不说了，咱们跳舞吧。”新偶回避了我的提问，将我拉进舞池。

新偶的窈窕身姿好像就是为跳舞而生，更多的时候都是她在带着我旋转，第三轮跳下来，我俩的关系已经接近突破“友谊”的界线。不过，在跳第四轮时，一种异常感受出现了，“我怎么觉得你缺了点什么？”我探询地问道。

“缺点什么？不会是缺个二尺七寸的腰吧，还是缺三十斤赘肉，或者是一个要不停擦汗的脑袋……”新偶讥讽地反问我。

“我的感觉不是凭空而来，肯定是缺点什么，只要咱们再跳下去就能找到……”

“你什么也找不到的，哪怕跳上一夜。”新偶轻蔑地一撇嘴角，用急速的旋转把我带入舞池的中心。我想摆脱开她的双臂，但她的双臂却像铁箍一样有力，发达的三角肌在短裙的袖笼外拧成硬邦邦的两疙瘩，我突然感到自己已经找到了新偶缺少的那样东西。

“你的肌肉挺发达呀……”我冷笑着说。

“二十岁的肌肉全是这个样子。”新偶不动声色地回答。

“大雾弥漫中是这个样子，云消雾散后应该再有些弹性。”

“什么弹性？”新偶有些沉不住气了。

“就是只有靠年龄，而不是靠小野鹿健美操才能具备的水汪汪的弹性……”

谢天谢地谢自己，我的观察力又救了自己一次。感叹之中我走出紅雾夜总会，来到光怪陆离的大街上。大街尽头可以看到凝固大厦的圆顶，上面是用白色霓虹灯构建的大幅标语——让我们来为你永葆青春！

“放你妈的屁！谁家的青春只是在玩一张脸皮！”我骂着愤愤地朝凝固大厦的方向吐了口痰，身后传来新偶酸溜溜的声音：“假模假样的干嘛，谁能证明你没凝固过？凝固对凝固，没准我还吃亏了呢……”

两次寻偶失败，让我一时间变得心灰意冷，好在青春的火焰最难熄灭，两个星期后我又死灰复燃，重新走上寻偶之路。为了最大的保险系数，我干脆装扮成傻乎乎的登徒子二世，几天之内就结交了十位身姿窈窕的妙龄女孩。当然，这里的“妙龄”二字是带引号的，仅仅代表女孩们的那张脸。藏在那张脸后面的贵庚几许，就要靠我的傻劲逗引出来了。

你如果相信聪明人让人说假话的能力，就不能否认傻子让人说真话的能力。不出两天，我就逗引出了三句暴露贵庚的真言，我对这三句真言的分析排列如下：

“我早十五年认识你就好了……”（分析：按十六岁情窦初开对异性逐渐感兴趣算起，她最少也是十六岁加十五年，三十一岁，出超！）

"你老实得就像阿牛……"（分析：阿牛是三十年前上映的一部老电影中的主角，拿阿牛来打比方只能是看过这部影片的人。就算她五岁看的此片，那么五岁加三十年，三十五岁，出招！）

"我记得这条路又窄又短……"（分析：经过考证，这条路是三十六年前翻修的，翻修前确实又窄又短。按她三岁开始记事，三岁加三十六年，三十九岁，出超！）

这三位女孩很快被淘汰了，又过了五天，另外六位女孩以同样的方式也被淘汰。在我死灰复燃的第七天，玲珑剔透的丽葩小姐脱颖而出。

说丽葩小姐玲珑剔透是因为她的句句真言都给我留下可资分析的一面，而分析的结果使我由任何一个侧面看她都是清清楚楚的十八岁出头。

"你真的不打算去凝固？"我最后一次套她的话。

"只要你也不去凝固……"她娇滴滴地回答。

我对丽葩的回答做了最后一次分析。分析的结果还用得着说？我们的关系立刻升级。遵照世俗的传统，我头一次吻了丽葩的两片脸蛋和小小的嘴唇，其意义等于我们已经结了一半婚。

我承认，我吻丽葩时的动作比较生硬，这是初吻者缺少经验所致。但我搞不清楚，被初吻者吻过的女孩是不是都会像丽葩那样变得多嘴多舌？这种多嘴多舌在初期还显得可爱天真，像一位初涉人世的孩子，不久后就变得琐碎、婆婆妈妈、令人讨厌了。

"哎哟！我腿疼死了，你也不来搀着我……"丽葩腿上让跳蚤咬了一口，挠破了点皮，就呻吟个不停。

"走路就瞅着路，别尽瞅两边，漂亮女孩你能瞅过来吗?"丽葩因为我偶然的左顾右盼醋意大发。

"谁让你买红玫瑰了?我今天喜欢白玫瑰！"丽葩劈手夺

过我递给她的红玫瑰，回到花店，换了一束白玫瑰。而昨天她还对红玫瑰赞不绝口，要求我每天照此送她一束。

以上是我和丽葩相处半小时中发生的事情。按我们每天相处两个小时计算，我所受到的折磨就可想而知了。不过，这些折磨有着十八岁的真实年龄作为后盾，我不容忍也得容忍——直到我发觉，丽葩竟然在我们相处之外的时间里盯我的梢。

“你这是什么意思？”我从身后的人群里扯出丽葩，不解地问道。

“不放心呗——”她理直气壮地回答。

“有什么不放心的？”我决心要问出个所以然。

“这你还能不知道？”

“我就是不知道。”

“那就让我来告诉你，我担心你像吻我那样去吻别的女孩。”

“我能那样干吗？”

“这就难说了，我的原则是以预防为主。”

“预防你娘个脚！”我勃然大怒，甩下丽葩就走。走过五条街道后我停下来缓口气，看见丽葩还鬼鬼祟祟地跟在后面，只是距离拉得更大了。“丽葩该不会是个精神病患者吧？”我大脑里涌现出非同小可的疑团。带着这个疑团，在走过第七条街道时，我拐进路旁的一座精神病院。

一位年事颇高的医师认真听完了我的叙述，在病历本上写下了多疑、多呻吟、多恻隐之心、多喜怒无常。“基本上是这几种表现吧？”他问我。我点点头，然后看见他在诊断栏里写道：更年期综合征。

“她才十八岁！”我大声提醒医师。

“应当说，她看上去是十八岁。”医师纠正着我的话，丢给我一张写满各种药名的处方。

我不想在这里多费笔墨描写丽葩同我分手时的情景，她像是一位不幸的登山者，已经接近山顶，又哧溜一声滑落回山脚，伤心地连眼泪也流不出来。我呢，干脆成了个恍恍惚惚的梦游人，在凝固大厦的阴影中转来转去，不分昼夜地思考着：丽葩是靠什么方法将自己的年龄隐藏得滴水不漏？这会不会是一门正在走向普及但又对异性讳莫如深的学问……

“看来只好同你交手了！”我实在无法找到答案，于是挺直腰杆，面向那座让我如此狼狈的大厦，义无反顾地下了战书。

我开始打量这座大厦的结构，计算着炸掉它需要多少炸药，这些炸药又如何带进去，如何在遥控爆炸前通知里面的人撤出来。我似乎已经看到凝固大厦轰然倒下，看到大厦的废墟前无数张表情各异的面孔。我只需要在这里找到一位恸哭的女孩，请她给我当妻子就万无一失，因为只有没来得及进去凝固一番的女孩才会如此悲伤。

1985年5月发表于《延河》

旧城

清晨，
枯叶落下一层，
土地感到温暖，
树枝感到飘零。

七六年人犯小记

老驴的口哨

“老驴”是他的绰号，因为脸长，耳长，耳眼有毛。老驴吹得一嘴漂亮的口哨，他能吹中外歌曲，又能吹秦腔眉户，他能吹得人双泪长流，也能吹得人悲去喜来。更奇特的是他能严格控制口哨的音量，想传两米远就传不到两米半，可以很安全地给自己和大伙提供音乐享受，因此老驴享有距马桶最远的一个铺位，顿顿饭可以先端碗。

一九七六年九月九日有伟人去世，老驴闻知哭红了眼睛。老驴进监所的原因没人清楚，这一恸哭，同号的人将他划出了刑事犯的行列。四天后老驴带着一双哭红的眼睛参加了两千多人的人犯大会，人犯按监所不同性别不同呈方阵坐下，箍住它们的是四周荷枪实弹的士兵和架在四角的机枪。大会主席台上贴有白纸黑字的标语——整顿狱规，严肃法纪。有狱官上来严词厉声，说国丧之中有人窃喜，只要发现严惩不贷。言毕三辆手推车鱼贯而上，哗啦啦三堆脚镣手铐倒在主席台前。再下来就是点人名，点到的人立即被士兵从方阵中像抓小鸡一样提到主席台前，老驴也被提了上去。先是高位背绑，两只手从背后被提到了后脖颈，老驴当下就痛得昏死了过去，所以下来给他砸脚镣时没感到任何痛楚，当然也听不到主席台前的一片鬼哭狼嚎。

老驴的罪状是国丧之中吹口哨。比起那些哼小调的、摸了摸二胡的、笑容偶露的、以筷敲碗并敲出鼓点的不能算轻。但老驴记得很清楚他吹的是秦腔中的《祭灵》，这是秦腔里最悲切苍凉的一段唱腔，刘备在这里为他死去的关张二弟哭得死去活来，他也在这段唱腔中为伟人的去世泪流满面。也就是在泪流满面的同时，老驴忘记了控制口哨的音量，让一丝旋律从门上的监视孔飘了出去。

不许娱乐的禁令一月后到期，又过了两个月老驴的脚镣才被砸下来。三十多斤的脚镣一旦离开，走起路来腿轻得像腾云驾雾。在被押回监所的路上，老驴问狱警现在可不可以吹口哨了，得到了肯定的答复，老驴回去后吹了整整一天的《祭灵》，不过这次不是给伟人吹的，而是给自己吹的，同室的许多狱友被他吹出了眼泪。

大良遗餐

靠墙拐角的铺是大良的，星期一上午他没起床，在此之前他曾在铺上辗转呻吟了一周。有人去试试他的鼻息，有人去抠抠他的脚心，还有人去翻翻他的眼皮，大家都明白发生了什么事，大家都不说发生了什么事。

早饭来了，是七份，其中一份是大良的，他许多天前就不吃不喝了，所以这一份仍然由大家分而食之。分菜汤时漂浮的油花多少有别，这一点没人计较，但馒头的分配要绝对公平，三两重的馒头掰成六块，再根据目测减大增小，每个人的意见都会得到尊重，等到无人再提出异议时就开始猜拳。包子剪子锤子一番，取食的顺序很快就出来，六分额外的加餐就下了肚。

这种有加餐可惦记的日子又过了三天，被一次突然的狱内点名终止了。站在门外点名的狱警点了三次大良的名字也没有人应声，六个排列整齐的人闭紧着六张嘴。叫来一位荷枪的警卫守住门，狱警进去探查，一股特殊的臭味让他明白了一二，再撩开大良的被子，一张肿胀发黑的脸皮朝他龇出两排白牙。

大良和臭味一同被抬走了，加餐的日子结束了，谁知第二天早餐送饭员又送来七份饭。这肯定是送饭员的一时失误，果不其然，他很快返回来，擂着门让退出一碗米饭。没有人理会送饭员的大呼小叫，他报告了狱警，于是狱警把门，让他进去搜查。被褥翻了个底朝天，身上也抓捏个遍，第七只碗就像遁入地下，不见了踪影。

送饭员挨了狱警一脚，哭丧着脸走了，等人声一远，有人将墙角的木马桶提起来，第七只碗和碗里的米饭正躲在桶底和桶帮的空当里。略微遗憾的是米饭上沾了一层黄色的粪垢，必须用筷子把上层刮去才可食用。

这次最后的加餐依然非常公平，那只空碗下午饭时让送饭员带走了，他没敢声张，怕再挨狱警一脚。

愁

曹保柱是因为偷了邻村的几只绵羊进来的，照理说没什么冤枉，但他还是一个劲发愁。先愁媳妇又要带孩子又要下地干活会忙不过来，再愁没箍好门脸的窑洞不挡风也不挡雪，有时还要为这里安排的活计太累发发愁。有狱友假装正经地劝他，说他根本不用发愁，年轻的媳妇不会找不到男人来帮忙，窑洞的门脸说不定早就箍好了。又说你在这里累只累白天，在你家里帮忙的男人白天在地里累，夜里在你家炕上累。这一劝让曹保柱更愁得死去活来，虽然没把肠子愁断，却愁出了个肠粘连。好在发现得早，诊断也准确，不等肠穿孔就在劳改农场的医院里把手术做了。

七天后曹保柱带着两周的病假条和肚子上七寸长的刀口出院了，一辆顺车把他捎回五里外的农场。农场正值秋播，大家全忙得团团转，曹保柱成了唯一的闲人，复查和换药还给他独自往来农场和医院之间的自由。于是，在挥汗如雨的狱友和超时执勤的警卫面前，常会出现曹保柱弯着腰，捂着肚子，带着一脸愁容蹒跚而过的身影。

曹保柱第三次去医院换药时被秋播队的教导员叫住了。教导员认为曹保柱能跑这么远去医院换药就能下地干活，训斥他了一顿。曹保柱辩解了几句，说自己还没法直腰，下地干活会把肚子上的刀口扯裂。他又取出病假条递给教导员看，还解开裤腰带，想亮亮肚子上的刀口。被秋播任务忙得焦头烂额的教导员一把抓过病假条，看都没看一眼，几下就撕成了纸屑，抛在曹保柱的一脸愁容上。

曹保柱像被猛击一拳，他双手抓着裤腰，摇晃着差点倒下。他没再去医院换药，折返身子向回走。他依然弯着腰，捂着肚子，只是步履由蹒跚变得沉重异常，好像后背被人压上了一块巨大无比的石头。曹保柱就此失踪了。

曹保柱立即被列为追逃对象，追逃的第二个月他被找到了，是一个放外役的牛倌和他的狗在距农场不远处一条极深的沟壑中发现的。那时的曹保柱正挂在一棵歪脖树上，两粒眼球耷拉在眼眶外，一身囚服被尸液凝成了黑色，裤腿下露出直溜溜的脚趾骨。据牛倌讲那天他的狗疯了似的狂叫，直往深沟的荆棘堆里钻，钻到一片齐腰高的枯草里后贴着地面爬行，浑身簌簌发抖。他在狗脸前扒拉开枯草，当即和曹保柱面对面，相距最多一米。牛倌被吓得灵魂出壳，回来后足足拉了三个月的稀屎，吃什么药都止不住，狱医讲他是中了尸毒。

悬挂曹保柱的绳子是农场胶轮大车上的挽绳。没人知道他是怎样偷到那条长绳，又怎样瞒过警卫，走下四五里长的陡坡，穿过绝难进入的杂树荆棘之地。更没人知道他如何爬上陡直的岩壁，将自己挂上斜出的歪脖树。但有一点可以肯定，当曹保柱两个月前把自己挂离地面后，他就再也没有发过愁。

怕热的王矬子

两个月前王矬子被送到砖厂服刑，分配当出窑工，两个月下来，王矬子已经记不清窑里的高温烤掉了他的多少层浮皮。

王矬子曾经想搞清楚烤掉他浮皮的窑温到底有多少度，但因为没有温度计而作罢，不过他依然给出了高于八十度的近似值。因为王矬子在窑里看到有人砸断新砖，用砖心点燃过烟头，还看到有人在窑里下砖时头发竟然被烤出一缕黄烟。

王矬子是在东北白城长大的，怕热不怕冷，二十度以上他就要换短衣短裤，二十五度以上就会热得不自在，让他在如此高温的砖窑里进进出出无疑是在要他的命。有两次王矬子把码砖的平板车一拉出窑口就晕倒在地，多亏狱友们狠掐人中才救转过来他，否则不出半天他就会被一辆卡车拉出山沟，送进县城的火葬场，在那里被浓缩进一个薄木盒，再由管教用一根草绳摇摇晃晃提回来，像码砖一样码进库房一角，与那儿成百个同样的小木盒去做伴。

王矬子开始想法子活命。他先是去求一位面善的管教，说出自己的苦衷，希望能调换一个活计，哪怕再脏再累都愿意，只要能让他躲开高温。面善的管教被他的大胆吓了一跳，霎时变脸，让他立正，气汹汹地训斥他了一顿，说他放肆之极，竟敢忘记自己的身份。

求人不成，王矬子就自己想办法。他找来一张破麻袋片，在水里浸湿，进窑时裹扎在身上降温。这一招不错，狱友们看见后纷纷模仿，麻袋片成了紧俏货，终于有一天他的麻袋片被人偷走，害得他在讨要时动了拳脚。他因此被关了三天禁闭，麻袋片也成了严禁入窑的物品。

王矬子好像再也想不出什么办法了，这时，监狱食堂里两个瘸来瘸去的伙头给了他某种暗示，于是有一天，他在码砖时有意无意踩在了钉板上，一根五寸长的钉子脚心进脚背出。

狱友们搀着王矬子连带那块木板一同送到卫生所，狱医踩着木板给他生拽出那只脚，用两块蘸满碘酒的药棉堵住脚心脚背两个窟窿，又打上绷带，给他开了几片药和一周伤假。

王矬子天生抗菌，脚上的两个窟窿一周后就结了痂，但走起路还是生疼。他一瘸一拐去找狱医，请求给他开个证明，调换个活计。医生虽然面恶，证明还是开了。王矬子又拿上证明去见面善的管教。管教让他先去出窑，说这事要调查调查，说你想装瞎子我可不想当傻子，别说把钉子当鸡蛋踩，这里还有把钉子当馒头吞的。

王矬子回来后仔细掂量了管教的话，知道没戏了，闷着头就开始出窑。开始时他只能一瘸一拐地推动平板车，两个星期后就已经脚步利索。变化更大的是他似乎适应了窑里的高温，再也没有被烤昏过。狱友们说是因为他脚上开了两个通风口，他自己说是因为烤一天少一天。又熬了两个月，在一次狱犯大会上，面善的那位管教宣布，王矬子因自残加刑两年。

掐着指头算日子的王矬子被这两年的加刑击垮了，他一夜没睡，第二天早晨，他出现在砖窑烟囱的铁梯下。铁梯从烟囱顶直排下来，最后一阶距地面有三米多高。王矬子靠一根斜搭的竹竿克服了这段距离，又在众目睽睽下向四十多米高的烟囱顶爬去。

“加你妈的刑！”王矬子一边爬一边骂，“老子一天也不烤了，老子今天就释放自己……”王矬子向下方观望的狱友和那位面善的管教喊着骂着，很快爬到了烟囱顶。烟囱顶有一个小平台，他略作停留，又朝下方狂喊了几句，就一头钻进了烟囱口。烟囱里是上足了煤的一窑砖坯，正炉火熊熊，王矬子把整个刑期中要体验的热量一次给领走了，所以他没能给这个世界留下一丁点痕迹。

陈北来“越狱”

陈北来是因为投敌叛国罪被判刑，据他自己讲是在广东一个出境口岸被抓的，那时他拿了本香港人给他搞的假护照，背了一大兜中药材准备出关。他讲他跑成了两次生意，赚了两千多港币，但他讲不清他投的哪个敌，叛的哪个国。

陈北来自诩是个见过大世面的人，为了向狱友证实这一点，他有意在说话时带些港腔港调，猛然间也会蹦出一两个英文单词。但真正能说明这一点的还是他的钱，那些钱零零星星似乎总也花不完，而且常有豪爽之举。

陈北来先宣布自己床头挂的烟叶子大伙可以随意取来抽。那些烟叶子是劳改农场自种的，两角钱就能买一斤，但对那些连两角钱也拿不出的狱友来讲，他就是救人一命的活菩萨。不过陈北来自己只抽纸烟，而且敢与管理他们的杨管教抽同一个牌子。

接着在一个周日，陈北来又做东请客，将狱所小卖部里不知何年何月的玻璃瓶水果罐头买了一纸箱，拧开盖子后全倒进脸盆，又买上五斤硬疙瘩点心，捣碎后搅拌在脸盆里，给同室的狱友一人分了一碗。狱友们正吃得高兴，被杨管教隔窗看见，他把陈北来叫出狱室，叫到面前，警告他不得以小恩小惠笼络人心。陈北来轻松一笑，说自己是在实行共产主义。

在陈北来入狱的两个半月里，他还送出去过一件旧毛衣，一双旧皮鞋，切成条状的几小块肥皂，又一元两元地借出去数十元钱。陈北来的任何豪爽之举杨管教都知道，有改造积极分子随时向他报告。杨管教的一些反应陈北来也知道，有受惠于他的狱友悄悄提醒他几句。

有一天开始放外役，在布满粪堆的田头，一位狱友胆怯地告诉陈北来，说杨管教认为他有拉拢人犯组织越狱的可能，让他小心点。陈北来依然没有在意，还说就是撵他也不走，他要等来平反通知才走。

放外役的第三天，陈北来蔫巴下来，每天要扬撒一百五十堆土粪的活让他苦不堪言，腰酸腿疼不说，满手血泡不说，每天的毒日头就足以让他虚脱。放外役的第五天是阴天，没有了毒日头，还有一阵阵微风，陈北来颇感轻松，在收工前半小时就扬撒完了他的粪堆。没了活干，陈北来坐在地头休息。他对面五里开外就是自己的狱室，半个多小时后他将回到那里，等待他的一顿晚饭和一副可以舒展筋骨的床板此刻对他有了不同往常的吸引力，也就在这时，他的后背被人狠狠踢了一脚。

踢陈北来的是杨管教，原因是不许他偷懒。陈北来从地上爬起来，愤愤地辩解，说自己没偷懒，一百五十堆粪扬撒完了。杨管教说共产主义是各尽所能，自己的活干完了应当去帮助别人。陈北来说现在还不是共产主义。杨管教说你知道现在还不是共产主义就好，他回头命令一直跟在身后的两个值星员，让他们捆起这个不服从改造偷懒耍奸的东西。值星员先一个后绊将陈北来掀翻，然后取下后腰时时挂着的一溜绳子，反拧住陈北来的胳膊，脚蹬手拉捆了个结实，缠在陈北来臂弯上的绳子几乎全勒进肉里。

陈北来忍着钻心的疼痛摇摇晃晃站起来，他吐掉满嘴的土，冲杨管教吼道："我要去场部告你！"他还真反剪着双手一脚高一脚低朝五里外的场部走去。

两个值星员要去把陈北来扯回来，被杨管教挡住，等了两分钟后他招手叫来远处的一个警卫。杨管教问警卫，陈北来是否走出了警戒线，警卫用眼睛估了估距离点点头，杨管教就命令警卫立即制止越狱。警卫要去追，杨管教说你不嫌麻烦，警卫只好举枪瞄准。第一枪属于警告，子弹贴着陈北来的左耳呼啸而过，陈北来没有停下。第二枪还是警告，子弹贴着陈北来的右耳呼啸而过，陈北来还是没有停下。第三枪不再是警告，子弹在陈北来上胸穿了个洞，他应声倒地，抽搐几下就咽了气。

一年后，陈北来的平反通知下来了。

1999年稿

有浅有深

动物实际上和人一样都会笑，区别只在于笑的内涵有浅有深。比如吃饱饭后的大肥猪，它发出的中等节奏的噜噜声就是猪类最典型的笑，这种笑的内涵毫无深度，除过憨厚、单纯，就是乐天知命。鸡儿的笑就更加简单了，不用怎么去分析声音，只看脸色就可以知道。谁没见过大公鸡踩完蛋后的赤冠赤腮？谁没见过小母鸡下完蛋后的红润小脸？在这里见赤见红就是笑，其内涵一目了然。

现在的问题是我面临许多人的笑，这些人和我同在一个办公室里混饭吃，从今天上午起他们突然一反常态，频频开笑，而且内涵比起猪和鸡要深奥许多，直到下午我也没琢磨透。

先说一号办公桌的烦闷赵。昨天她还让更年期综合征折磨得唉声叹气，逢人就述说心中的诸多烦闷，谁知今天上午上班不久竟在办公桌后窃窃发笑。而且笑的时候要拉开半个抽屉，把脸藏进去。开始我还当这是更年期综合征的最新表现形式，但越看越不像。我问她笑从何来，她神秘地丢给我一个老不拉叽的羞怯。

再说二号办公桌的未婚李。她芳龄二十有九，身高一米七三，修长的双腿支起了修长的孤傲。她看人时总要扬起下巴，让眼珠贴着下眼皮压扫去，以显示不屑一顾，据说只有见到一米八五以上的帅哥时她才会略露温柔之笑。今天上午，未婚李好几次捂着嘴憋着笑匆匆跑出办公室，到走廊去舒放笑容。我紧随其后也来到走廊，想一睹门外那位一米八五的帅哥的风采，奇怪的是门外连个人影也没有。我问她笑从何来，她抖抖肩，翻给我一个白眼。

三号办公桌的胡子吕已知天命，这个天命的代表就是一脸的络腮胡子，有人靠这样的大胡子可以横行天下，他却在老婆儿子面前都不敢大声出气。今天上午，我想看看他老婆留在他脸上的抓伤是否脱痂，却看到他的络腮胡子里藏了几疙瘩笑。“你老婆把指甲剪掉了？”我替他找到一个值得笑的理由。“你儿子搭理你了？”我替他找到第二个值得笑的理由。胡子吕略露尴尬，使劲摇动下巴否定，那几疙瘩笑像是抓住了他的胡子根，死活不愿掉下来。一个已知天命的人还这样傻笑简直不可救药，我替他叹了口气，回到四号办公桌。

四号办公桌属于我，它忍气吞声地斜立在熊科长写字台的阴影里，与其他办公桌面对面，向大家表明我的科长助理的身份。表明我身份的还有我面前的一部办公电话，别看它现在一声不吭，但随时会用突如其来的狂吠吓我一跳。

熊科长姓熊不像熊，更像个长颈鹿。他一进办公室就伸长脖子，居高临下审视一番，以表示他掌握着这里一切人的生死大权。有此大权的人自然不苟言笑，他每天的工作内容就是努力把脸摆平，让半点儿笑意都爬不上来，并且不时将摆平的脸像雷达天线般在办公室来回扫描，以威慑那些脸上企图挂笑的下属，有时连我也不能幸免。所以，今天上午熊科长眉梢乍露的笑还真吓了我一跳，莫非他在暗示我有不妥之处？要知道我在办公室里是以少年老成著称，这个老成说到底就是不笑。

我生性喜钻牛角尖，还常常能把牛角尖钻透，探查出伟大或渺小的奥妙，并由此获得伟大或渺小的快乐。但今天上午出现在办公室里的笑却是奥妙深锁，快乐无踪。钻不透牛角尖的日子最难熬，害得我只好去走廊里抽根烟。

我们办公室里只有我一个新生派烟鬼，抽烟时必须去走廊里溜达。还有一个老烟鬼是对面办公室里的建筑工程师郑有三，他邋遢透顶不说，烟瘾之大无与伦比，把自己的两溜眉毛也熏得焦黄。每当有了什么难题需要思考，郑有三就走出办公室，把走廊喷个烟雾腾腾。

此时的郑有三正在走廊里吞云吐雾，我突然想到，为何不借助此君的大脑来帮助我钻透牛角尖？我凑到他跟前，奉送上一支烟，谈出了我的苦恼。他眨巴着眼皮，喷吐了一阵烟雾，给我指出了两个钻牛角尖的方向：第一，办公室最近粉刷了一遍，用的新配方涂料，那里面会不会有某种成份可以让人昂奋快乐。第二，这栋楼是十年前盖的，每层的高度都在三米四十，太高了不会产生压抑感，不压抑当然容易笑了。

郑有三到底是个搞建筑的，真是句句不离本行，也句句不搭边。我把郑有三撇在走廊，懊丧地回到办公室，没走几步，有人提醒我灭掉香烟。我掐灭烟头，回到办公桌，刚刚坐下，桌上的电话又狂吠起来。我提起话筒，又是找郑有三的因公长途。找这个老家伙的因公长途从上午到下午一直不断，让人烦透了，跑腿去叫他还在其次，最让人受不了的是他打电话时的姿势——俯下身子，双肘支在办公桌上，和我大眼瞪小眼，胖墩墩的后臀冲着整个办公室，电话打到高兴时后臀还要扭来扭去。

受不了也得去叫，这正是我主要的工作所在，我在走廊里叫住了郑有三，告诉他有电话，然后斜靠在办公室门外，点燃了才掐灭的烟头。

郑有三手里夹着半拉烟进了办公室，直奔电话机。以郑有三的老资历，这里没人敢让他掐灭烟头，就是熊科长也顶多皱皱眉头。随着郑有三对话筒的大呼小叫，烟雾从他手指间开始向四处弥漫。

我幸灾乐祸地看着烟雾飘向那些禁烟者，觉得自己也该干些什么，于是我丢掉烟头，隐身门外，又点上一根烟。这根烟抽的每一口我都不往下咽，全徐徐吐出，让过堂风把它们扯成絮片，悄无声息地带进了办公室。既然我钻不透牛角尖，就让办公室变成吸烟室，我想，在浓浓的烟雾中，他们肯定不会再有雅兴发笑。我开始想象他们在烟雾环绕中会是哪种状态？我给烦闷赵设想了一种状态，给未婚李设想了一种状态，又给胡子吕设想了一种状态。因为熊科长距郑有三最近，我给他设想的状态最为精彩。

设想中的熊科长仰靠在办公桌后的软椅里，双手紧攥扶手，屏气止息，以抗拒环绕四周的二手烟。他的脖子和脸先憋得发白，继而发红，最后憋成了个紫茄子，接着像个卷入深渊又挣扎到水面的溺水者，伸长脖子，窜离椅面，猛然吸气。他不仅饱吸了两片肺叶的二手烟，还让椅子扶手挂掉了西裤，露出里面的大花裤衩……

设想陷入太深往往分不清存在和虚幻，何况我似乎又听到了熊科长窜离椅面，大口吸气的声音。我丢掉烟，回到办公室，几步走到写字台前。我要看看我的上司在只剩下花裤衩时还有没有威慑力，但我看到的熊科长像平常一样正襟危坐，没有花裤衩，只有因我的鲁莽而导致的一脸怒容。

我的手足无措可想而知，甚至糊里糊涂给熊科长赔出个不合时宜的笑脸。我还将这张笑脸挨个给同事们送去，以求大家对我的鲁莽给予原谅，送到最后，我看到了冲着话筒还在喋喋不休的郑有三，他背对着我，胖墩墩的后臀扭到了我眼前，裹住后臀的西裤中缝不知何时绽开了两指宽，从容不迫地露出里面的花裤衩。

“哈哈，没错，是花裤衩！”我的手足无措突然被钻透牛角尖的欢乐所代替。“不是你的花裤衩，是他的花裤衩。”我指指熊科长，又指指郑有三。“是花裤衩让你们发笑！”我指着同事们，肆无忌惮地大笑起来。在我的笑声中，烦闷赵拉开抽屉，羞怯地埋下头。未婚李憋着笑跑向门口。胡子吕使劲摇他的挤满了笑疙瘩的下巴。只有熊科长还努力维持了十几秒钟的正襟危坐，十几秒钟后他绷紧的脸皮也全线崩溃了。

我终于钻透了牛角尖，难熬的日子已成过去，轻松的日子就在眼前。回到家里，朝沙发上躺去，我的波斯猫喵喵叫着偎上身来，它的这种叫声加上温顺的动作就是笑。再摸摸它的肚皮，几只小波斯猫的脑袋在里面顶来顶去。它就是为这个笑的，比起我们办公室里这一天来的深奥，它的笑显得多么浅显易懂。

1992年稿

孤岛艳遇

孤岛应该放在哪儿才好？放在东海上？风大，气候冷，连点花花草草的爱情陪衬物都不长。放在黄海上？沿岛四周只能看见黄水无际，“碧蓝”，“水天一色”这类词该怎么用，何况土黄色单调凝重，与男女主角的异域情调难以融洽。看来孤岛只好放在南海，对！就放在南海上——四周是温暖湛蓝的海水，海浪轻柔得像一片被风吹动的薄纱。

岛上当然会有一座山，山上山下要长满热带雨林，山腰还要安排一个深度适中、干燥避风、视野辽阔的山洞，到了爱情成熟的时候这个山洞会大有用场。孤岛的朝阳面要布置一片海滩，不要太宽，但要平坦。海滩上的沙子要纯白色的，这样男主角湿漉漉地爬上海滩时才会显眼。男主角爬上海滩后要昏过去一段时间，他身后应该留下一条爬过的痕迹。痕迹要弯弯曲曲，以显示男主角艰难的挣扎和求生的欲望。要不要给男主角身上来点血迹？不要，太虚假，真有血迹也让海水洗净了。但可以让他身后掉落一些布块，这样描写他的破烂衣裤就有了伏笔。上衣要烂得可以在日后充分展示他性感十足的体魄，裤子要烂得仅仅可以遮羞，还要在羞处弄出一个需要包扎换药的伤口。

男主角遭难的背景肯定要交代一下，但不宜费太多笔墨，只需写到他果敢地由船舷跳下海为止。在他落海的地方，要不要让恶人要用机枪打出一串水花？不能要，这种处理方法早已铺天盖地，还不如让一个自恃功夫高超的恶人跳下海去追赶。描写海面上的一番打斗时要不吝笔墨，结局要不落俗套，例如可以让男主角在就要置恶人于死地时突然松了手，还在浪尖上拉过一只救生圈给对方套在头上，要知道，勇敢只有加上善良宽容才是吸引异性的法宝。不过这只救生圈由何而来要交代清楚，大海毕竟不是任何时候都飘满救生圈的海滨浴场。

女主角登岛的形式一定要别开生面，令读者耳目一新。由海上登岛绝对过时，不论乘救生筏还是抱着一根木头都会使人似曾相识。让我想想，有了，可以挂着降落伞飘下来！女主角在跳伞前应该有些飞机里的故事，是维护信仰被坏人逼着跳下来还是面临强暴自己毅然决然跳下来？不论哪种跳法，都不能忘了让她随手拎上一个伞包。这个伞包的绳结在空中死活打不开，急得女主角张开樱唇，用牙去咬。这里面的一些情节不太好掌握，谁叫我至今还没坐过飞机，更没跳过伞。看来生活体验十分重要，作为补救，先找一本乘机须知和一本跳伞常识看看。

接下来，该考虑如何让他们见面了，这可是此篇小说中的关键。奔跑中愕然相遇？俗气！饥肠辘辘时愕然相遇？俗气！一个人唱歌时被另一个人听见了，然后渐渐趋近？更俗气！看来想不落俗套难，要出新意更难，让我再动动脑子。哈！有了！不用踏破铁鞋，得来略费工夫，让他们在女主角的独舞中见面。舞场就是一片林间草地，时间是晚上，有一轮弯月顶头，有繁星满空，女主角正在用舞蹈化解身处孤岛的绝望和孤独。具体跳什么舞蹈以后再考虑，但一定要在盼星星盼月亮之类的舞蹈里挑选。

女主角的舞跳到忘我的时候男主角就该出场了，先写林间草地旁的一株大树，再写月光为这株树投下的阴影，再写阴影里一个蠕动着的人体。这个人当然是男主角，他挣扎着抬起头，看见了舞姿正酣的女主角。他想张口呼救，但极度的衰弱让他发不出声。还有什么比近在咫尺又无法相遇让人感慨的呢？为了加强这种感慨，我要让女主角完全沉浸在舞步中，茫然地由男主角身前一次又一次经过，直到第四次才让她与男主角四目相遇。四目相遇之际，女主角两退三进，终于认可了这位孤岛难友。男主角没等认可，早就挂满了一脸英雄泪……

不错，开头不错，最难写的就是开头，下来安排他们去找山洞就容易多了，不外乎女主角连抱带拖带着男主角在雨林中钻来钻去。这种连抱带拖本身就有新意，读者过去看到的恐怕全是男的把女的抱来拖去。就这样跌跌撞撞，他们终于找到我在文章开头就设计好了的那个山洞，这时我还不能让读者松口气，因为我还要让山洞里窜出一只猛兽吓他们一跳。

窜出的猛兽是什么物种我还没有考虑成熟，必须是南海岛屿特有的，否则窜出来一只棕熊或者狮子就会让人笑掉大牙。接着就是人与兽的生死搏斗，男女主角全被猛兽扑倒，但只有女主角还有体力站起来。她在猛兽面前占不了上风，这是性别决定的，所以几个回合下来她又被猛兽扑倒。她用双手死死撑住猛兽的身体，血盆大口已经快咬住她的鼻子。她半闭双眼，准备松手了。在松手前，她满怀深情地扭头，想最后看一眼被她救起的男主角，奇怪的是男主角并不在。这时，奇迹发生了，猛兽刹那间软瘫下来，朝一边倒去，在猛兽让出的空间，出现了我们的男主角。他衣衫褴褛，颤颤巍巍，手里是一块有棱有角带血迹的石头，他稍稍坚持了一会儿站立的姿势，以便在蓝天的衬托下让女主角欣赏他的阳刚之美，然后还是仰面倒下了。

后面的一段故事要用白描的手法，让读者在眼花缭乱之后有一段清晰的悠闲。此时情节要简单，人情味要浓，最好不用形容词。相互依赖是他们陷入孤岛后的求生之道，男女大防又使他们处处要保持一定的距离。在这里，女主角的羞涩之感要写出十二分，特别是当她给男主角下身那个伤得不是地方的地方换药时。这样写可能会给女主角身上堆积太多的阴柔，但我相信读者对羞羞答答的女性抱有天生的好感。

两位主角终于都恢复了体力，终于抛掉了沦落孤岛时的悲观，终于发现这个小岛的可爱，那么，对这个小岛的考察就不可避免，对日后生活的安排也必须进行。考察过程也就是风光游历过程，不要为写景而写景，要情景交融。交融到最后要让他们手拉着手满山跑，以便为他们的第一次感情升华做好铺垫。

第一次感情升华最好安排在取得火种那一刻，地点在山洞，方式是钻木取火，男主角用足了吃奶的劲才钻出一缕青烟，用了吃三回奶的劲才钻出火星，引燃火绒。当火苗在柴堆上腾起，他们的第一次感情升华也应该开始了，激动的拥抱是绝对需要的，拥抱的时间也可以适当延长，但千万不能让他们接吻，免得让读者误以为生米已经煮成熟饭，不仔细往下看了。

第二次感情升华要放在早晨。先描写血红的朝霞，再描写被朝霞映红的海面，再描写容身于一片红色中的男女主角。他们站在突出海面的礁石上，像两尊红色的雕塑。女主角面对空荡荡的大海思绪万端，眼泪当然要流个不停。男主角此时像个大哥哥，要不停地给女主角拭泪，再安抚地抱抱。当这些方法全不顶事时，他说了句极有分量的话。这句话应该情感十足、深沉有力、朗朗上口（这句话不能太长，又要表达丰富的内涵，因此得专门抽时间去推敲，现在就措词难免顾此失彼）。这句话一出口，女主角会被强烈感动，于是他们深情地长时间接吻——但注意，只能是接吻而已，别的行为依然不到火候。

第三次感情升华肯定要升华到极致，所以时间地点都要选了又选。在海边钓鱼时升华？不好！带着腥味的爱情难闻。在林中采酸果时升华？不好！带着酸味的爱情偏颇。在山泉下洗澡时升华？也不好！琐碎的洗澡环境只能增加淫乱之嫌。能否放在他们即将得救的时候呢——在孤岛的制高点上，一股呼救的青烟扶摇直上，男女主角焦急地朝远处眺望，大海腹地，一艘看不出大小的船像一只小甲虫在海浪上起伏。就在这时，用来熏烟的木柴快烧完了，眼看着一股烟柱变成了细细的一缕，就要断掉。男主角绝望地脱下上衣，攥在手中，狂喊着朝大海腹地徒劳地挥动。女主角只犹豫了五秒钟，就由上而下开始脱衣服，又一件一件抛进火堆。火堆被几件全是汗渍的衣服捂住，又重新腾出一柱浓烟。男主角被女主角的举动惊呆了，面对这个站在烟柱旁的艳丽无比的裸体，他面红耳赤，想扭身逃跑。但某种理智的感召使他没有逃走，而是学着女主角的样子，也由上而下，一件件脱掉衣裤，抛进火堆。在这个时候，不让赤条条的他们拥抱在一起读者也不会答应。当他们在愈发浓厚的烟柱旁拥抱时，像个小甲虫的船也越来越大，大到可以看见桅杆，看见船头上几个米粒大小的人。那么，由注定会得救的欢乐促成孤岛艳遇的最后一次感情升华就顺理成章了。

最后的这次感情升华不从正面写，要通过站在船头的船长的望远镜来写。船长看到了什么？当然是缠绵的、野性的、放纵的、如胶似漆的，颠三倒四的、大呼小叫的……唉！我真不想让我塑造的女主角被男主角占那么多便宜，为此，我决定此篇小说要用第一人称来写，我就是那位男主角！

1985年8月发表于《春风小说月刊》

青砖灰瓦的平房消失了，城窝窝的古槐林消失了，夜夜落脚在古槐林里与古槐论古道今的老鸦们也消失了。我还记得，童时的我站在清晨的城墙上，看着老鸦们从古槐林中腾起，掠过一片青砖灰瓦，成群结伙地出城找食。傍晚临近时它们又会浩浩荡荡返城归宿，那时的它们已经填饱了肚子，一路上大呼小叫，雨点般向地面抛着稀屎。我的许多亲人像它们那样饥饥饱饱找了一辈子食，也像它们那样无声无息地消失了。过不了多久，关于这群老鸦和我的那些亲人的记忆也会和我衰老的生命一同消失。为了与这种消失抗争，我留下了这个故事。

旧城补瓷录

一

我师傅姓尚，身材又矮又瘦，是个补瓷匠。他四十出头就掉完了满嘴的牙，腮帮子过早地瘪了下去，于是人们都叫他瘪嘴瓷匠。那时候有几个老百姓能镶得起假牙？师傅就只好连嘴唇带腮帮子一咕嘟吸进嘴里，扎着大街小巷去给人补茶壶补碗，有一天补到了辛亥元老魏胡子门前。

魏胡子有一只祖传的五爪青龙碗。此碗曾给他家带来五代人的官运，因此被摆在了客厅的供桌上，与旁边的白瓷观音为邻，天天享受着九炷大香的供奉。前些天，喜欢爬高爬低的小孙子上了供桌，将此碗撞到地上，当下被摔成了三瓣。为了不因之摔掉官运，魏胡子就唤我师傅在他家宽敞的门廊下补了一个上午。

我那时还不是师傅的徒弟，只是时常随着他四处去看热闹的邻家男孩。这回的热闹我从头看到尾，看着三瓣碗三条缝被钻出六道小眼，又齐整整地敲上去三排熟铁钉。魏胡子验过碗后哈哈大笑，说师傅把自己的一口牙活活挪到了碗上，说完就叫人取来五块大洋，让师傅拿着去东洋鬼子开的镶牙所镶口假牙。师傅嘿嘿一笑，拿着五块大洋去了五金料具行，五块大洋再加上他原先的旧钻头一同递过去，获准在极精致的一只小盒子里给他的牛皮钻挑了个新钻头。

新钻头真够厉害，牛皮绳一扯两扯，钻杆一拧两拧，再硬的瓷也要透出个窟窿。只是钻杆的咬嘴有些松，钻头偶然会脱落，害得师傅常常要紧张地趴在地上寻找。钻头没半个小米粒大，如果地下土多，一时半会找不到，他就画出一个可能落下钻头的范围，脱下褂子铺展，将此范围内的浮土全捧进去，提回家去细细筛选。有一次他提着浮土走了，我却在浮土下捡到了那颗钻头。我深知钻头的珍贵，四下看看，没敢声张，把钻头掐在左手拇指和食指中间，又用细麻绳将这两根手指死死捆住，就直奔城墙根。那时的城墙根布满了大大小小的洞口，有的可以钻进一只野狗，更多的可以住进一家穷人，我跑了没多久，就在有两扇木门的洞里叫出了师傅。

我似乎是把钻头和生命一同还给了师傅，他出来时还一脸绝望，接过钻头后顿时欣喜若狂。他从洞子里叫出了他的女人和女儿，让她们看失而复得的钻头。他女人拉着女儿就要给我下跪，说我是他们的救命恩人。我想，我只是捡了个钻头，怎么能是她们的救命恩人，把她俩从路边捡回来的师傅才是她们的救命恩人。奶奶给我讲过，三年前河东闹蝗灾，逃荒过来的人就像蚂蚁搬家一样多，每天早晨都要拉上几车死人送出城去埋。师傅把她俩捡回来时看不出是男是女，两个人饿得只剩下一大一小两张皮囊和裹在皮囊里的两副骨架。

从此以后，只要我愿意，随时可以陪着师傅走街串巷了，甚至帮他背上装满各式家当的背搭子。又过了一些时候，我可以学着给嵌满铁钉的碗缝抹腻子了。此时师傅早已将钻杆钻头配套合拢，怎样使唤钻头也不会掉下来。他一拉一扯，吸饱手油的牛皮绳在钻杆上吱吱呀呀唱开了戏。

那时正是初春，草芽子压不住黄土，大风小风都尘土飞扬，师傅的吆喝随着飞扬的尘土飘进了大街小巷。我那些天被师傅的吆喝声迷住了，虽然他的吆喝永远只有五个字——补茶壶补碗，但我却觉得，这五个字的吆喝声比戏园子里飘出的戏文还要好听。我那些天一字一腔跟着师傅学吆喝，回到家后还扯长脖子给奶奶表演。奶奶一开始说我像个小公鸡打鸣，没腔没调，听了几天后又说我像个大公鸡打鸣，吆喝得有模有样。奶奶听得高兴，给我煎了几片灰菜窝头吃，我没有像过去那样抓起它塞进肚子，那儿还有好心的雇主请我和师傅吃的杂面片片。奶奶问我是不是又跟瘪嘴瓷匠在外面混饱了肚子，让我从此跟瘪嘴瓷匠学手艺算了，说她那把老骨头缝缝补补也养活不了我多久。奶奶说着挪下炕，用两只三寸小脚稳稳站住，在满是鞋样和布片的包袱里摸摸索索，找出一副银耳环，拉着我真的去拜师了。

我们没搬家前和师傅家原本就是邻居，只相隔一道跑马坡和几户住城墙洞的人家。奶奶讲跑马坡几百年前就有，率兵的将军骑着马从这里登城打仗，城墙洞却是有快枪快炮以后挖的，兵们可以在洞里不见日头环城跑一圈，又打仗又不死人。奶奶还说，兵们把仗打完后全发了财，去城窝窝住了砖房，才撇下这些天不管地不管的城墙洞让穷人安家。如今我和奶奶搬出了城墙洞，住进了城墙对过的小瓦房，虽然距师傅家有点远，但一阵小跑就可以赶过去。

拜师的路上奶奶一直攥住我的手，不让我撒开腿跑，她那双小脚走多慢我也得走多慢。奶奶说拜师不是串门子，要恭恭敬敬，要她在前我随后。足够我跑两个来回的时间，奶奶才领我来到师傅家。师傅家住的城墙洞是这段城墙里最大的一个，个子不高的人直着身子也能走进去。没容奶奶多讲，师傅就一口答应收我做徒弟，但那副银耳环师傅死活不收。奶奶说无礼不成师，师傅说我当初捡到的那个钻头就是拜师礼。奶奶说那只能算物归原主，师傅说那可是救命之物。他们为那副银耳环来来回回的客气，我没了事，就领上金儿从师傅家跑出来。

金儿是师傅的女儿，最近这些日子追前追后把我叫哥，让我领她玩。今天领金儿去哪儿呢，我想了想，领上金儿去爬城墙。我没领金儿走跑马坡，而是领金儿去了百步开外的一个城墙洞。那个洞是我几天前发现的，它半掩在草丛里，矮矮的洞口一点也不起眼，洞身却在城墙肚子里盘了三层，最上面那层被雨水浇塌了顶，由此探探身子就可以窜上城墙。金儿到底是个丫头片子，一进洞就扯住我不放手，分明还能看见一星半点路，却嚷着什么也看不见，摸索到第二层又说没劲了，爬到了我的背上。金儿都六岁了，身子还轻得像个三岁的小孩，我驮着她，半爬半背从塌顶的窟窿钻了出来。

我是第一次领金儿上城墙，我们看到一个即将坠落的太阳。软绵绵的阳光越过城外散落的村庄，越过残缺不齐的城墙垛口，涌向破败的城楼子，从城楼子外墙的两大排窗孔钻了进去。我想领金儿去城楼子里看看，她不敢去，说城楼子里住着吃人的鬼兀子。我说鬼兀子怕见光，只敢夜里出来转转，现在想找也找不到。金儿听了后还是有些怕，但敢随我走了，我安慰金儿，说我和许多伙伴早就去过城楼子，我们在殿堂的立柱间绕来追去，扑腾出一身灰，连鬼兀子的一根毛都没见到。

城楼子原本有宽厚的四扇大门，现在只剩下宽厚的门框。我牵着金儿跨进门框，立即置身于空旷的殿堂，十多条光柱从我们头顶划过，让殿堂四壁生辉。我领着金儿绕过一个个立柱，来到楼梯下。楼梯的一侧紧贴山墙盘向顶层，另一侧只剩下东倒西歪的几根扶手，残缺的踏板和墙壁之间挂满了蜘蛛网。我告诉金儿，说我听小伙伴讲，天黑严实后鬼兀子就从这儿上楼下楼。金儿一脸惧色地朝楼梯上看，看着看着笑了，她说没谁走过楼梯，上面的蜘蛛网一根都没挂断。我又领金儿去看逃命洞，在殿堂中央，两根立柱之间，厚重的石条箍出一个高出地面的洞口，砖砌的台阶直落进洞口深处。我给金儿讲了守城的兵打了败仗后如何从这里钻进城墙肚子里，再由遍布城墙根的洞口四散逃命。金儿扯住我的手，好奇地俯下身子朝洞里看，她看到台阶上落满浮土，浮土上有两溜向下走的新鲜脚印。

这两溜脚印没让金儿感到意外，却把我吓了一跳。我朝四周看了看，没觉察到半点人影，我在洞口外的地面上寻找，厚厚的尘土上只有我俩踩出的脚印。我拉住金儿就朝殿堂外走，我告诉她，人的脚印走哪带哪，这两溜脚印少了来路，肯定是鬼兀子留下的，鬼兀子身轻如云，所以挂不断蛛丝，所以能凭空落在台阶上，说不定鬼兀子就躲在洞里等着我们下去。

城墙上的世界宽阔敞亮，殿堂里那些没有来路的脚印很快被我忘掉了。太阳正在慢慢西沉，将它身后的光芒大把大把地收回。随着最后一抹阳光的消失，它仰天一躺，彻底沉了下去。天色在慢慢暗下来，傍晚的风掠过城墙外的原野，掠过护城河，带着淡淡的腥味翻上城墙，团团围住了我和金儿。有这种风陪着逛城墙最容易忘掉时间和距离，我和金儿数着垛口一路逛下去，逛到了一片倒塌的垛口前。我让金儿学我的样子，把身子从半塌的垛口探出去，指给她看下面稀疏的林子和林子旁一些埋人的土包，给她讲了只有我知道的秘密：那是在只有星星没有月亮的夜晚，城里城外的人全睡着以后，常会有官家押着人犯来这里砍头，每回都是一个细腰细脖子的瘦官领队，他提着马灯，率几个背枪挎刀的兵。他们有时绑来一个人，有时绑来两个人。他们先找个树杈挂上马灯，再让绑来的人伸长脖子跪在马灯旁，接着就是刀光一闪，绑来的人如果一声不吭，那么从头到尾就没一点声音……

我们向回走时天已经完全黑下来，脚下的城墙被夜色掐头去尾，只留下身前身后短短的一截。城墙两侧变得深不见底，大街小巷也在慢慢沉入地下，只有城窝窝的那十几盏洋灯挣扎出黑夜，扑闪扑闪地昭示着这个城市的存在。我知道那些洋灯一夜都不会灭，因为每盏灯都拖着一条送油的线。我还知道那些洋灯的对面就是古槐林，人们常去那里烧香，奶奶也领我去过。我们只在古槐林的边边点上两炷香，不像有的人给每棵古槐都插上一炷。

二

我正式成了瘪嘴瓷匠的徒弟，全部拜师程序是爬在地下磕三个头。两个银耳环算礼也算赠，由奶奶亲手戴在了金儿的耳朵上。我不知道金儿耳垂上还有两个透亮的小眼，我问师傅是不是拿牛皮钻打的眼，师傅裂开嘴大笑起来。这是我看到师傅最痛快的一次开怀大笑，把上下两个光秃秃的牙床都笑出来，舌头在牙床之间高兴地发抖，松弛的腮帮子也被拉扯得平平展展。

拜了师，我的吆喝就名正言顺了，在僻静的窄街小巷里由我吆喝，在热闹的大街上由师傅吆喝。窄街小巷里生意多挣钱少，穷人的破碗旧茶壶本来就值不了几个铜板。大街上生意少挣钱多，富人拿出来补的东西名堂很多，常有值钱货。活多活少师傅都不愿让我上手，他说我气力不够，还稳不住大腿窝中的瓷件，只让我用一把很小的铁锤在拳头那么大的铁砧上去砸几根熟铁钉。钉坯师傅早在家里砸好了，我仅仅根据师傅的吩咐砸弯铁钉的两角。砸了几十天铁钉，两条胳膊有了劲，跑了几十天街巷，两条腿也有了劲，师傅开始让我练手。

记得是在六拐三绕的东乾巷，一座树多房少的小院里，一个麻脸男人给我们拿出一只浅口红彩瓷碗。碗没破开，只裂了半条短缝，手一掰碴口还沙沙响。这种碗最好下钻，师傅先在裂缝两边点出两排点，让我再把每个点钻透。那院里有树荫，太阳也不毒，我却冒出一脑门汗，没过多久手就抖起来，腿窝中的碗像涂过油一样滑来滑去。麻脸男人看见我这个样子有些担心，说这碗是给他妈喝药的碗，病没除碗不能换，别让小孩钻砸了。麻脸男人话音没落，我又钻透了一个眼，耳朵听话分了心，钻透了还当没钻透，钻杆直向下压，红彩瓷碗由腿窝中滑落地下。

我被吓傻了，麻脸男人随后甩来的一个耳光也没把我打醒。地下摔成两瓣的碗片呈个八字躺着，像一只张开虎口的大手，要伸过来把我掐死。下来发生的事全在恍恍惚惚中发生，我一声不吭地蹲在师傅旁边，看着他给我收拾残局，搂在他腿窝中的碗片像吸走了他的魂，被他遗忘了的嘴唇和腮帮子自由自在地向下耷拉，似乎一晃动就能掉下来。

不知过了多长时间，那只浅口红彩瓷碗又出现在师傅手中，密麻麻的小铁钉锁起一道长缝，宛如我奶奶用粗黑线精心走了一道来回针。麻脸男人用水试了试碗，一滴不漏，白着眼丢给我们两个铜板。师傅领我来到巷口，用这两个铜板给我买了一块芝麻糖，夸我挨打不哭，说学手艺就得皮实。师傅说话全靠嘴皮子和舌头朝外搅，别人听不太真，我句句能听清。我就扬起下巴走路，把两手抡得高高的，还满不在乎地咬了一口芝麻糖。糖没咽下去，眼泪却出来了。

这天傍晚，我带着金儿又上了城墙，清澈的夜空透出一汪深蓝，一颗又一颗星星正从那汪深蓝中浮出。我和金儿靠着垛口坐下来，数着头顶的星星，从稀稀落落直数到繁星满天。金儿问我为什么有的星星亮，有的星星暗。我说亮的星星有钱，暗的星星没钱。金儿问我为什么有的星星发白光，有的星星发黄光。我说发白光的是星爸爸，发黄光的是星妈妈。金儿又问我的爸爸妈妈在哪儿，我说没见过，奶奶讲他们早就死了。金儿说她正好有两个爸爸，一个在这里，一个在老家，可以让给我一个，问我愿意要谁。这个问题很难回答，金儿没等来回答就趴在我的膝盖上睡着了。我背着金儿沿跑马坡慢慢走下城墙，她的下巴轻轻搁在我的肩上，凉凉的银耳环在我被打肿的脸上蹭来蹭去，白天的那些委屈和半个天空的星星一同消失在逐渐升高的城墙后面。

师傅领着我十多天没有走进东乾巷，每次路过巷口，他都会站住，避邪似地朝巷子里唾一口。东乾巷不仅长，还贫富杂居，常有活干，几天前我扯住师傅要进去找活，师傅没搭理，谁知没过几天我俩被人恭恭敬敬请了进去。这个人竟然还是麻脸男人，他在巷口点头哈腰地挡住我和师傅，非要我们去他家坐坐，说又有好些瓷件等我们去补。我们还没有傻到为了争口气有活也不干的地步，何况麻脸男人一脸的和蔼。

我和师傅随麻脸男人走进东乾巷，来到他家的小院，他没给我们拿出瓷件，却把我们领到树荫下。树荫下摆着一张小饭桌和三只小木凳，几碟炒菜在小饭桌上腾着热气。麻脸男人让我们坐下，自己退后一步，一揖到地。他说多亏我把药碗摔开，让祸水从他家流走；多亏我师傅给药碗合缝，把福寿给他家留下。师傅吓得站起来，我却动也没动，小饭桌上的猪肉块早馋得我六神无主。没过多久我就心安理得地吃上了，因为麻脸男人讲出了我的功劳——他老妈用被我摔成两瓣又被师傅补上的那只碗喝了三天汤药就死里逃生，又喝了三天活脱脱像换了一个人。麻脸男人讲他开始只当药方好，后又觉得蹊跷，就去找八仙庵的因果仙人，求因果仙人给个答案。因果仙人听罢叙述，略加思索，挥笔写下破合两字，说祸兮聚于凹，破为走祸之径，福兮聚于凹，合为来福之道。并点透两字，说家中因有一破一合，导引祸福扭转，承寿承财岂止十年。

我那时并不识字，对因果仙人的文字游戏似懂非懂，我感受更多的是猪肉块的香味和师傅三盅酒下肚后的得意洋洋。师傅先吹他补茶壶补碗天下无敌手，又吹他的祖上还给道光皇帝补过九荷盘。师傅说九荷盘有桌面大，道光爷用它接甘露喝，一日天降玉石，将九荷盘击为数块。道光爷本想重烧一个，无奈会烧这种大盘的人早就死了，只好下圣旨传我师傅他祖上去补。他祖上不慌不忙，向皇上要了一坛御酒半两黄金。先用御酒将碎盘一块块洗净，再用黄金把熟铁钉一根根包起来。两天后九荷盘补好了，盘面上看不见补缝，在九朵荷花之间却多了条张牙舞爪的金龙。

麻脸男人是个孝子，给我师傅斟的每一盅酒都诚心诚意。受此抬举，我师傅很快就喝得醉醺醺，由他嘴里再也搅不出我能听懂的话了。醉酒的师傅没法再去走街串巷，我只好挎上背搭子扶他回家。麻脸男人看我们要走，捧来许多铜板塞进我的衣兜里，一边塞一边向我告罪，说他从八仙庵一回到家就先抽了自己两个耳光，一个耳光是还我的，另一个耳光是教训他自己有眼不辨祸福。

师傅回到城墙洞就醉死过去，他侧身而卧，鼾声从他的两片嘴唇之间噼噼啪啪朝外挤。我和金儿高兴地数着从衣兜里倒出的铜板，叫唤着要吃甜豆包。金儿妈捏了十几个铜板去买白面、小豆和冰糖，我借着那股子高兴劲领金儿来到城墙下。这回我要给金儿亮一手，我先找到一处砖缝齐整的墙面，脱了鞋掖进后腰，向手心吐了口唾沫，就端直向上爬去。每层城砖之间都有半指宽的砖沿，只够落上个手指尖和脚趾尖。我将身子紧粘住城墙，单脚单手向上挪，喝半碗烫粥的工夫就爬上了城墙。从城墙上朝下看，金儿不比一只兔子大多少，她看我爬上了城墙，发出一声欢呼，蹦蹦跳跳从跑马坡上来找我。我们没敢走远，大团大团的乌云正从城南的群山中蜂拥而出，黑乎乎地掠过我们头顶，晚归的老鸦们像是被乌云抛出的一件黑色大氅，聒噪着掠过城墙上空，直扑城窝窝。一柱阳光斜劈开云团，罩住了城窝窝那片古槐林，使古槐林在一片青砖灰瓦中绿得耀眼，绿得让人发怵。

三

自从麻脸男人请师傅喝过酒后，东乾巷成了我和师傅出行时的必经之路。我们在这条巷子里的生意多起来，有时一个上午就能补三四家，有些根本不值得补的粗碗旧碟也拿出来让我们补，说是要借借我们的手气。一日我们被叫进麻脸男人的邻家干活，邻家老翁正捧着我们给麻脸男人补出的那只碗，碗里的热汤飘散出淡淡的药香。我问到此碗，老翁说是十个铜板租的，还说用此碗喝药病就是见好。从这家出来后我问师傅老翁说话是真是假，师傅说只要有活干就好，别管什么真假，这年头瓷件不值钱，贱的才四五个铜板一件，有几个人愿意花两三个铜板去补一条缝呢。师傅说过此话不久，又一件别管什么真假的事找到我们头上：两个衣帽浑黄的兵一大早堵住了师傅住的城墙洞，客客气气地说长官有请，有几件东西要补。

在师傅眼中，每个衣帽浑黄的兵都是长官，他眼屎没顾上抠，干粮也没顾上带，挎上背搭子就随兵而去。师傅走在两个兵中间，弯下腰，头也不敢抬，高出他半截子的兵就像押着一个犯人去城墙下砍头。他们走了没多远迎面碰上我，押送的犯人变成了两个。有兵护送着去干活让我颇感新鲜，路人的侧目又让我平添了许多自豪。自豪够了肚子也饿了，就把奶奶给我烙的两张杂面饼从兜里取出来吃。我先递给师傅一张，他一撕两半，诚恳地请两个兵吃，看看对方不感兴趣，才一小片一小片揪下来往自己嘴里填。师傅吃这种东西很费力，要用舌头和牙床不停地搅动，搅上好半天还是原模原样咽下去。师傅的一张饼咽完了，古槐林也出现在我们面前，我和师傅沿街找活时常常和这片槐树林擦肩而过，但像今天这样绕过大半个林子还是头一遭。林子里全是几人合抱的树干，它们像一群疙瘩满身的千年老佛，相互之间拉开距离，阴沉沉地固守着自己的地盘。它们的枝杈粗壮、交错，上端托举着绿荫，下端承接着夜夜落宿的老鸦。这会儿老鸦们已经出城觅食，一个瘸子在安静的林子里清扫着老鸦粪。

一排青砖小院与古槐林隔街相望，几个兵由敞开的院门走进走出，有几座小院的门前立着木柱，木柱上悬着洋灯，一根送油的线将这几盏灯连在了一起。我和师傅也被领进一座小院，院里没有街房，两边的厦房窗口紧闭，老兵领着我们直往里走，进了一明两暗的正房中厅。中厅里摆着几把椅子，靠墙角是一条宽板凳，上面摆了一分两半的大碗小碟、帮子磕掉一豁的茶壶，断开一角的供盘，还有一个裂了条长缝的夜壶。

有请我们的长官被兵从里间请了出来，师傅只敢看着自己的脚尖给长官打招呼。我不知道要害怕官，直挺挺地看着他。这一看看出了似曾熟识，熟识在哪儿呢，我没费劲就想起来，他就是瘦官，好些个没有月亮的夜晚，在城墙的垛口下，马灯每回都要照亮他的细腰和细脖子。瘦官面无表情地吩咐我们要把活干细干好，不能有漏，还说钱不会少给。他说话时一直上下挥舞着右手掌，就像在城墙下命令兵们举刀砍头时那样。师傅哼哼哈哈地请瘦官放心，看看瘦官要走，我上前叫了声长官，客气地问他哪天还会押着人犯去砍头。我问这句话仅仅是想得到准确的消息，到时候好领上金儿去看热闹。瘦官没有回答，抬起脚将我踢翻。

瘦官气汹汹地走了，留下照应我们的老兵扶我起来。老兵问我怎么知道这些事，我说我夜里常在城墙上逛荡，好几次看到兵们押着人犯来城墙下砍头，领队的就是这位长官。老兵叹口气，说我是哪壶不开提哪壶。

师傅已被吓晕了头，牛皮钻在手中颤颤发抖，耷拉下来的嘴唇和腮帮子也陪着一块儿抖。我不怎么害怕，只是在想瘦官为什么发火，莫非他专挑没有月亮的夜里干那件事就是为了不让人知道。

老兵慢慢给我们道出了缘由，他说长官这几天正为专司砍头的事和太太闹架。太太眼看三十挂零了还坐不上胎，求医拜佛闹腾个遍也不顶事，后来经一个什么因果仙人指点，方知是因为她男人手中冤鬼太多冲走了胎气。仙人开出个怪方子，让敲开几件家中常用的瓷件，放冤鬼们去四处投生，再补上那些瓷件，重聚胎气于家里。仙人还点了名，非得让住在城墙洞里的瘪嘴瓷匠掌钻。

我和师傅为这些破碗烂壶整忙了一天，中午老兵端来的官饭也没怎么吃。师傅只让我守着铁砧砸砸钉子，连腻子都不让我抹，唯恐哪条缝抹不严实漏掉了瘦官太太的胎气。最后补的是夜壶，臊臭不说，还死厚。厚了就需长钉，我们没准备这么长的钉坯，师傅就取过铁砧自己砸。我没了事干，抓了个官馒头跑出小院，我想从近处看看门外木柱上那盏洋灯如何点亮，那根线如何把灯油送过来。日头才落下城墙，距天黑还早，它什么时候会点亮呢，我等着等着，灯没点亮，等来了归巢的老鸦。老鸦们在很远的地方扯出一条黑色的圆弧，飘飘摇摇飞过来。圆弧越来越宽，越来越厚。呱呱的鸦噪由远到近，变得震耳欲聋。老鸦们飞到街对面的古槐林上空后并不降落，而是不停地盘旋，像一个巨大的黑水潭带着旋涡倒扣在天上。旋涡越旋越低，越旋越快，带起的风撩开了我的褂子，扬起了满天的灰尘。旋涡终于触到了槐树梢，黑水潭顷刻间破碎成无数黑泥块喧闹着挂满枝杈。

师傅怕我在外面给他惹事，请老兵把我叫回来，训我了几句，说学手艺就要多看，哪能得空就溜。又让我仔细看着他给夜壶箍长钉，说长钉难得用一回，里面有许多窍道。

那天是瘦官太太验的活，她和瘦官像是一娘所生，也是细腰细脖子。每一样补好的瓷件她都要亲手用水试，就连夜壶也如此。验明了一个不漏后她不动声色地丢给我们两个银角子，让老兵送我们出门。两个银角子要顶百十个铜板，师傅攥着银角子冲瘦官太太撒了许多千恩万谢的话才领我离开小院。门外天蒙蒙黑了，木柱上的洋灯也已经点亮，我第一次如此近的看到点亮的洋灯，它并没有我想象中那么辉煌，我甚至怀疑这样昏黄的灯光在城墙上怎么还能看见。探究完了洋灯，我还想去路对面的古槐林转转，听听老鸦们在怎样论古道今，师傅却拉住我怎么也不松手，他说再迟回家就会碰上劫道的蟊贼，蟊贼掐指一算就会知道我们身上有两个银角子。

回到家时奶奶还没睡觉，正在油灯下给人家做针线。我问奶奶砍别人头的人会遭什么报应，奶奶说会不得好死。我又问奶奶让别人砍人头的人呢，奶奶说会断子绝孙。于是我给奶奶讲了今天给瘦官太太补瓷件的事，谈到了那两个银角子，还捎带提了提瘦官踢我的那一脚。奶奶停下针线，说瘦官命债太多，晦气难除，说瘦官太太生猫生狗也生不了人。奶奶的话从来很灵验，我想瘦官太太的那两个银角子八成要白掏了。

四

天真的热了，我和师傅一同剃了个大光头，穿着奶奶给我们做的短裤衩和小汗褂去走街串巷。虽然有两顶破草帽遮阳，我俩还是晒得黝黑，像两只一大一小没有翅膀的老鸦。活越来越少了，师傅说人们热乏了懒得叫我们，等天凉了活就会多起来。

师傅嫌日头太毒，不让我每天都跟他出门，让我留下砸钉坯。钉坯砸多了也没用，我就和一帮小伙伴到护城河里戏水。金儿总要跟着我去，把我脱下的衣裤一把抓走，说是怕深草里的青花蛇会钻进裤腿衣袖。我和小伙伴们全是光身子下水，又全是狗爬式，人一多，河面上全是撅来撅去的小屁股，金儿不知道害羞，依然静静地看着我们扑腾。那时的护城河水又深又绿，倒入河中的大树总有一半支棱在河面，我们玩累了就爬上去，光溜溜地坐上一排。河里水草多的地方有大肥鱼，常和我们擦身而过，但只有小鲫鱼最好抓。我拿来金儿妈洗菜用的筛子，在筛子心压上一片烙饼，再在筛子边系三条细绳，用树枝吊着沉入水中，等一会儿再慢慢提起来，银亮的小鲫鱼会铺满筛底。金儿妈没有那么多油给我们煎鱼吃，就给我们熬鱼汤喝。等到鱼汤熬得像一锅稀稀的面糊，金儿妈就把鱼刺篦掉，加上城墙根采来的灰菜叶，再撒把盐，那香味能把肚子里的馋虫一条不剩地勾引出来。

晚饭后如果没有太大的风，我还会带上金儿去连蜻蜓，那时我们管蜻蜓叫麻郎。我先逮一只母麻郎，用细绳扎住腰，细绳的另一头捆在折来的树枝上，然后在城河沿找一处水草繁盛地方，抡起树枝，不久就会有一只公麻郎飞来和母麻郎连头连尾，抓下一只还会再连上一只。金儿问麻郎在干啥，我说麻郎在娶媳妇。金儿问为啥红麻郎连红麻郎、绿麻郎连绿麻郎。我说这就和富男人娶富女人、穷男人娶穷女人一个道理。金儿悟性好，一下子就悟出我和她都是穷人，我长大后可以娶她。

金儿见胖了，变得好看了，把我跟得更紧了，有几次死缠着跟我回家，玩累了就和奶奶并排躺着睡觉。我没了地方，只能横躺在她俩脚下。横躺着睡觉容易做梦，我的梦又常常和补瓷有关。

那夜我梦见魏胡子搬出个半人高的白瓷观音让我补。我知道魏胡子家供着观音娘娘，但没想到这么漂亮，白衣白帽白脸蛋上看不到任何疵点，樱桃小嘴嫩红得像一朵桃花。我围着观音娘娘看了几圈，也没找到要补的地方，还是经魏胡子指点，我才看出观音娘娘手中的净水瓶上有一条细细的裂纹。我决定仿照师傅的祖上，给裂纹箍一圈包金的铁钉。我开始给裂纹两侧钻眼，奇怪的是每钻一下观音娘娘都要皱起柳叶眉轻轻地哼叽一声。我不敢钻了，看着魏胡子等他想办法。魏胡子好像早有准备，他取出块大红布盖住了观音娘娘的头，他说观音娘娘并不痛，只是害怕，不让她看见就没事了。果然，我再钻时观音娘娘不仅没再哼叽，盖头里面还传出轻轻的笑声。裂纹两侧的眼钻出来了，包金的铁钉也箍了上去，一条小金龙浮在了观音娘娘的净水瓶上。魏胡子对我的手艺大加赞赏，让我揭掉观音娘娘的盖头，说观音娘娘看见这条小金龙会高兴的。我不知道盖头不是任人都能揭的，何况是观音娘娘的盖头。我不假思索，伸手就去揭。我没看见白衣白帽白脸蛋的观音娘娘，只看见不动声色的瘦官太太。

奶奶常给我圆梦。我梦见青蛙，奶奶就让我第二天走路要格外小心。我梦见吃了一块发苦的冰糖，奶奶就叮咛我别喝凉水。我梦见护城河里的青花蛇，奶奶就告诫我遇见手拿绳子的人要快点藏起来。我告诉奶奶昨晚上我梦见观音娘娘变成了瘦官太太，她说坏了，好事变坏事，这女人要找你们的麻烦，以后见了她要绕开走。

还没等我和师傅绕开走，麻烦第二天就找到了我们。一大早我赶到师傅家时，师傅又被两个衣帽浑黄的兵叫走了。金儿妈抱着金儿正在哭，她说这次来的兵凶煞人，骂爹骂娘骂祖宗，还嫌我师傅拾掇得慢掀掉了门板。我不知道该怎样安慰金儿妈和金儿，只能陪着她们死等。正午过后，我带金儿爬上了城墙，在那里可以看到许多街巷的起端和尽头，过了很久师傅的身影在远处的巷口出现了，他走得极慢，似乎已经在这条巷子里转了三天三夜。

我和金儿跑下城墙去迎接师傅，他驼着腰，垂着手，一脸的呆滞，空荡荡的肩上没了背搭子。金儿妈在师傅背后好一顿捶打才让他回过来一口气，他说瘦官太太的夜壶漏了，他说他记得很清楚，因为夜壶帮子太厚，腻子在缝上还多压了几个来回，怎么一个多月就漏了呢。他想重新压腻子，瘦官太太不依，说把攒了两个月的胎气全漏掉了，要重新补，就手将夜壶抛在地下，摔成了八九片。这一下任神仙也补不拢了，瘦官太太就扣下了背搭子，说不让他再去哄人。师傅说到这里扯开腮帮子痛哭起来，他说他哪敢哄人，说祖上有遗训，哄人如哄神，铁砧要炸、钻杆要裂、钻头要遁。

师傅一卧不起，两天来他不吃不喝，只是不停地讲述他的委屈，他的两个眼窝很快就像没了牙的腮帮子那样凹下去。第二天中午，我领着一脸愁容的金儿走出城墙洞，外面热得像柴火上干烧的铁锅底，几棵不大的树被烤得垂头丧气。我们在树荫里坐下来，金儿爬到我的怀里，身子在微微发抖。我问金儿怎么了，她说她害怕。我问她怕什么，她说她怕挨饿。我说别怕，还有我呢。此话一出口，我顿时觉得自己长高了一头。我想了想，让金儿回去等我，就直奔魏胡子家。

日头略略偏西，天上没有一丝云彩，房子街道全被烤得焦黄焦黄。魏胡子家大门紧闭，好像这样就能把酷热关在门外。门上的两只铜虎衔着门环瞪着我，我伸直胳膊，冲门环一阵狠敲。魏胡子很快被我敲了出来。他一身雪白的绸褂绸裤，再加上白胡须和手中的大折扇，活脱脱一个神仙。他问我是谁，我说我是瘪嘴瓷匠的徒弟。他问我有何贵干，我问他为什么要让我给他补白瓷观音手中的净水瓶。他说没这回事，我说是我亲手补的怎么能没这回事。我告诉他我用的是包金的铁钉，补的时候观音娘娘一个劲地哼叽，是他用盖头把哼叽捂了回去，又哄着我把不动声色的瘦官太太揭了出来。魏胡子听罢仰头大笑，说老夫今日也听了回天书，说罢扯住我进了他家院子，来到客厅。客厅的供桌上真立着一个白瓷观音，那模样竟然和我梦中的不差分毫。魏胡子让我瞪大眼睛，看看净水瓶上有没有补丁，我挣开他的手，说补丁是做梦时箍上的。他说梦中是假，我说师傅被瘦官太太扣住背搭子是真。魏胡子来了气，非让我说个明白。我就从瘦官太太三十岁了还没坐上胎说起，说到我和师傅给她补了一整天的瓷器，说到我横躺在奶奶脚下做的梦，说到梦后瘦官太太因夜壶有漏又叫走了师傅，扣下了背搭子，害得我师傅一卧不起。我还提醒魏胡子，说我们用的钻头还是他给的五块大洋买的，我师傅就没舍得拿那五块大洋去镶假牙。

魏胡子听出了神，合住他的大折扇半天不声响。末了他问我是不是想让他帮着要回背搭子，我说当然该你去要。魏胡子苦笑了一下，又问我能不能认出那个瘦官，我说就是在城墙下让兵们砍人头的那个。魏胡子一听皱起了眉头，他用折扇慢慢捋压着自己的胡须，在客厅里踱步，两个来回后拐进了里间。魏胡子没让我多等，很快又从里间出来，拉过我的手，压进了五块大洋，吩咐我陪着师傅去重新买个钻头，另配一杆牛皮钻。我接住大洋，问他为什么不敢帮我们去要回背搭子，是不是害怕瘦官，他说有时候怕，有时候也不怕。我轻蔑地看了魏胡子一眼，脱掉汗褂包住大洋，提起来就朝外走。才走出客厅，魏胡子叫住了我，他让我转告师傅，说托我师傅补好的那只碗的福，他儿子选上了省长，这五块大洋算是谢礼。我问魏胡子省长是多大的官，他说比天小一些，比地小一些，比枪筒子小一些。

五

说不准是五块大洋的缘故，还是魏胡子关于谢礼的话，我师傅当天就下床喝粥了。粥是小米加扁豆熬的，他吸溜吸溜喝过两大碗，揉揉肚子，说是心里好受多了。我心里可没怎么好受，那把我用起来得心应手的牛皮钻总浮在眼前。师傅早就说过，那把钻迟早要传给我的，我长大后将一个人背着它走街串巷，我要用劲吆喝，挣来很多钱，养活奶奶和师傅一家。我还打算有钱后不让师傅一家再住城墙洞，给他们也找间小瓦房，就在我们家旁边。等金儿长大了，我就把她娶过来当媳妇，让她跟奶奶学针线，给奶奶扫床暖被窝。想到这里，我觉得瘦官太太扣下的已经不仅仅是背搭子了，还有我憧憬中的全部幸福。

撇下师傅和金儿妈，又劝回了金儿，我一个人闷声闷气上了城墙。城墙上的草全被晒枯了，壁缝里的枸桃树只剩下稀稀拉拉的几片叶子，城墙外看不到多少绿色，远处零零落落的村庄像一堆堆有棱有角的土疙瘩。城河水变浅了，鱼儿烦躁地直冲水面，一阵风掠过城河，带着浓浓的腥臭，攀援着城墙翻上来，将我团团围住。晚归的老鸦们无精打采地从我头顶飞过，它们在城外肯定没吃饱肚子，抛下来的叫声就像延绵不断的埋怨，就连抛下来的稀屎也比往日少了许多。我目送着老鸦飞回那片古槐林，师傅要传给我的牛皮钻就被人扣在古槐林对面的那座院子里。我想，饿着肚子的老鸦不会再有精神与古槐论古道今。没有了老鸦们的喧哗，院子里的瘦官太太肯定会睡得像一条护城河里的死鱼，死鱼就是剥掉它的鳞片也不会醒过来。我想到一个让我心里也好受起来的办法,那办法也就和钻城墙肚子里的连环洞差不多——在一片漆黑的连环洞中，我可以只凭手脚触摸走出好几里，陷人的竖井我可以轻易躲开，屯粮草的死洞我能原路返回，梯洞我不用探就知道脚坑在哪，斜坡洞我敢一溜到底。我在洞里捡到过子弹壳、破军衣，还在极隐秘的一个窄洞里从容地摸过一个人完整的骨架，他头顶上没皮没肉，却长着一片茂密的头发。

我在城墙上一直等到夜幕笼罩住城里城外，等到城窝窝的那十几盏洋灯扑闪得睡意蒙眬。我想，是时候了，该钻进漆黑一片的大街小巷了，这里虽然不像城墙肚子里的连环洞那样趣味无穷，但在它的尽头却藏着我憧憬过的全部幸福。我下了城墙，消失在夜幕中。

不久，我就蹲在了与瘦官太太住的小院隔街相望的一棵古槐下。我抱住双膝，尽量缩小身体，两眼死盯住街对面小院的门。我身后的古槐不再像一群千年老佛，更像一片黑压压的武士,粗壮的枝杈就像武士的臂膀，托举着成排成堆的老鸦。这些没吃饱肚子的老鸦可能正在做梦，梦见城外的土地变得翠绿，肥大的蚂蚱和手指粗的蚯蚓遍地都是。

悬在小院门前的洋灯帮了我的忙，进去几个兵出来几个兵我全看得清清楚楚。那个照应过我的老兵也出来了两次，第一次是给瘦官接风扫尘，用皮甩子在院门前给瘦官的前襟后襟裤腿裤脚抽打个遍，好像要把附在瘦官身上的冤魂全赶走。第二次出来是用皮甩子抽打自己，他左抡右抡，抬脚举臂，前仰后合，丢下一团飘浮的灰尘后回到小院，返身插上门槛，把院门闭上了。我竖起耳朵，没有听见老兵插门闩的声音。我跑过街道缩身在门槛下，小院里有灯光也有人声。我把门慢慢推开一条缝，侧身溜进去，两厢的厦房窗扇大开，有灯光照出来，有兵在里面打呼噜、哼小曲。中厅一侧的偏房有灯，瘦官的影子在窗框里闪动。我手脚触地，贴着厦房窗根摸进中厅，凭着微弱的光线在中厅里搜寻，师傅的背搭子让我从门后找了出来。我小心翼翼地把背搭子压进怀里，弓下腰窜到院门后，侧身向外溜去。我已经溜出去一条腿和半个身子，门却吱呀一声被人推开，裹在旗袍里的瘦官太太像条青花蛇站在我面前。我怎么也没想到瘦官太太会在此时出现，我愣了愣神，埋下头就向外冲。我似乎先撞上一个软软的肚子，又踩上一条细细的胳膊，还听见一声惊骇的尖叫。不等叫声落地，我已经窜过了街道。悄然融身在古槐林里。在我头顶，被瘦官太太的尖叫打断美梦的老鸦气呼呼地吵闹成一片。

六

我什么事也瞒不住奶奶，那晚也一样。奶奶问我为啥回来这么迟，我说天太热了，在城墙上找凉快，奶奶说金儿上城墙找我了两回。我说我去钻城墙洞了，奶奶问有谁这么晚钻城墙洞，钻城墙洞咋能把城窝窝的老鸦吵醒。我说不是我，是瘦官太太吵醒的。我这么一说还能瞒住谁呢，藏在门外的背搭子也只好提了进来。奶奶拨亮了窗台的小油灯，从床头扯过她的针线蒲篮，找出纳鞋底的锥子，让我跪下。我说我没错，拿回来的都是师傅的东西。奶奶看我不跪，一锥子扎在自己的手臂上。我眼泪汪汪地跪了下来，我不怕奶奶骂，不怕奶奶打，不怕奶奶不给我饭吃，就怕她用锥子扎自己。

奶奶丢掉锥子，下了床，找来扫床的笤帚疙瘩数落着开始打我。奶奶说这两天她就没睡着过，一直在想着办法。奶奶说办法已经想出来了，就是由她领着我和金儿去给瘦官太太下跪，强人不欺软汉，何况是孤老弱子。奶奶说我这一下子给师傅家闯了大祸，这个祸没底没边，堵不住也围不住。奶奶说瘦官砍个头像咬颗豆，放把火像擤滩鼻，绝一户人家像踩死只蚂蚁。我挨打的委屈被奶奶形容出来的前景吓跑了，我抱住奶奶的腿，六神无主地求她快想想办法。奶奶丢下笤帚疙瘩，把我的头搂进她的怀里哭起来。哭了没多久，奶奶不哭了，她拉我起来，说也不全怪我，说眼下没工夫哭，要赶快想出个办法。奶奶爬上床，盘了脚，戴上顶针，给针穿上线，拿出块薄布一针一线缭起来。奶奶只有在干针线活时才能想出办法，我也爬上床，坐在奶奶旁边，等她把办法想出来。今天奶奶的手不再像往日那样灵巧，针脚走得宽窄不一，她换了块厚布重新缭，针脚走得更加零乱。我眼皮开始打架，奶奶手中的针线在我眼前也越来越模糊。我把手臂伸给奶奶，让她用锥子把我的瞌睡扎掉，她说不用了，说她想出了一个办法，让我赶紧去把师傅一家三口接过来，三十六计走为上策，先藏在我们家看看动静再说。奶奶让我领师傅一家过来时别惊动四邻，要神不知鬼不觉。

去师傅家用不了多长时间，我撒开腿，在寂静中一路小跑。半高的月亮把地面照得银亮，几棵枝叶稀疏的树撒下稀疏的树影，像一片片压住尘土的潮湿。我对奶奶想出的这个办法佩服得五体投地，我一路跑一路想着明天一大早瘦官太太扑个空时将会气成个什么样子，她会让兵们放把火把洞子烧掉？烧就烧吧，在城墙下找个能住人的洞子比我在城河里摸条大鱼都容易。越过两个巷口，绕过三堆瓦砾，再爬上一道土坡，一片火光在我眼前腾起，我看到师傅家住的城墙洞正向外翻卷着火苗，被火光打出轮廓的那段城墙似乎正在倾斜，就要倒塌。

我狂奔过去，撞开几个观望的人，师傅就躺在我脚下，不知从哪儿流出的血糊满了他的脸。我蹲下来，叫着师傅，用手抹去他脸上的血。师傅听到了我的声音，吃力地对我搅着舌头，让我去找金儿。我站起身，只见金儿妈正披头散发跑来跑去，对着一个又一个城墙洞嚎叫。那些邻洞的人都见到金儿怀里抱着什么被兵们从自家的洞里拖出来，他们却都没看清金儿又从哪个洞口钻了进去。

每个人都会有一段回忆伴随他走到生命的尽头，我的那一段就要开始了。我记得那夜烈火熊熊，我记得那夜月光如泄，我记得我的心在漆黑的城墙洞里擂鼓般怦怦直响。我呼叫着金儿，声音被洞壁顷刻间吸走。我下到陷阱里去探底，柴棒子划破了我的腿肚。我钻进那个极隐秘的窄洞，完整的骨架伸出一只手敦住我的脚脖。我爬着爬着停下来，我不相信金儿能跑多远。我得判断一下我现在的位置，我要仔细想想还有哪个偏洞没有搜寻。我摸着洞壁转动着身体，一个蓝色的亮点在我头顶一闪，我突然意识到城楼子此刻正压在我头顶，从这儿出去就是逃命洞。我曾由这儿看到过太阳的一丝余晖，现在又看到月光在悄悄召唤。这是天意，我不容自己迟疑，死盯住那个亮点朝上爬。我过去从没爬过这段洞子，因为我不想同下来找小孩吃的鬼兀子打个照面，现在我盼望着鬼兀子立即出现，告诉我金儿的去向。亮点越来越大，我探身出洞，立即置身于殿堂里，一个个洞开的窗口射进一股股蓝幽幽的月光，将这里切割得七零八落。我环顾四周，没有鬼兀子，没有金儿，只有贴墙而上的楼梯和两排阴沉沉的立柱。我绕开洞口，一团布绊住了我的脚。我把布团拉展，是师傅的一件旧褂子。我提起褂子，五块大洋哗啦啦掉在地下。我明白了胆小的金儿为什么敢独自钻进城墙洞，我不再惧怕住在城楼子顶层的那些鬼兀子了，我大声叫着金儿，在两排立柱中绕来绕去，空荡荡的殿堂只给我抖落下一片灰尘。我一步两阶，飞跨上楼梯，松散腐朽的梯板在我身后断裂脱落。我扑进顶层，依然没有金儿，山墙上的四对风窗就像四对鬼兀子的眼睛，冷冰冰地盯住我。我哭着喊着求鬼兀子把金儿还给我。我跪下来，绝望地用双手拍打积满尘土的楼板，求鬼兀子出来把我也带走。我哭着哭着没有了眼泪，我哭着哭着失去了声音，一阵极度的困乏令我神志模糊，我感到许多鬼兀子从四周向我围过来，他们纷纷伸出双手，轻轻把我从洞开的窗口捧入虚无缥缈的天空。捧我的手就像奶奶新缝的褥子一样轻柔，我一点也没感到害怕，我觉得金儿也是这样被捧走的，这些手一定会把我捧到金儿的身边，等我见到金儿，我要一把抓住她的手腕，死活不再松手……我抽抽搭搭地在这条飘浮的褥子上睡着了。等我醒来时已是日头高悬，几只麻雀在窗台上叽叽喳喳，从窗口涌入的光柱让昨晚的鬼气荡然无存，奶奶悠长的呼叫声从很远很远的地方飘进来。

七

奶奶请人将师傅抬到我家后才出来找到的我。金儿妈哪儿也不去，对着一个又一个城墙洞嚎叫，叫到第四天不叫了，她来找我奶奶，说她要回河东老家去，说金儿自己回家去了，正在老家等着她。奶奶没说什么，取出我捡回的五块大洋，挨个儿缝进一长溜白布，给金儿妈贴身裹在腰里。金儿妈跪下来给奶奶磕了个头，又给躺在地铺上的师傅磕了个头，站起来走了。

师傅没有任何表情地看着金儿妈出了门，让淤血绷得发紫发亮的脸扯平了一切悲哀，只从眼缝里渗出了几滴米汤似的眼泪。我给师傅擦去眼泪，继续坐在他身旁发呆。奶奶劝我别呆了，说金儿早已成了仙女。仙女不能恋财，所以丢下五块大洋，仙女要避世，所以形影不露。我问奶奶金儿成了什么仙女，奶奶说当然是城墙仙女，城墙洞子归她管，城楼子归她管，鬼兀子也归她管。还说我能在城楼子顶层平安无事睡上一觉就是有金儿暗中护佑，要不早就让大小鬼兀子一顿吃了。奶奶说着说着湿了眼睛，她撩起衣襟擦了擦，巍颤颤爬上床，接着干她的针线活。

我很难把金儿和城墙仙女联系起来，我想仙女应当法力无边，都过去了四天，怎么不见金儿让师傅消肿呢，怎么不让她妈知道她没去河东呢，怎么不给瘦官太太家降一场大火呢。我这几天眼睛是发呆，心里却不呆，在我的想象中，古槐林对面那座青砖小院不止一次像师傅家那样喷出火苗，瘦官和瘦官太太不止一次满身焦黑从小院里跑出。

奶奶出去接了许多活回来，她没有白天晚上之分了，除过做饭，我没见她停过手中的针线。奶奶说要多挣些钱给师傅看病，说一日为师，一生为父，要替我给可怜的师傅尽心。师傅脸上的血肿稍稍见消，可以把眼睛睁开一条缝了，但身上却吹了气似的肿起来。师傅的舌头可以稍微动动了，但搅来搅去只一句话，说他能起床了就去挣钱。师傅的话提醒了我，我从床下拉出背搭子，告诉奶奶我要出去找活。不管奶奶如何反对，我还是去了师傅家住过的城墙洞，在灰烬中找回一些熟铁块，叮叮当当砸了半晚上的钉坯。第二天一大早我就挎上背搭子出了门，出门前我安慰奶奶，让她放心，说我不走远，只在近处的小巷里转转。我还蹲下来给师傅打了招呼，他没问我背搭子是怎么回来的，只是抬起手臂在上面抚摸，那手臂肿得像个大胖萝卜，半透明的皮下藏着一汪黄水。

云似有似无，晨起的太阳很快就变得火辣辣，街上赶早的人为了回家躲热从我俩身旁匆匆走过，他们谁也没有感觉到我的存在。没有了师傅可跟，我突然感到自己的力量是那样单薄，斜挎的背搭子显得比平时更加沉重，就连我的吆喝也显得没声没气。我盲目地转着走着，不由自主又来到东乾巷口。一条母狗贴着墙角正向巷子里走去，它吐出舌头，垂下脑袋，身子薄得只剩下一巴掌厚，悬满奶头的皮像是被挂在了脊梁骨上。我随着母狗走进熟悉的巷子，我抛掉胆怯，运足底气吆喝了一声。我模仿着师傅的腔调，拖着长长的过门，希望引起老主顾的注意。我吆喝了一声又一声，没有谁打开院门出来，只有走远了的母狗扭回头木然地看着我。

我吆喝得嘴巴发粘，嗓子眼里像灌满了尘土。我想讨口水喝，在麻脸男人家门前停下来。门敲了没几下，麻脸男人把我迎进去，让进正房，他的老母亲笑眯眯地坐在炕上看着我。麻脸男人让我坐下，端来水让我喝，又问我师傅为何没来。我就给他讲了我们与瘦官太太的交往，讲了前些天夜里师傅家的那场大火，讲了金儿如何变成了城墙仙女。讲的时候我没有哭，麻脸男人却听湿了眼眶，他说因果仙人得一鞍套十马，害人不浅，又骂瘦官命债如山，冤鬼早就掐断了他老婆的胎脉。我等麻脸男人骂完了，就问他有没有活让我干，他还在思量之际，他的老母亲有意无意将自己的茶碗茶碟碰落在炕沿。

我离开麻脸男人家时已过正午，连挣带给的十几个铜板躺在衣兜里，多少给我了一些信心。头顶不知何时布满了薄云，惨白的日头躲在薄云上使劲向下烘烤，让城圈里变成一个热气腾腾的大蒸笼。奶奶说过天蒸人会蒸出大白雨，这场大白雨现时能落下来多好，我宁愿淋着雨踩着泥汤水在凉爽中去吆喝。

走出东乾巷，拐上了街道，我的吆喝依然没有人理睬。还往哪走呢，我站在一个交叉路口徘徊。东头是不能去的，虽然那条街富户不少，但古槐林的树梢正在一长溜房脊后向我探头探脑，瘦官和他的兵就住在那里。我朝西头走去，那里铺面少，富户也不多，走上一段路再朝北拐就是魏胡子家。如果来得及，我要找到魏胡子，告诉他背搭子已经回来了，他后来给的五块大洋全给金儿妈当了盘缠，告诉他有活尽管拿出来，我永远也不收他的钱。街上不多的行人全被太阳蒸得蔫蔫巴巴，只有我的吆喝声在街道上回荡。有人奇怪地看着我，惊讶我何以在此时此刻有如此响亮的声音。有人把我当成叫花子，隔着柜台丢来一个铜板。要在往常，我会一脚把铜板踢回去，今天我却捡起了那枚铜板，仔细放进兜里。在我的想象中，兜里的每一枚铜板都是给师傅消肿的药，师傅皮肉下的一汪黄水有了药就会变成一泡泡大尿流走。

又走了好长一段路，还是没有揽到活，我吆喝得腔子发痛，找了个石墩坐下歇口气，身旁卖西瓜的壮汉看也不看我一眼，他知道我不是掏钱买瓜吃的主。天上的云变厚了，就像一面大锅盖密实实地压住了满城的闷热。路上行人越发稀少，铺面纷纷关门上板，偶然会跑过去一辆黄包车，车把上的铃铛给坐车的人叫不出半点威风。

这会儿谁还有心叫我去补茶壶补碗，这会儿去找魏胡子不是成心让人家可怜我们几个钱。我不想再朝前走了，我从石墩上站起身，来到街道上。我准备去街道对面吆喝着再拐回去，一辆带顶棚的黄包车当啷啷叫着冲我跑过来，车后还跟着一个背大枪的兵。我向旁边闪开，车上的人却尖叫着让车停下。我向车上看去，瘦官太太正恶狠狠地指着我，说我是个贼，让背枪的兵抓住我。我什么也顾不上想，从肩上拉下背搭子抱在怀中撒腿就跑。我能听见背后追我的兵咚咚的脚步声，感到他直喷我后脖颈的喘息。我来回躲闪，猛然蹲下，抱成一团，这是我和小伙伴玩耍时最厉害的一招，兵果然上当，从我这块绊脚石上朝前飞了出去，又在我面前重重地落下。等兵爬起来时我已经跑出好远，我拐进了另一条街道。我站下来喘气，两条腿软塌塌地像被抽掉了筋。我实在没劲跑了，我必须藏起来，我抱着背搭子环顾四周，魏胡子家的院门在街对面大慈大悲地向我半开着，我一头钻了进去。

八

奶奶后来安慰我，说这一切都是命，我和她老幼相依是命，我跟瘪嘴瓷匠学补瓷是命，金儿的成仙是命，魏胡子留下半个院门让我钻进去也是命。我问奶奶命又是什么，奶奶说命就是老天爷的安排。

那天我按老天爷的安排一头钻进魏胡子家的院门，院里没处藏身，我几步又跑进了客厅。魏胡子正端坐在供桌旁的太师椅上闭目养神，我的模样吓了他一跳。他问我怎么了，我说瘦官太太要抓我，他问为什么抓，我说我从瘦官太太那儿偷回了师傅的背搭子。我话音未落，追我的兵进了院子。兵用枪托蹾着院子的地面大喊抓贼，魏胡子叫我别怕，随他出去应答。我随魏胡子来到院中，兵伸手就来抓，魏胡子出臂一挺，兵的手被挡了回去。兵没敢发作，魏胡子威严的长须和一身雪白的绸褂绸裤把兵吓出了院门。只一会儿兵领着瘦官太太又返回来。瘦官太太直逼魏胡子，问为什么不让抓贼。魏胡子问她丢了什么东西，是不是这孩子挎的背搭子，说这东西我十年前就看见他师傅挎着满街跑了。瘦官太太没了话说，就指着魏胡子的鼻尖问他是干什么的。魏胡子说老夫什么也不干，就给如今省长当爹。瘦官太太从上到下端详了魏胡子一阵，觉得此话不像有假，就翻翻白眼，说省长又怎么样，这两年就换了三茬。瘦官太太虽然嘴硬，还是领着兵退出了院子。

魏胡子将瘦官太太送出院门，看着她上了在门外等候的黄包车，突然跨前几步进了一言，说老鸦非吉祥之鸟，与其相邻非吉祥之居，说风水不好财丁难旺，怪穷孩子不如换个住所。瘦官太太在车上不屑地撇了魏胡子一眼，扭过头，冲车夫吼了一声。车夫拉起车就跑，兵笨手笨脚跟在车后，兵每跑一步枪托都要在胯上敲打一下，让人看起来像是在一跑一跳。魏胡子一直目送他们拐弯后才返回院子，他脸上隐隐约约带着笑，就像供桌上的观音娘娘那样，只是笑里透出一股冷冰冰的寒气。

告谢了魏胡子，我疲惫地向回走去。头顶的云已经厚得密不透光，天上地下一片灰暗。多亏归宿的老鸦从我头顶飞过，让我辨出了时辰。今天的老鸦飞得特别低，它们的翅膀像浸透了闷热潮湿，沉甸甸地抬不起身子，让人拿长竹竿一捅就能落地。它们的叫声慌张零乱，好像已经预感到某种不祥。它们没有像往常那样排成扇面，而是拉扯成看不到头尾的一长溜，似乎正被一只无形的手拖回去迎受灾难。

我刚到家，还没等推开门，老鸦们的灾难来了，一片枪声在城窝窝骤然响起。我丢下背搭子，由半塌的院墙爬上屋顶，朝城窝窝看去，那儿随着枪声腾起一片黑云。黑云迅速向四处飘散，没多久，成千上万只老鸦凄厉地叫着从我头顶逃向城外。随着老鸦们的消失，隆隆雷声从天而降，一阵突如其来的狂风把我从屋顶连滚带爬扫下来，黄尘夹杂着豆大的雨颗刹那间弥漫了整个世界。

这是我后来才知道的，瘦官太太坐黄包车回去后一直气不顺，她先骂魏胡子狗逮耗子多管闲事，又咒两年三换的官全都是短命鬼，迟早会被捆到城墙下砍头，一边骂还一边摔盆子摔碗，又掀翻了老兵给她端上的晚饭。老兵收拾了满地狼藉后退了出去，瘦官太太余恨未消也跟了出去。她头一眼就看到在古槐林上空盘旋的老鸦。那天老鸦的旋子盘得特别大，不时有鸦粪从天而降，溅在瘦官太太脚旁。瘦官太太总算找到了撒气的对象，她一招手唤来七八个小兵，让他们用枪把古槐上的老鸦打走，说这些老鸦非吉祥之鸟，祸害了天上祸害地下，早就该让它们挪挪地方。小兵们丢下饭碗正愁没事消遣，得令后提起长枪短枪一窝蜂似的向外拥。老兵闻声急忙跑去挡住院门，他劝瘦官太太收回成命，说这群老鸦是镇城的神鸟，拿枪打会犯大忌。小兵们几把就扯开了老兵，小兵们开枪时老鸦还落脚未稳，几排子弹扫过去，破碎的老鸦肢体和槐枝槐叶乱纷纷向下掉，打飞的老鸦羽毛在槐林中像黑色的棉絮飘来飘去，断腿伤翅的老鸦鼠子般在地面东钻西钻。

这也是我后来才知道的。当夜的那场大雨解了四郊八县的苦旱，灌满了护城河，却在城窝窝留下一方空白，让整片古槐林滴水未落。有人说这是天庭震怒，让龙王爷漏白以示众，有人说这是城隍显灵，免老鸦再受淋雨之苦。天亮后大街小巷里的人们纷纷出来，云集在古槐林周围，在他们眼前，老鸦们血肉模糊的尸体和槐枝槐叶在树下静静地铺了一层。许多人哭起来，老太太们找来香，点燃，插在每棵古槐下，有人拿来白布块给老鸦入殓。驻兵的几座青砖小院当时一直紧闭院门，有几个兵探头探脑从墙上朝外看，被愤怒的人群用砖块砸了下去。

我当时被瓢泼大雨堵在家中，后来又被昏睡不醒的师傅留住了两天。大雨中师傅已显神志不清，他死活不让我插上门闩，非说金儿就在门外。他让我打开门，说金儿被雨水淋得好可怜，说金儿有话对他说。奶奶不让我再关门，说师傅也许真的看见金儿了。我说金儿已经成了仙，师傅怎么能看见，奶奶说病重的人逢鬼遇仙是常事。雨下了一夜，师傅冲门外嘟嘟囔囔搅了一夜舌头，第二天雨停了，师傅朝门外清爽的天空长吐了一口气，昏睡过去。这一睡整整两天，两天中师傅鼻息微弱，叫不醒推不动。奶奶说师傅快不行了，从她的包袱里翻出几块布，给师傅拼出一件寿袍，又缝出一双薄底寿鞋。我不相信师傅会就此而去，我半卧在师傅身旁，不停地给他揉胳臂揉腿，想把那里面的水揉出来。水没揉出来，胳臂腿却被我揉得日渐消肿。两天后的傍晚，师傅出人意料地睁开了眼睛，让我搀着他出去撒尿。我搀着师傅摇摇晃晃挪着小碎步，好久好久才来到墙角。他靠着墙，对着大半截埋在地下的尿缸，撒了泡又粗又长的尿，那泡尿足能把一个人淹死。

师傅活了过来，他衰弱地躺着，等奶奶给他熬粥喝，我提了件褂子走出家门。两天来的重负眨眼间就不再存在，使我的脚步轻得没有了方向，等我停下来，跑马坡就在眼前。我顺坡而上，宽阔的城墙顶被两天前的暴雨洗刷得干干净净，一尺见方的脚砖像青石般平展，翠绿的草芽挤满了砖缝。我走向垛口，立即闻到由护城河上飘来的甜甜的潮湿。我穿上褂子，在属于我和金儿的那个垛口坐下来。眼前只剩下一抹晚霞的天空，这片晚霞就要烧完了，蓝黑色的云缕正在把它从西边的天际间挤走。下来就会夜幕降临，再下来就会明月当空。我要枕着城砖，什么也不想，在月光下美美地睡上一觉。像是存心不让我安宁，一群早该归巢的老鸦嘈杂地叫着出现在我头顶。它们不像往常那样飞向城里的古槐林，而是谨慎地在城墙上空飞进飞出，最后全落在城楼子顶上。我想起了不久前金儿失踪之夜，想起了两天前的这个时候，一只无形的手正把老鸦们拖向古槐林迎受枪声。我站起来，似乎也被一只无形的手拖着，向落满老鸦的城楼子走去。

城楼子那儿不知何时聚了许多人，其中有个人还在向我招手。我认出那个人是麻脸男人，就是他给我讲了后来才知道的那些事情。不过当时麻脸男人啥也没讲，他等我走近后一把将我拉到人堆里，让我由垛口朝下看。我看到一个胖官领着十几个背枪的兵在城楼子下的习兵场上围出个方框，看到两个赤膊大汉押来两个五花大绑的人犯。胖官让人犯分开两步跪在方框中间，接着两个赤膊大汉一同举刀，猛然一挥。人犯像是不愿让血水弄脏衣服，先撅起屁股，用齐溜溜的脖腔顶着地，再慢慢地倾斜下去。人犯的头滚落到一块儿，脸全朝上。人犯一个短发，一个长发。人犯一个是瘦官，一个是瘦官太太。他们可以看见城楼子上的老鸦，老鸦也可以看见他们。

九

不到十天，师傅神奇地恢复过来。他先从头到脚脱掉厚厚的一层脆花皮，又脱掉最后的几根头发，就可以自己站起来了。奶奶说师傅好在是个瘪嘴，要不然还会脱落一地的牙。

又过了几天，师傅行动自如了，他从背搭子里取出小板凳坐上，先给牛皮钻打蜡，再给小铁砧擦锈，说该带上我出门挣钱了。奶奶让师傅等一等，说要给我俩找个上好的日子出门。没几天好日子让奶奶找到了，天傍黑她高高兴兴从外面回来，说歇在城楼子顶上的老鸦消了气，刚才全飞回了古槐林，这是个上上的吉兆，让我和师傅第二天一大早和老鸦们打对过进城，图个忘旧求新。

当天夜里我怎么也睡不着，我悄悄溜下床，把房门打开，让丝丝凉风吹进来。我想，金儿在雨幕中给师傅现了形，说不定今夜也会在凉风中给我现形。我好久没有和金儿讲话了，等她现形后我要和她把话讲个够。讲些什么呢，讲她成仙后发生的那些事情，她肯定全知道，吹吹我日后打算补多少茶壶多少碗，我自己都觉着没趣。想来想去，我决定劝金儿不要当仙女了，仙女不就是活得轻松，能长生不老，可这些哪有我领着她玩有意思。天就要凉下来了，护城河里有肥鱼，城墙腰上有酸枣，城墙根的砖堆里有拇指大的蛐蛐。我还可以带她去古槐林看老鸦落巢，去魏胡子家看白衣白帽白脸蛋的观音娘娘。如果我挣钱多了，就带她回河东老家把她妈找回来一块儿过日子。说不定当今的皇上哪天也会传我和师傅进宫去补什么稀罕瓷件，皇上也会给一块金子让我们用来包铁钉，我就悄悄抠下一点，日后给她在铁砧上打副金耳环，她就真的成金儿了。

我最终还是睡着了。奶奶叫我起来时天还没有大亮，我和师傅喝稀带干，略作整理就出了门。师傅穿着奶奶给他拼出又剪短到腿窝的寿袍，挎着背搭子，光着头，那模样就像四处化缘的老和尚。奶奶送我们来到路口，她告诉我们有几个铜板在背搭子里放着，路上饿了用它买烧饼吃，让我们有活没活都早些回家。奶奶还想再叮嘱几句，被老鸦们的叫声打断了。出城的老鸦又恢复了往日的扇形，浩浩荡荡从我们头顶飞过。这个应验了的吉兆让奶奶兴奋不已，她让我和师傅停下来，把老鸦送出城后再走。

今天的老鸦显得特别多，一拨下来又是一拨。最后一拨没什么队形了，一看就知道是那些上了年纪和有病的老鸦在追赶队伍。我在它们队尾突然发现两只孤零零的白老鸦。我指着白老鸦让奶奶看，奶奶只向天上看了一眼就软瘫在地。她说只有阎王爷不收的恶人才会变成白老鸦，这是最不吉利的凶兆，说这两只白老鸦保准是瘦官和瘦官太太变的，他们要在高处寻找地面的冤家，以报夺命之仇，让我们立即随她回去。

我站着没动，师傅也站着没动。我没看出师傅眼中有多少恐惧，师傅也没看出我眼中有多少恐惧。我俩把奶奶扶了起来，我问奶奶金儿是不是变成了仙女，奶奶点了点头。我问奶奶金儿会不会护佑我们，奶奶又点了点头。我说那两只白老鸦肯定是被黑老鸦逐出来的，找食歇脚都入不了群，迟早会被黑老鸦啄死，一点也不用怕。奶奶犹豫了好久也没有回答，眼中的惊恐却在渐渐退去。

看看奶奶已经不再害怕，我和师傅转身走向久违了的大街小巷。在拐进小巷前我回头望去，奶奶还在那儿站着，初秋的晨辉亮灿灿地跃过城墙，像金伞一样罩住奶奶和她身后那片破旧的小矮房。金光迷离中，我似乎看到柔弱的金儿依偎在奶奶身旁，正默默地向我招手。我心里一阵阵发酸，为了忍住即将夺眶而出的眼泪，我扭回身，扯长了脖颈，对着深深的巷子，对着空寂的天空，声嘶力竭地甩出一声吆喝：“补茶壶补碗——”

（老鸦的鸦字在本篇小说中发wa音，旧城的老人们都这么叫）

2003年稿

后　缀

作者应该让作品来替自己说话，如果非要就自己的作品再说些什么，那么肯定是游离于作品之外的废话。

废话之一：我不认为生死和爱情是文学的永恒主题，我认为痛苦才是文学的永恒主题。无论是伟大的痛苦还是渺小的痛苦，还是介乎这两者之间的痛苦，都不曾真正离开我们的生活。每个人都在母亲的痛苦中诞生，也将在自己的痛苦中逝去，这中间的时光仅仅是检验我们对痛苦的忍耐力及化解这些痛苦的能力的过程。

废话之二：我无法想象没有痛苦相伴的世界会是个什么样子。因为没有了痛苦作为比较，快乐将无从谈起，就像没有了黑夜，我们将无从理解白天。仅仅为了享受短暂的快乐，我们也应该尊重痛苦，这包括尊重自己的痛苦和别人的痛苦，我的小说往往就从这种尊重开始。

废话之三：大人物和小人物的痛苦不会一样，富有者与贫穷者的痛苦不会一样，我的笔触偏重了后者，这完全是天性使然。当可恶的同情心与可恶的痛苦碰撞出火花，用文字来表达就成了一种自我享受。这里的享受当然不是享受痛苦，而是享受对痛苦的同情。所以，我感谢我的小说中的人物，他们给了我同情他们的机会，并使我得以洁净心灵，看到崇高。

图书在版编目（CIP）数据

小说四坨 / 杨惕著. —西安：太白文艺出版社.
2011.11
ISBN 978-7-5513-0123-7

Ⅰ. ①小… Ⅱ. ①杨… Ⅲ. ①中篇小说-小说集-中国-当代②短篇小说-小说集-中国-当代
Ⅳ.①I247.7

中国版本图书馆CIP数据核字（2011）第218848号

小 说 四 坨

作　　者　杨　惕
责任编辑　曹　彦
　　　　　史　婷
扉页题字　陈年九
封面设计
版式设计　许玉龙

出版发行　陕西出版集团
　　　　　太白文艺出版社
　　　　　（西安北大街147号　710003）
　　　　　E-mail:tbyx802@163.com
　　　　　　　　tbwyzbb@163.com
经　　销　新华书店
印　　刷　陕西瑞升印务有限公司
开　　本　880毫米×1230毫米　1/32
插　　页　2插页
字　　数　180千字
印　　张　8.5印张
版　　次　2011年12月第1版第1次印刷
书　　号　ISBN 978-7-5513-0123-7
定　　价　28.00元

邮政编码　710077